채만식 장편소설

탁류 2

채만식 장편소설

탁류 2

초판 1쇄 인쇄	2014년 08월 01일		
초판 1쇄 발행	2014년 08월 08일		
지은이	채 만 식		
엮은이	편 집 부		
펴낸이	손 형 국		
편집인	선 일 영	편 집	이소현 이윤채 김아름 이탄석
디자인	이현수 신혜림 김루리	제 작	박기성 황동현 구성우
마케팅	김회란 이희정		
펴낸곳	에세이퍼블리싱		
출판등록	2004. 12. 1(제2011-77호)		
주소	153-786 서울시 금천구 가산디지털 1로 168,		
	우림라이온스밸리 B동 B113, 114호		
홈페이지	www.book.co.kr		
전화번호	(02)2026-5777	팩스	(02)2026-5747

ISBN 979-11-85742-20-5 04810   978-89-6023-773-5 04810(SET)

에세이퍼블리싱은 ㈜북랩의 문학 전문 브랜드입니다.

이 도서의 국립중앙도서관 출판예정도서목록(CIP)은 서지정보유통지원시스템 홈페이지(http://seoji.nl.go.kr)
와 국가자료공동목록시스템(http://www.nl.go.kr/kolisnet)에서 이용하실 수 있습니다.
(CIP제어번호: 2014022404)

채만식 장편소설

탁류 2

편집부 엮음

일제강점기 한국현대문학 시리즈

019

ESSAY

일러두기

※ 〈일제강점기 한국현대문학 시리즈〉로 출간하는 한국 근현대 작품집은 공유
저작물로 그 작품을 집필하신 저자의 숭고한 의지를 받들어 최대한 원전을
유지하였다.

※ 오기가 확실하거나 현대의 맞춤법에 의거하여 원전의 내용 이해에 문제가 없
을 정도의 선에서만 교정하였다.

※ 이 책은 현대의 표기법에 맞춰서 읽기 편하게 띄어쓰기를 하였다.

※ 이 책은 원문을 대부분 살려서 옛글의 맛과 작가의 개성을 느끼도록 글투의
영향이 없는 단어는 현대식 표기법을 따랐다.

※ 한자가 많이 들어간 글의 경우는 의미 전달이 어려운 경우에 한해서 한글 뒤
에 한자를 병기하여 그 뜻을 정확히 했다.

※ 이 책은 낙장이나 원전이 글씨가 잘 안 보여서 엮은이가 찾아 볼 수 없는 경
우에는 굳이 추정하여 쓰지 않고 원전의 내용을 그대로 살렸다.

※ 중학생 수준의 독자가 이해하기 어려운 단어, 어휘에 대해서는 본문 밑에 일
일이 각주를 달아 기독성을 높였다.

들어가는 글

　탁한 역사의 흐름에 따라 정신이 황폐해진 인간 군상들의 그 시대를 살아가는 법은 그야말로 시궁창이다. 서로 물어뜯고 할퀴고 상해한다. 탁한 세상, 채만식의 『탁류』에서 주목해야 할 것은 제목이다. 어째서 '청류淸流'가 아닌 '탁류濁流'인가. 일제상섭기를 살아가는 놀염치하고, 가증스럽고, 음흉한 인간들은 역사의 흐름(流) 속에 흐림(濁)을 만들어 낸다. 그 역사적인 흐름 속에 '초봉이'라는 한 여성이 서 있다. 초봉이는 간악한 음모에 의해 남편을 잃고, 아버지 친우의 첩이 되었다가 다시 남편을 죽였던 그 음모의 주재자였던 '장형보'의 아내가 된다. 가난과 흉계, 탐욕과 살인 등 인간사의 온갖 더러움에 휘말려 파멸해 간다. 하지만 채만식은 마지막 소제목을 살인이나 파멸이 아닌 '서곡序曲'이라고 지었다. 시작이라는 의미의 '서곡', 소설 내내 사회적인 풍자와 냉소로 일관했던 채만식은 마지막 소제목으로 희망을 보여준다. 끝이 아니라 시작이라는 의미의 '서곡'은 다만 어둡고 끝이 보이지 않을 것 같은 절망에 한줄기 빛을 보여준다.

　현대를 살아가는 우리들은 많은 고난과 역경에 부딪힌다. 취업의 고난과 사업의 실패, 가정의 파탄, 그리고 실연의 아픔. 누구나 한번쯤은 겪으며 우리는 성숙해진다. "아픈 만큼 성숙해지고, 비온 뒤에 땅이 굳는다."고 한다. 그것은 다만 절망이 아닌 더 나아지기 위한 희망의 발돋움이 아닐까? 이 책을 읽게 될 독자가 어렵고 힘든 처지에 놓여 있다면 고난과 역경을 이겨내고 한걸음 더 나아갈 수 있는 계기가 되기를 바란다.

2014년 장마
편집부

차 례

🕯 대피선待避線

이튿날 석양.

태수의 시체 해부한 것을 받아내 왔다. 해부를 한 결과 사인은 뇌진탕이요, 그 외에 두개골 한 군데가 바스러지고 갈비뼈 네 대가 부러지고 한 것 말고, 대소 타박상이 스무 군데나 넘는다고 했다. 그리고 대소변을 지린 것 외에는 위장 계통에는 아무 이상의 흔적이 없다는 것이다.

다음 날 장례를 준비하는 중에 경찰서에서 몰려나와 가택 수사를 했다. 은행의 소절수 사건이 뒤집혀졌던 것이다.

증거물로 태수가 미처 없애지 못한 도장이며, 소절수첩이며, 편지 같은 것을 압수해 갔다. 모든 것이 횅하니 드러났다.

다시 그 이튿날 소란한 중에서 태수의 시체는 공동묘지의 일광 지대에다가 무덤을 장만했다.

관을 내리고 파 올린 붉은 황토를 덮어 봉분을 쌓고, 제철이라서 푸르러 있는 떼를 입히고 하니 제물로 무덤이 되던 것이다.

초봉이는 이 흙내 씽씽하고 뗏장 꺼칠한 무덤을 남기고 내려오다가, 그래도 끌리듯 뒤를 돌아다보고는 새로운 눈물을 잠잠히 흘리고 섰다.

낡고 새로운 무덤들 틈에 끼어 기우는 석양만 비낀 태수의 무덤, 이것이 저 가운데 여러 무덤들 한가지로 오늘 이 시각부터는 영영 무주총[1]

---

1) **무주총**: 자손이나 관리해 줄 사람이 없는 무덤.

이 되어버리느니 생각하면 비로소 태수라는 인생이 불쌍했고, 그래서 그는 이 자리에서야 처음으로 태수의 불쌍함을 여겨 눈물이 흐르던 것이다. 그러나 그는 문득, 내가 어쩌면 이 무덤을 벌초 한 번이나마 해주지 않을 요량을 하고서 무주총일 것을 지레 슬퍼해주는고 생각하니 내 마음의 너무도 박절함이 부끄러웠다.

회심 끝에, 날이 인제 깊기 전에 꽃이라도 한 다발 갖다 놓아주고 일 년 한 치레 삯꾼을 사서 벌초라도 해주려니 하는 마음을 먹어 스스로 위로를 하면서 겨우 발길을 돌려놓았다.

집이라고 돌아왔으나 휑뎅그렁하니 붙임성 없다.

마침 또 경찰서에 불려가느라고 장례에도 나오지 못했던 형보가 아기작거리고 들어서는 꼴이 선뜩한 게 뱀이 살에 닿고 지나가는 것처럼 몸서리가 치인다.

형보는 그새도 건넌방에 그대로 눌러 있었고 앞으로도 그럴 배포다. 요행 유 씨와 형주가 밤에는 초봉이와 같이 자고, 낮에는 온 식구가 다 모이고, 그뿐 아니라 장례야 경찰서 일이야 해서 일과 인목[2]이 분잡하기 때문에 다시는 초봉이를 건드리거나 하던 못했다.

그 대신 안팎일에 제 일 못잖게 알뜰히 납뛰어[3] 정 주사네 내외의 환심을 사기에 온갖 정성을 다 하는 참이다.

태수의 모친한테는 누구 하나 발설을 해서 기별이라도 해주자는 사람은 없었다. 장례 날 초봉이가 겨우 생각이 나서 부친을 졸라 전보를 쳐달라고 했으나, 정 주사는 '그런 죽일 놈'은 입에 붙이기도 싫었고 주소를 모른다는 핑계로 방패막이를 하고 말았다.

---

2) 인목: 남이 보는 눈.
3) 납뛰다: 날뛰다의 잘못.

초봉이, 정 주사, 형보, 그리고 행화 외에 기생이며 몇몇 사람이 여러 번 경찰서에 불려 다녔다. 그러나 필경 다 무사하고 말았고, 그중에 형보는 며칠씩 갇혀 있기까지 하면서 단단히 치의를 받았으나 내내 모른다고 내뻗쳤다. 그리하여 소절수의 심부름을 해주던 사람, 즉 태수의 공범이 누구라는 것만 수수께끼로 남은 채 사건은 완구히 매듭을 짓고 말았다.

풍피기 인 지 보름이 지나고 차차 여름이 싫어오는 유월 숭순, 이슥하게 깊은 밤….

옆에서 유 씨와 형주는 곤한 잠이 들었고 초봉이만 혼자서 이 생각 저 생각 구름 같은 생각에 잦아서 뜬눈으로 누워 있다.

형보에게 무도한 욕을 보이던 그날 밤 그 당장에는 목숨을 끊자고까지 했던 크나큰 사단이었으나, 별안간 뒤를 이어 태수의 참변을 싸고도는 폭풍이 불어치자, 그는 무서운 그 타격에 풀이 꺾여 결벽이나 정조쯤 가지고 자결을 하려들만치 팔팔하던 기운은 그만 다 사그라지고 말았다. 하루아침에 사람이 늙어버렸다고 할는지, 아무튼지 그러고서 인제 와서는 이것이고 저것이고 간에 지나간 일이 남의 일처럼 아프지 않고 시쁘듬한 게 곧잘 애를 삭힐 수가 있었다.

물론, 결혼 전의 고민으로부터 시작하여 태수와 결혼을 하던 것이며, 아무 멋은 모르겠어도 그다지 불행하든 않던 열흘 동안의 신혼 생활이며, 그러다가 흉악한 형보에게 겁탈을 당하던 일, 태수의 불의지변과 뒤미처 탄로가 된 온갖 협잡, 이리하여 마침내 곱던 무지개와도 같이 스러진 환멸, 이렇게 추어들어 오노라면 헛짚은 생애의 첫걸음이 두루 애달프고 분하고 원망스럽고 하지 않은 것은 아니나 결국 그 순간이 지난 뒤에는 막연한 게 마치 언 살을 만지기 같아 먹먹하고 그대도록 신경을 쑤시지는 않던 것이다. 연거푸 힘에 겨운 충격을 맞았기 때문에 신경이 아프다 말고서 지레 지쳐버린 소치일 것이다.

지나간 일이 그렇듯 얼얼하기나 할 뿐이지, 모질게 결리거나 아프지 않는 것이 요행이어서, 그는 모든 것을 옛말대로 일장의 꿈으로 돌리고 깨끗이 잊어버리자 했다. 미상불 꿈 그대로 허망했던 것도 사실이니까.

지나간 일은 그러므로 그럭저럭해서 씻어 넘길 수도 있고 잊어버릴 수도 있는 것이지만, 그러나 되어가는 대로 내던져 두거나 걱정을 않고서 지내거나 할 수가 없게시리 절박한 것은 닥쳐오는 앞일이다.

지나간 일이야 마음 하나 둘러먹는 걸로 이렇게든 저렇게든 단념이 되는 것이지만, 앞일에는 신중한 계획과 한가지로 행동을 가져야 할 테니 말이다.

그리하여 그는 벌써 열흘을 더 넘겨두고 밤이면 잠을 잊고 누워 장차 어떻게 내 한 몸을 가눌 것인가, 어떻게 하면 억울하게도 짓밟혀버린 내 일생을, 아까운 내 청춘을 잘 다시 추어올려 나도 남처럼 한세상을 보도록 할 것인가 두루두루 궁리에 자지러져 있는 참이다.

환히 밝기만 한 오십 와트 전등불을, 눈도 아파않고 간소롬히 바라보면서 모로 누워 있는 초봉이는, 때와 공간을 완전히 잊어버리고 다만 머릿속에서만 뜬생각이 두서없이 오고 가고 한다.

옆에서는 모친 유 씨가 형주로 더불어 가끔 몸 뒤치기는 해도 딴 세상같이 깊은 잠이 들었다.

때앵 때앵 마루에서 시계 치는 소리가 네 번째 나고는 그친다.

초봉이는 시계 치는 소리에 비로소 제정신이 들어,

"그럼 군산을 떠나야지!" 하면서, 놀란 사람처럼 벌떡 일어나 앉는다. 그리 서두는 품이 방금 혼잣말을 하던 대로 당장 옷을 차려 입고 뛰쳐 나설 것 같다.

불쾌한 기억이 내 자신노 자신이려니와, 남의 이목의 부끄러움이 오래오래 가시잖을 이 군산 바닥이 싫다. 더구나 장 가 놈이 있어서 위험하다 하는 눈치가 앞으로 수월찮이 성가실 것 같다. 진작 피하니만 같지 못하다.

서울… 서울이면 좋을 것이다. 무엇이 어쩌니 좋으리라는 것은 모르겠어도 그저 막연히 좋을 성 부르다.

제호가 미덥다. 윤희를 생각하면, 역시 제호의 상점이든 회사든 붙어 있기가 어려울 듯싶고 해서 불안한 게 아닌 것도 아니나, 일변 제호가 사람의 발이 넓고 변통성이 많은 사람인만큼 어떻게 해서든지 일자리도 구해주고 두루 애써줄 것이다.

'그러면 내일이라도….'

마침내 군산을 떠날 작정을 하고 만다. 작정을 하고 나니 뒷일이야 그때 당해보기로 하고 우선은 마음이 가뜬하여 한숨이 한꺼번에 시원하게 쉬어진다. 하다가 생각하니, 서발막대⁴⁾ 내둘러야 검불 하나 걸릴 것 없고, 혹혹 불어놓은 듯이 말짱한 친정을 그대로 두고 훌쩍 떠나기가 마음에 걸린다. 그러나 그렇다고 내가 이 바닥에서는 직업을 얻기도 졸연찮거니와, 그러기도 싫은 걸 항차 어려운 친정집에 내 한 입을 더 얹어놓고 우두커니 앉아 있을 수는 더욱이나 없는 노릇이다.

'차라리 내가 서울로 가서 차차 무슨 도리를 차리기로 하고….'

친정 일도 그걸로 걱정이나 하고 있었자 별 수가 없을 터라 이만큼 요량만 하고, 하고 나니 다시는 더 돌려다 보이는 것도 없이 마침내 책상 앞으로 다가앉아서 모친한테 편지를 몇 자 적는다.

편지 사연은, 마음이 울적하여 서울로 올라가니 달리 걱정은 말라고, 서울로 가서 다시 편지도 하겠지만 집을 세 얻느라고 낸 보증금 오십 원을 도로 찾고 또 살림도 값나가는 것은 쓸어 팔고 해서 가용에 보태 쓰라고, 그리고 내가 서울로 간 종적은 아무한테도 말을 내지 말라고 끝에다

---

4) 서발막대: 매우 긴 막대를 강조하여 이르는 말.

가 긴히 당부를 했다.

편지를 다 쓴 뒤에 반지 두 개를 뽑고 손목시계를 풀고 해서 편지와 같이 봉투 속에 집어넣었다. 그럭저럭 날이 휘엿이 밝아서야 잠깐 눈을 붙였다.

이튿날 아침, 열한 시가 되기를 기다려 초봉이는 모친더러 잠깐 저자에 다녀오마 하고 식모를 데리고 정거장으로 나왔다.

유 씨는 그동안 혹시 딸이 모진 마음이나 먹지 않을까 해서 늘 조심이 되었지만, 오늘은 식모를 데리고 나가는 것이 제 말대로 저자에 다니러 가나보다 하고 안심을 했다.

초봉이는 결혼한 뒤로는 이내 쪽을 찌고 있던 머리를 학생 머리로 고쳐 틀고 옷은 수수하게 흰 모시 진솔 적삼에 검정 치마를 받쳐 입었다. 혼인 때 산 구두도 처음으로 꺼내 신고, 역시 혼인 때 태수가 사준 파라솔과 핸드백을 가졌다. 돈은 태수가 일백오십 원가량 남겨놓고 죽은 것을 백 원가량은 그동안 장례를 치르느라고 없어졌고, 오십 원 남짓한 데서 삼십 원을 모친한테 쓴 편지 봉투 속에 넣었다.

정거장으로 나오는 길에는 승재가 있는 금호병원께로 자꾸만 주의가 끌리는 것을 어찌하지 못하여 가뜩이나 마음이 어두웠다.

열한 시 사십 분 차가 거진 떠나게 되어서야 데리고 나온 식모에게다 집에 전하라고 편지를 주어 돌려보내면서 그리고 딴 집을 구해가서 부디 잘 살라고 일렀다.

차가 슬며시 움직이자 이걸로 가위를 눌리던 악몽은 하직이요, 새로운 생애의 출발인가 하면 무엇인지 모를 안심과 희망이 조용히 솟는 것이나, 일변 너무도 호젓한 내 형색이 둘러 보이면서 장차로 외로울 앞날이 막막하여 그래도 군산을 떠나는 회포는 슬펐다.

☪ 만만한 자의 성명姓名은…

　초봉이가 이리에서 호남선 본선을 대전으로 갈아타느라고 일단 차를 내려 분잡한 플랫폼의 여러 승객들 틈에 호젓이 섞여 섰을 때다.

　"아─니, 이건 초봉이가!"

　별안간 등 뒤에서 허겁스럽게 떠들면서 불쑥 고개를 들이대는 건 말대가리같이 기다란 박제호의 얼굴이다.

　"아저씨…!"

　초봉이는 반가워서 절로 소리가 높았다. 남의 이복이 아니면 덤쑥 부여잡고 싶게 이 뜻하지 못한 곳에서 제호를 미리 만난 것이 기뻤다. 제호도 무척 반가워한다. 그러나 반가워서 싱글싱글 웃으면서도 기다란 얼굴은 표정이 단순치 않다. 그는 초봉이의 그동안 사단을 갖추 알고 있던 것이다. 초봉이도 제호의 낯꽃이 심상찮은 것이 아마도 군산까지 왔다가 소문을 들었나 보다 싶어 이내 고개가 절로 수그러지고 만다.

　"그래 어델 가느라구?"

　제호는 초봉이의 행색을 다시금 짯짯이 위아래로 훑어보면서 묻는다.

　"거저 이렇게 나왔어요."

　초봉이는 고개를 떨어뜨리고 서서 발끝으로 땅을 비빈다.

　"거저? …앗다 것두 할 만하지. 휘일휠 바람두 쐬구 하는 게 좋구말구, 세기할 섯… 그래 잘했어…. 기왕 나선 길에 나하구 서울이나 구경두 할 겸 같이 가까?"

제호는 옆에서 사람들이야 듣거나 말거나 상관없이 요란하게 떠들어 댄다.

"그러잖어두 지금 저두…."

"서울루 간다?"

"네에."

"거 잘 했어! 아무렴, 그래야 하구말구…."

초봉이는 기왕 말이 났던 끝이니, 또 아무 때 말을 해도 하기는 해야 할 것이니 시방 그러지 않아도 아저씨를 바라고 서울로 가는 길이라고, 이 야기를 이 자리에서 미리 할까 말까 망설이는 참인데, 제호가 먼저 제 이 야기를 부옇게 늘어놓는다.

저번에 서울로 올라간 뒤에 제약회사는 뜻대로 준비가 되어가지고 며 칠이면 영업을 시작하게 되었다는 것이며, 그래서 잠깐 일이 너끔한 기 회에 볼일로 고향인 서천까지 왔었다는 것이며, 다시 어제 아침에 군산 으로 건너와서 볼일을 보고 지금 서울로 가는 길인데 군산항 정거장에 서 차를 탔기 때문에 같은 차를 타고 오면서도 서로 몰랐다고 이렇게 이 야기야 싱겁거나 말거나 구수하니 지껄이고 있는데 마침 차가 들이닿았 다. 둘이는 앞서거니 뒤서거니 차에 올랐다.

차는 비좁았다. 찻간마다 죄다 지나면서 보아도 두 사람을 나란히 앉 혀줄 자리는 없다.

제호는 한 손에 보스턴을, 또 한 손에 과실 바구니를 갈라 들고 끼웃끼 웃 앞서가면서 연신 투덜거린다.

"이런 제기할 것. 철도국 친구들은 냉겨 먹을 줄만 알지 서비슨 할 줄 모른담? 아, 이 이런 놈의, 자리가 있어야지! …차장은 어디 갔누? 찻삯 을 깎아달라는지 해야지 응! …제기할 것."

아무리 제기를 해도 빈자리는 종시 없다. 할 수 없이 되는 대로 이등칸으로 들어섰다.

"자, 여기 아무 데나 앉게나. 이런 때나 이등차 좀 타보지. 초봉이나 내나 돈 아까워서 언제 이등 차 타겠나? 제기할 것."

제호는 보스턴과 과일 바구니를 시렁에 얹고, 양복저고리와 모자를 홀러덩홀러덩 벗어젖힌다.

"제기할 깃. 자아 차표라컨 이리 날라구. 이따가 논 더 수구서 이등차표 하구 바꿔야지… 어때? 이등은 자리가 성글구 또 깨끗해서 좋지? 다아 돈만 있으면 이런 법야!"

초봉이는 삼등칸이 좁으니까 이등칸에 앉는 줄만 알았더니 그래도 차장이 와서 말썽을 하든지 하면 창피할까 싶어, 편안한 이등차가 편안치도 않았는데 돈을 더 주고 이등차표와 바꾼다고 하니, 지닌 시재5)가 염려되고 속이 뜨악했다. 그러나 할 수 없이 핸드백에서 십 원짜리를 꺼내서 차표를 얹어 내놓는 것을 제호는 손을 내저으면서,

"허어 내가 초봉이한테 차 이등 한턱 못 쓸 사람인가… 자아, 돈이라컨 도루 집어넣구 차표만."

허겁을 떨고 차표만 뺏어 간다.

정거장의 성가신 혼잡과 훤화6)를 털어버리고 차가 달리기 시작하자, 창으로는 시원한 바람이 아낌없이 몰려든다. 창밖은 한창 살이 찌려는 여름이 한빛으로 초록이다. 논에는 벌써 완구해진 모포기가 어디고 가조롱하다. 잔디가 우거지는 산모퉁이의 언덕 소로에서 머리에 보따리를 인 촌 노파가 우두커니 차가 달리는 것을 보고 섰는 것도 초봉이에게는 기특한 풍경이다.

---

5) 시재: 당장에 가지고 있는 돈이나 곡식.
6) 훤화: 시끄럽게 지껄이며 떠듦.

초봉이는 이렇게 메떠리고 뛰쳐나와서, 찻간에 몸을 싣고 첫여름의 싱싱한 풍경을 구경하면서 훨훨 달리는 것, 이것 하나만 해도 그 불쾌한 군산 바닥에 처박혀 속을 썩이느니보다 훨씬 나은 성싶어, 마음은 이윽고 거뜬해갔다.

"나는 참…."

제호는 차표를 바꾸느라고 차장을 찾아갔다가 돌아오더니 선반의 과실 비구니를 내려가지고 앉으면서 이야기를 꺼낸다.

"…고, 배라먹을 여편넬 즈이 집으루 쫓아버렸지, 헤헤헤. 제기할 것."

"네에? 아니! 왜?"

초봉이는 놀라 묻기는 하면서도 제호의 좋아하는 속이 그러려니 짐작이 가지고 겸하여 초봉이 저한테도 아무튼지 일이 천만 다행스럽다.

"그깐놈의 여편넬 그걸 쫓아버리기나 하지 무엇에 쓰누? …에잇 그놈의…."

윤희를 쫓아 보냈다는 것은 그러나 말투요, 실상인즉 일 년 작정을 하고 별거를 하기로 했던 것이다. 그것은 오랜 계획이었었다.

윤희는 제 자신의 히스테리라든지, 또 부인병에서 생기는 전신의 쇠약이라든지 그것을 잘 알고 겸하여 그러한 신경과 건강을 가지고 그대로 부부생활을 계속하는 것이 우선 저를 위하여서도 좋지 못한 것도 충분히 알고 있었다. 그래서 요전번에 서울로 이사를 해가는 기회에 별거를 하기로 진작부터 제호와 의논이 있어왔었다. 그런 때문에 제호가 초봉이를 서울로 데리고 가려는 것을 한사코 막았던 것이다. 초봉이뿐 아니라 도대체 제호라는 위인의 행실머리가 미덥지 못했지만, 초봉이 일만이라도 제 뜻대로 한 것을 적이 마음 놓고 청진동에다가 살림만 차린 뒤에 이내 친정인 신천으로 내려갈 수가 있었나.

떠나기 전에 그는 제호를 잡아 앉히고 가로되 오입을 하지 말 일, 물론

첩을 얻어 들이지 말 일, 가로되 술을 먹고 다니지 말 일, 가로되 한 달에 세 번씩 편지를 할 일, 그리고 그 밖에 별별 옴두꺼비 같은 것을 다 다짐을 받았다.

제호는 그저 머리를 조아리면서, 네에 네 대답을 했다. 한 일 년 그렇게 별거를 하는 동안에 히스테리가 가라앉아 사람이 되면 요행이요, 그렇지 않으면 눈치를 보아 어름어름하다가 이혼이라도 할 배짱이기 때문에 그저 마마손님 배웅하듯 우선 배웅만 시키려 들었던 것이다.

속내평이 그렇게 되었던 것인데, 그러나 그렇다고 이 자리에서 그가 초봉이한테다가 짐짓 어떠한 색다른 암시를 주기 위하여 복선을 늘이느라고 그러한 말을 내는 것이냐 하면 그런 것은 아니다.

다만 초봉이도 윤희를 잘 알고, 알 뿐 아니라 적지 않게 성화를 해대던 기억을 가진 그 초봉인지라, 초봉이를 만나자 문득 생각이 나서(종차에는 그놈이 어떤 역할을 하게 될 값에 적어도 시초만은 한 개의 뉴스를 전하는 그런 탄탄한 마음으로) 우연히 나온 것이다.

초봉이도 그러니까 역시 별다른 새김질을 하지 않고 한낱 뉴스를 들었을 정도로 들었을 뿐이다.

그것은 그렇다고, 그러면 시방 제호가 이렇게 만난 초봉이한테 그전과 같이 담담한 마음만 가질 수가 있느냐 하면 결단코 그렇지는 않다. 커녕 그의 배짱은 시방 자꾸만 시커매간다.

군산서 초봉이를 데리고 있을 때는 초봉이가 한 고향 친구의 자녀요, 그래서 제한테도 자식뻘밖에 안 되는 어린애라는 것이며, 아내 윤희의 지레 내뻗는 강짜며, 그리고 무엇보다도 미혼 처녀에게 대한 중년 남자다운 조심성으로 해서 그의 욕망은 행동으로 번져나지를 못했던 것이나, 지금 낭해서는 아무것도 그런 것은 거리껴하지 않아도 좋을 형편이다.

그는 이번에 군산까지 내려왔다가 자자히 떠도는 소문을 듣고 초봉이의 겪어온 그동안의 사단을 잘 알았었다.

안되었다고 생각도 하고 그래서 초봉이를 우정 찾아보고 일변 위로도 주려니와, 또 마음을 가라앉혀주는 요량으로 같이 데리고 서울로 가고도 싶었었다.

그러나 막상 찾아가자 한즉, 아직도 경황들도 없을 텐데 또 정 주사를 만나보면 자연 우는 소리에 짓짜는 꼴을 보아야 하겠어서 그런 성가신 걸음이 아에 내키지를 않았다. 그래서 찾아보기를 단념하고 차라리 모른 체했다가 서울로 올라가서 편지로든지 불러올리려니 했었다.

그랬던 참이라 초봉이를 뜻밖에 중로에서 만나고 보니 마치 무엇이 씌어대는 노릇이기나 한 것처럼 희한하고 반가웠었다.

희한하고 반가움이 밖에서 들어오는데, 속에서는 초봉이가 인제는 '헌 계집'이니라 하니 안팎이 마침 맞게 얼러붙은 셈인 것이다.

'이미 헌 계집.'

'그리고 임자 없는 계집.'

이러고 보니, 미혼 처녀에 대한 중년 남자다운 조심성과 압박으로부터 단박에 해방이 될 것은 물론이다.

시집 잘못 갔다가 홧김에 서울로 바람잡일 나선 계집, 그러니 장차 어느 놈의 밥이 될지 모르는 계집, 그러니까 아무라도 먼저 재치 있게 주워갖는 놈이 임자다. 옛날로 말하면 공문서짜리 땅 같은 것이다.

그런데 그게 눈도 코도 못 보던 초면엣계집이라도 모를 테거늘, 일찍이 가슴을 설레게 해주었고 두고두고 잊히지 않고 연연턴 초봉이고 보니 인절미에 조청까지 찍은 맛이다. 좋다. 또 윤희가 없어졌으니 더 좋다. 윤희를 이혼하든지, 못 하면 작은 마누라도 좋다. 저도 인제는 헌 계집, 나도 헌 사내.

제호의 검은 배짱이 각각으로 이렇게 터가 잡혀가는 걸 모르는 이편

초봉이는, 그러나 안심하고 다행스러워하기는 일반이다.

윤희가 없으니 제호의 덕을 마음 놓고 볼 수가 있을 테요, 그래 제호네 회사에서 제호 밑에서 있노라면 공부를 쌓아가지고 한때에 희망했던 대로 약제사 시험을 치를 수가 있을 것이고, 그렇게 되면 앞으로 완전히 독립한 생활을 할 수가 있고….

차는 줄기차게 달려만 간다. 바깥은 여전히 살쪄가는 들이 아니면 짙게 푸르러오는 언덕이다.

맑은 햇볕이 차창으로 쬐어 들어, 좌석의 고운 남빛 우단을 더욱 해맑게 드러낸다.

몇 되지 않는 손님들은 제각기 남을 상관 않고 한가로이 앉아 신문을 읽거나 담배를 피운다.

"자아, 이것 좀 먹으라구…."

제호는 사과 하나를 꺼내고서 과실 바구니를 통째로 내맡긴다.

"…어서 아무거든지 꺼내 먹어요. 자 칼두 여기 있구."

제호는 조끼 주머니를 뒤져서 칼을 꺼내 초봉이를 주고는, 저는 손바닥으로 쓱쓱 문대는 둥 마는 둥,

"난 머…." 하더니 그대로 덥석 베어 문다.

"지가 벗겨드릴게 인 주세요!"

초봉이는 제호의 털털한 짓이 저 보기에야 유쾌했지만 다른 자리의 점잖은 손님들이 볼까 봐서 민망했다.

"괜찮어, 괜찮어…."

제호는 볼퉁이를 불룩불룩하면서 연신 손을 내젓는다.

"…이놈 사과는 껍질째 믹어야 좋나면서? …초봉이두 어서 먹어요…. 아 사과가 이놈을 날마다 식후에 한 개씩만 먹으면, 머 의사가 소용이 없다구? 허허, 정말 그러다간 우리 약장사 놈들두 밥 굶어 죽게? 허허허허

제기할 것."

초봉이는 이 유쾌한 사람에게 끌리어 절로 웃음이 나와진다. 보름 만에 웃는 웃음이다.

제호는 초봉이의 웃는 입 가장자리와 턱을 보고, 새침하던 얼굴이 딴판이요, 미상불 예쁘기는 예쁘다고 속으로 새삼스럽게 탄복을 하여 마지않는다.

"그런데 서울은 무엇하러 가나?"

제호는 소곳한 초봉이의 이마를 의미 있게 건너다보면서 묻는다. 초봉이는 사과 벗기던 손을 멈추고 잠깐 고개를 들었으나 어쩐지,

'실상은 아저씨를 찾아가는 길이랍니다.' 하는 말은 주저해지고,

"거저 구경삼아서…."

"구경? 허어!"

제호는 다시 한참이나 초봉이를 건너다보더니, 혼자 고개를 끄덕끄덕한다.

"그런 게 아니라, 아따 저어 무엇이냐, 나두 초봉이 사정을 다아 알았어, 알았는데…."

초봉이는 제호가 다 안다는 눈치는 알기는 했었지만 막상 그의 입에서 이야기가 나오는 데는 얼굴이 화틋 달고, 다시금 고개가 깊이 수그러지지 않을 수가 없다.

"하아! 이 사람, 내한테까지는 무어 그렇게 무렴해할 게 있나! …허긴 몰랐을 텐데 우연히 어느 친구가 그런 이야길 하더군그래…. 신문에두 나긴 했더라는데 나는 못 보았지만… 그러나저러나 간에 원, 그런 횡액이 있더람! …그거 원 참! …횡액이야 횡액. 큰 횡액이야! …글쎄 듣기에 어떻게 맘이 안됐는지! 제기할 것, 그런 놈의 일이 원!"

제호는 말을 잠깐 멈추고 초봉이의 하얀 가르마를 한참이나 건너다보

다가,

"…그렇지만, 응? 이거 봐요 초봉이, 초봉이?" 하면서 찔벅거릴 듯이 재우쳐 부른다.

"네?"

초봉이는 고개를 숙인 채 벌써 다 벗긴 사과를 먹지도 못하고 만지작거리기만 한다.

"응, 다른 게 아니라 말이지… 그렇다구 애여 낙심을랑 하지 말아요. 낙심하면 정말루 그건 못 쓰지… 무어 어때? 한 번 실수루, 아니 실수가 아니라 횡액으루 그런 일을 좀 당했기루서니 어떤가? …아무렇지두 않어. 아직 청춘인데… 그런 건 하룻밤 꿈이거니 해버리면 그만이야. 다아 아무렇지두 않어. 일없어. 그럴 게 아냐? 응? 초봉이."

"네에."

초봉이는 가만히, 그러나 마지못해서가 아니요 마음으로부터 우러나오는 대답을 한다.

그는 제호가 곡진한 태도로 곰살갑게 구는 품이 마치 아픈 자리를 만져주되 아프지가 않고 시원하여, 어떻게도 고마운지 눈물이 나올 것 같았다. 따라서 그는 (하기야 전에도 그렇지 않았던 것은 아니지만) 오늘날 낙명이 된 몸으로는 맨손을 쥐고서 넓은 사바(娑婆)로 뛰어나온 막막한 이 경우를 당하여 인생과 생활에는 든든한 권위가 섰고, 일변으로 활달하며 인정이 있는 이 중년 남자 제호라는 사람이 타악 미덥고 안심되는 품이란, 길을 잃은 애기가 일갓집 아저씨를 섬뻑 만난 것과 같아 인제는 창피나 부끄러운 생각은 다 가시고 만다.

제호 역시 이미 심중에 초봉이를 가지고 만만히 다룰 수가 있다는 뱃심이 들어차서 있는 것은 사실이나, 그러므로 어떤 기회를 당하게 되면 주저 않고 행동을 일으킬 위인이기는 하나, 그러나 시방 이 자리에서 초봉이를 여러 가지로, 더욱이 장래의 희망을 가지라고 위로를 하고 격려를 하고 하는 것은 결코 잔망스럽게 달콤한 미끼를 먹이자는 것이 아니요, 단순히 어른다운 애정임에 틀림이 없다.

"그래그래… 무슨 일이 있어? 머….."

제호는 담배를 피워 물면서 다시,

"…그리구 서울루 가는 거 잘 생각했어. 그러지 않아두 내가 올라가서 편지를 하려던 참인데! …아뭏던 잘했어… 내가 아무리 힘이 없기루서니 초봉이 하나 잘 돌봐주지 못하리. 아무 염려두 말아요. 맘 터억 놓아요, 응?"

초봉이는 그렇다면 이편에서 이야기를 낼 것도 없이 아예 잘 되었다 싶어 더욱 안심이 되었다.

이야기에 팔려서, 차창 밖으로 변하는 첫여름의 살쪄가는 들과 산을 한동안 눈여겨보지 않는 사이에 차는 황등, 함열, 강경을 어느 결에 다 지나쳤다.

논산은 학교에 다닐 때 부여로 수학여행을 가느라고 와본 곳이다. 정거장 모습이며, 역엣사람들이 어쩌면 낯이 익은 것 같다. 아는 사람을 만난 것처럼 반가웠다.

팥거리豆溪를 지나서 굴 하나를 빠져나왔을 때에 제호는 초봉이의 무릎에 놓인 조그마한 손을 무심코 내려다보다가 손가락에 반지 자국만 남았지, 뽑고 없는 것을 보았다.

"허어! 반지두 다아 뽑아버렸군? …아무렴 그래야 하구말구. 그래, 그 께름직한 과거는 칼루다가 비어버리듯이 잊어야 해요. 그리구서 심기일전, 응? 허허, 제기할 것."

제호는 초봉이가 집안의 전당거리라도 되라고, 그저 부심코 반지를 뽑아놓고 온 속사정이야 알 턱이 없다. 그러나 초봉이는 막상 듣고 보니 도리어 너무 급작스럽게 결혼반지 같은 것을 뽑아버린 것이 남의 눈에라도 박절하게 보인 것 같아서 화끗 얼굴이 달았다.

차가 대전역에 당도하자, 초봉이를 앞세우고 플랫폼으로 내려서던 제호는 명승고적을 안내하는 간판에서 유성온천이라는 제목이 선뜻 눈에 띄었다.

'유성온천? …온천?'

제호는 내숭스럽게 싱긋 웃으면서, 간판을 보던 눈으로 초봉이의 뒷맵시를 훑는다. 비로소 그는 제 야심을 의식적으로 행동에 옮겨볼 생각이 나던 것이다.

오지 않으면, 아무렇게라도 오래잖아 만들기라도 할 박제호지만, 우연히 그에의 찬스는 빨리 왔고 겸하여 좋았을 따름이다.

"초봉이, 온정 더러 해봤나?"

쇠뿔은 단김에 뽑으라 했으니 인제는 시간문제라 하겠지만 시방부터는 옳게 남의 계집을 꾀는 수작이거니 생각하면 일찍이 여염집 계집한테는 못해 보던 짓이라 노상이 뒤가 돌려다 뵈지 않지도 않았다.

초봉이는 마침 가드 밑을 지나면서, 전에 서울로 수학여행을 갈 때 이것을 보고 진기하게 여기던 그때 일이 생각이 나서 한눈을 파느라고 제호가 재우쳐 물을 때서야 겨우 알아들었다.

"온정이요? 온천?"

초봉이는 되묻고서 고개를 가로 흔든다.

"…못 가봤어요."

"그럼 마침 좋군. 바루 이 근처에 유성온천이라구 있는데, 한번 가볼 만한 데야… 그래그래, 구경두 못 했다니 첨으루 온정두 해볼 겸 또 가서 조용히 앉아서 이 앞으로 어떻게 하는 게 좋을지 초봉이 일두 상의하구 좋잖어?"

"그렇지만….."

"그렇지만 무어?"

제호는 이건 좀 창피한 고패로다고 어름어름하는데 이어 초봉이가,

"아저씨 바쁘실 텐데…." 하는 게 저도 벌써 알아차리고는 슬머시 드러누우면서도 그저 숫보기답게 부끄럼을 타느라고 괜한 겸사나 한마디 해보는 눈치인 것 같았다. 뭐 그만하면 다 팔아도 내 땅이다.

"온! 나는 또 무슨 소리라구! 허허허허. 고런 걱정을라컨 하지두 말아요…. 그럼 그렇게 하기루 하구서 점심두 아주 거기 가서 먹을까?"

"네에."

"시장하잖어?"

"괜찮어요."

"그럼 됐어. 자 빨리 나가자구. 자동차를 잡아타야지."

초봉이는 남자와 단둘이서 호젓하게 온천에를 간다는 것이 무엇을 의미하는지는 알 턱이 없다. 온천도 역시 거리의 목간탕처럼 남탕이 있고 여탕이 있고 해서 단지 목간을 하기 위한 목간이라고밖에는 온천이라는 것을 그 이상 달리 생각할 내력이 없었던 것이다. 그러니까, 생전 처음으로 가보는 온천 목간도 하려니와, 또 제호가 앞으로 어떻게 해야 할지 그것도 상의하자고 하니 겸사겸사 반갑기만 했을 뿐이다. 그러나 제호는 초봉이의 그러한 단순한 마음이야 몰랐고, 너무 쉽사리 제 뜻에 응하는 것이 도리어 헤먹고 싱거운 맛도 없지 않았다.

바로 유성온천으로 떠나는 버스가 기다리고 있었다. 둘이는 다른 두어 사람 승객과 같이 버스를 잡아타고 흔들린 지 삼십 분 만에 신온천의 B라고 하는 여관에 당도했다.

초봉이는 버스를 타고 오면서,

'바로 근처라더니 이렇게 먼 덴가?'

'언제 목간을 하고, 언제 점심을 먹고, 도루 와서 차를 탈려구 이러는 고?'

이쯤 궁금히 생각도 했으나, 그대로 잠자코 있었다.

버스가 포치[7]에 닿기가 무섭게 앞뒤로 하녀들이 달려들어 문을 열고 손에 든 것을 채어 가고 하면서,

"이랏샤이마세(어서 오십시오)!"

소리를 지르고, 현관으로 들어서니까는 여남은이나 같은 하녀들이 나풋나풋 엎드리면서 한꺼번에, 이랏샤이마세를 외친다.

서슬에 초봉이는 정신이 얼떨떨했다.

목간집이라면서 대체 이게 웬 영문인지를 모르겠다. 군산 있을 때에 목간이라고 가면, 수염 난 놈팡이가 포장 뒤에 앉아 벙어리 삼신인지 눈만 힐끔 하고 돈이나 받을 줄 알지, 오느냐 가느냐 인사 한마디 하는 법 없는 그런 데만이 목간탕인 줄 알았었는데, 자 이건 도무지 황홀하고도 혼란해서 정신을 차릴 수가 없다. 어깨가 절로 오므라들려고 한다.

집은 어쩌면 이리도 으리으리하며, 색시들은 어쩌면 이렇게 많이 나오며, 어쩌면 이다지도 소중히 모셔 들이는지, 아마 이런 집에서는 목간 삯을 칠 전은 어림도 없고 일 원이나 그렇게 내야할 것 같다.

초봉이는 사실로 이런 호강이라고는 꿈에도 받아본 적이 없는지라, 차마 겁이 나고 황송스러워 못한다.

그러나저러나 남탕이니 여탕이니 써 붙인 데는 어디며, 수건도 없고 비누도 없으니, 비누는 이 전짜리를 한 개 산다지만, 빌려주는 수건이 있는지 모르겠어서 종시 두리번거리고 섰는데 제호는 성큼 마루로 올라가더니,

---

7) 포치: 건물의 입구에 지붕을 갖추어 차를 대도록 한 곳.

"어서 올라오잖구?" 하면서 히쭉 웃는다.

초봉이는 그제야 구두를 벗고 마루로 올라서니까. 한 여자가 냉큼 가죽 슬리퍼를 집어다가 꿇어 앉으면서 바로 발부리 앞에 놓아준다.

초봉이는 제발 이러지 말아주었으면 하여 딱해 못 견딘다.

제호는 보니, 짐을 들고 앞선 여자의 뒤를 따라 이층 층계를 올라가고 있다. 초봉이는 이런 집에서는 목간도 이층에다가 만들어놓았나 보다고 더욱 신기했으나, 자꾸만 이렇게 둔전기리다가는 촌뜨기 처접을 타지 싶어, 얼핏 제호를 따라 올라갔다.

이층으로 올라가서 양탄자를 깐 복도를 한참 가노라니까, 앞서 가던 하녀가 한 방 앞에 쪼그리고 앉더니 문을 열어주는데, 널따란 다다미방이다. 초봉이는 팔조를 모르니 그냥 넓은 줄만 알 뿐이다.

하녀가 뒤로 따라 들어와서는 비단 방석을 두 개 마주 놓아주고, 시원하라고 앞 유리창들을 열어놓고 한다.

"예가 어디래요?"

초봉이는 목간통이 보이지 않고 이렇게 방으로 모셔 들이는 게 궁금할 밖에….

"어딘? 온정이지."

"목간은?"

"목간? 아무렴, 인제 해야지…. 가만있자, 옷이나 좀 갈아입어야 목간을 하지."

"옷을?"

"하하하, 첨으루 와서 모르는군? …온정에선 빌려 주는 유카타가 있으니까, 그걸 갈아입어야 편한 법이어든."

그것도 미상불 그럴듯하기는 그럴듯했다. 마침 하녀 둘이 하나는 찻쟁반을, 하나는 유카타를 받쳐 들고 들어온다. 들고 날 때면 으레 쪼그리고 앉는 것이 민망해서 볼 수가 없다.

하녀가 차를 따르는 동안 제호는 양복을 홀러덩홀러덩 벗어던지면서 유카타를 갈아입는다.

초봉이는 얼굴이 홍당무가 되어 얼른 외면을 하고 말았으나 내심에는 제호라는 사람이 그렇진 않던 사람인데 어쩌면 이다지도 무례할까 보냐고 대단히 불쾌했나.

하녀가 유카타를 펴들고서 초봉이더러도 어서 갈아입으라고 속없이 연방 눈웃음을 친다. 기가 막혀 말이 나오지 않는다.

제호가 유카타를 다 갈아입고 돌아서다가, 초봉이의 곤경을 보고는 꺼얼껄 웃으면서 하녀더러 설명을 한다.

우리 아낙은 온천이 처음이기도 하려니와, 또 조선 가정에서는 아낙이 남편 앞에서 남이 보는 데 함부로 옷을 벗거나 하지 않는 법이라고, 그러니 그대로 놓아두라고….

'우리 아낙이라니?'

초봉이는 단박 면박이라도 주고 싶게 제호가 괘씸했다. 그의 눈살은 졸연찮게 꼿꼿해서 제호를 거듭떠본다. 그러나 제호는 초봉이의 그러한 눈치는 거니8)는 챘어도, 어째 그러는지 속내는 알 수 없었다.

아까 대전역에서 그만큼 선선히 내 뜻에 응하던 사람이 인제 와서는 이다지 비쌀 게 무엇이란 말인고?

옳아, 그런 게 아니고 저게 부끄럼을 타는 모양인 게로군. 그러면 그렇지 원….

"허허, 제기할 것. 그렇게 부끄러울 게 무에 있더람? …그래두 너무 그렇게 서먹서먹하질 말아요! …여기 여자들이 보는데, 마치 남의 집 여자

---

8) 거니: 어떤 일이나 사태의 미묘한 상황이 진행되어 가는 과정.

를 꼬여가지구 온 것처럼 수상하게 여길라구… 그러잖어?"

말이 그럴듯하여, 초봉이는 마음이 약간 풀렸다.

역시 꾀고, 꾐을 받아서 온 것으로 보인다면야, 차라리 아닐지언정 겉으로라도 내외간인 체하는 것이 그보다는 덜 창피할테라서….

"자, 그런데 어떡헐꼬? 응? …목간을 먼점 할까? 시장한데 무어 요기를 먼점 할까?"

"글쎄요…."

초봉이는 시장하기는 하나 이러자거니 저러자거니 제 의견을 내고 싶지도 않았다.

"그러면 아주 기분 좋게 목간을 하구 나와서 먹더라구? 좀 시장하더래두, 기왕 참던 길이니."

제호는 기다리고 섰는 하녀더러, 탕에 들어갔다가 나올 동안에 화식을 준비하든지, 그게 안 되겠으면 돔부리나 그런 것이라도 먹게 해달라고, 그리고 우리 아낙은 집에서도 나하고 같이 목간을 하는 법이 없으니 따로 독탕에 안내해주라고 주절주절 이른 뒤에, 하녀가 받쳐주는 타월을 어깨에다 걸치고 나가버린다.

초봉이는 기다리고 섰는 하녀가 제일에 민망해서 할 수 없어 유카타를 갈아입는다. 새수빠진9) 하녀가 연신 아씨 아씨 해가면서 생 근사10)를 피우는데 딱 질색을 하겠다.

탕에는 독탕이라 혼자다. 유황내가 나고 호젓한 게 마음에 헤적헤적했지만, 그래도 조용하고 정갈한 것이 좋기는 좋았다.

물탕 바닥의 푸른 타일에 비쳐 깊은 연못의 물인 듯 새파란 물이 가장

---

9) 새수빠지다: 이치에 맞지 않고 소갈머리가 없다.

10) 근사: 일에 공들임. 또는 그 일.

자리로 남실남실 넘쳐흐르는 것이 아까울 만큼 흐뭇해 보인다.

물은 너무 뜨거운 것 같았으나 참고 그대로 들어가서 다리를 뻗고 비스듬히 잠겨 있노라니까, 여러 날 동안의 피로가 새 채비로 몸에서 풍기고, 그러나 한편으로는, 이어 다 씻겨나가는 성싶어 여간만 개운한 게 아니다.

맑은 물속으로 하얀 제 몸뚱이가 들여다보인다. 대체 이다지도 곱고 깨끗한 몸뚱이가 그만 더럽혀지다니 기가 막힐 노릇이 아니냐. 그러나마 그게 한 가지도 아니요, 두 가지씩… 남이 부끄러운 체면의 수치가 하나, 제 마음에 부끄러운 비밀한 수치가 하나. 이 두 가지의 형적 없는 때가 이렇듯 곱고 정갈해 보이는 내 몸뚱이에 적이 돋은 듯 눌어붙어 한평생을 가도 벗어지지 않다니.

이리 생각하면 마구 껍질이 한 벌 벗도록 부욱북 문질러 씻어라도 내보고 싶어진다. 그래 부리나케 물탕 밖으로 나와서 몸을 문지른다. 그러나 미끈미끈하기만 하고 시원치가 않아서 여기저기 둘러보아야 비누 같은 것은 놓아둔 게 없다. 이만큼 차려놓고 수건까지 주면서 비누는 주지 않는 것이 이상했다.

그 뒤에 어느 말끝엔가, 제호더러 그런 이야기를 했다가 유황 온천에서도 비누를 쓰느냐고 조롱을 받은 것은 후일담이고.

탕에서 나와서 방을 잊어버리고 어릿어릿하는데 지나가던 하녀가 쪼르르 데려다 준다. 제호는 기다란 얼굴이, 심지어 대머리 벗어진 데까지 불크레하니 익어가지고 조그마한 밥상 앞에 앉아 기다리고 있다. 초봉이의 밥상도 따로 갖다 놓았다. 조선식으로 맞상을 안 한 것이 다행스러웠다.

"어때? 기분이 아주 좋지?"

제호는 부채질을 하면서 무엇이 그리 기쁜지 연신 싱글벙글 좋아한다.

"…자아 밥 먹더라구. 퍽 시장했을 거야! 그새 여러 날 걱정으루 지내느라구 무얼 변변히 먹지두 못했을 텐데."

밥상 앞에 가 무릎을 뉘고 앉으니까, 하녀가 간드러지게 공기에다 밥을 퍼 올린다. 초봉이는 두 손으로 덤쑥 받는다.

"어여 먹어요. 많이 배부르게 먹어요. 인전 아무 걱정두 할라 말구서 잘 먹구 맘두 편안히 가지구 그래요. 마침 목간을 했으니깐 그걸루 과거는 밀꿈 씻어버린 요량을 하구 말이지, 허허허 제기할 것…."

초봉이는 그렇기는커녕 비누가 없어서 때도 못 씻은걸 하고 속으로 웃었다.

"…자아 어서 먹어요…. 원 저렇게 이쁜 사람이, 원 그런 악착스런 일을 당하구 그리다니, 에이 가엾어! …가엾어 볼 수가 없단 말야, 허허허허 제기할 것…."

초봉이는 이건 바로 어린애를 어르듯 한다고 서글퍼서 우습지도 않았다.

"…자, 난 반주 한 잔…."

제호는 하녀한테 유리컵을 들이댄다.

"…연애라건 유쾌한 물건이니깐, 술을 한 잔 먹으면 더 유쾌하다구? 허허 제기할 것."

초봉이는 겨우 가라앉던 심정이 또다시 더럭 상해 이맛살을 잔뜩 찌푸리면서, 대체 저 사람이 어찌 이리 실없는고 하고 제호의 얼굴을 똑바로 거듭 떠본다.

그러나 제호는 아무렇지도 않게 헤벌씸 웃으면서 하녀가 부어주는 맥주를 버큼째 쭈욱 들이켠다.

"어허 시언하다! …어때? 한 잔 해보까?"

제호는 지저분하게 거품이 묻은 입술을 손바닥으로 닦으면서 초봉이에게 컵을 건네준다.

초봉이는 패앵팽한 눈살로 제호를 거듭떠보다가 외면을 한다.

"싫어? …어허허허."

초봉이가 보기에는 하릴없이 미친놈같이 제호는 꺼얼껄 웃어대면서 하녀한테 컵을 들이민다.

초봉이는 밥 먹던 젓가락을 내던지고 일어설 만큼 부아가 더럭 치달았다.

대관절 연애를 한다니 어따 대고 하는 말이며, 또 술을 먹으라고 하니 이건 약간 무례 따위가 아니라, 사람을 망신을 주려드는 게 아니냐?

아니, 인제 보니 저 위인이 딴 속이 있어가지고 나를 이리로 꼬여 온 것이 아닌가? 섬쩍 만나던 길도 여편네를 쫓았느니 이혼을 하느니 풍을 치던 것이며, 횡액이라고 동정해주는 체 앞일은 제가 감당하마던 것이며, 다 배짱이 달라서 한 수작이 아닌가? 하녀더러 아낙이니 남편이니 한 것도, 그러니까 거짓말 삼아 정말을 한 것이고.

이렇게 제호의 속을 차근차근 캐고 보니, 이건 큰일도 분수가 있지 기가 딱 막힌다.

'음충맞은 도둑놈!'

밉살머리스럽고, 또 도둑놈은 말고라서 역적놈이라도 그게 문제가 아니라, 일은 단단히 커두었다.

어느 결에 이렇게 옭혀들었는지 정신이 번쩍 든다. 그러노라니, 깔고 앉은 방석에 바늘이 박힌 것 같아 어서어서 이 자리를 피해 달아나야겠다고 마음이 담뿍 단다. 그러나 그러는 하면서도 웬일인지 과단 있이 벌떡 자리를 털고 일어서는 대신 기운이 차악 까라지고 한숨이 터져 나온다.

온갖 여망을 거기다가 붙이고 찾아가던 그 사람인 것을 여기서 떼치고 혼자 나설 일을 뒤미처 생각하니 겁이 더럭 나고, 그것은 마치 어머니를 길에서 잃어버린 아기 적인 듯 천지가 아득하여 어쩔 바를 모를 것 같기만 하던 것이다. 이게 다 무슨 약비한 짓이냐고 애써 저더러 지천도 해보기는 했으나 종시 제가 제 말을 들어주지를 않는다.

그러나 실상인즉 그는 제호를 떼쳐버리기가 겁이 나기 전에, 저와 마주 떠억 퍼버리고 앉아 있는 제호라는 인물의 커다란 몸집에서 무겁게 퍼져 나오는 이상한 압기, 이 압기에 눌려 나는 아무리 발버둥을 쳐도 꼼짝 못 하고 저편이 잡아끄는 대로 끌려 가고라야 말지 별수가 없느니라고 미리 단념부터 하고 있는 제 자신을 의식치 못할뿐더러, 그 압기라는 건 제호라는 위인이 버엉떼엥 하면서 남을 덮어 누르고 제 고집대로 하는 뱃심도 뱃심이겠지만, 그보다도 결국 그가 이편을 구해줄 수 있는 능력의 우상인데 지나지 않는 것을, 그만 것에 눌려 지레 자겁을 하도록 초봉이 제 자신이 본시 앙칼지지도 못했고, 겸하여 인생의 첫걸음을 실패한 것으로 부지중 자긍을 잃고 자포자기가 된 구석이 없지 못했던 때문인 줄을 그는 제 스스로 깨닫지 못했던 것이다.

그러고서 무단히 앉아, 속절없이 이 운명 앞에 꿇어 엎디는 제 자신의 만만한 신세를 힘없이 한탄이나 하는 것으로 겨우 저를 위로하자고 든다.

철든 이후로 무엇에고 나를 고집 못 하던 나!

고태수와 결혼한 것도 알고 보면 내 마음이 무른 탓이요, 장형보에게 욕을 본 것도 사람이 만만한 탓이 아니더냐. 그러한 보과로는 내 몸과 청춘을 잡친 것밖에는 무엇이 더 있느냐.

그러고서 시방 또다시 새로운 운명이 좌우되는 이 마당에 임해서도 다 부진 소리 한마디를 못 하는 것은 무슨 일이냐.

이걸로써 저를 용서하는 대신, 답답한 마음을 어루만져주는 탄식거리에는 족했다. 미상불 그는 한숨을 몰아 내쉬면서 눈에는 눈물까지 어렸다. 그러나 근본을 따지고 보면, 시방 초봉이의 한탄이란 그다지 근거가 있는 것이 되질 못했다. 그는 애당초에 제가 박제호의 뜻을 받아 그의 계집이 된다는 새로운 사실에 대해서 전연 비판을 가지지 않고 지나쳐버렸다. 그러기 때문에 그 사실 — 초봉이 제가 박제호의 계집 노릇을 한다는 사실 — 이 가한지 불가한지를 통히 모르고 있다. 하물며, 불가하면 무엇이 어쩌니 불가하다는 것이랄지, 따라서 제가 마음에 정녕 싫은 노릇을 하게 되는 것인지 그것도 생각을 해본 적이 없다. 하니, 좀 과하게 말을 하면, 종일 통곡에 부지하마누라상사[11]라는 우스꽝스런 초상이라고도 할 수가 있겠다.

그래서 아무러나, 입맛이 날 리가 없고, 야리게[12] 퍼준 밥 한 공기를 억지로 먹는 시늉을 하다가 상을 물렸다.

아직까지도 맥주만 들이켜고 있던 제호가 생 성화를 하면서 더 먹으라고 야단야단한다.

초봉이는 말을 하고 싶지도 않은 것을 마지못해 많이 먹었노라고 대답을 해주고서, 방머리께 유리 창 밖에다가 베란다 본으로 꾸며놓은 자리로 옮겨 앉았다.

바깥 풍경은 들 가운데 양옥과 화식집들이 드문드문 놓이고, 들에 모를 심은 논과 보리를 베어 낸 밭이 있을 뿐, 퍽 단조했다.

그래도 시원한 등의자에 편안히 걸터앉아 보는 데 없이 벌판을 바라보면서 막막한 생각에 잠겨들기 시작했다.

제호는 한 시간이나 걸리다시피 밥상머리에 주저앉아 시중드는 하녀와 구수하니 지껄이면서 맥주를 다섯 병이나 집어먹고, 밥도 여러 공기 먹는다.

그러고는 데리고 온 초봉이는 잊은 듯이 방석을 겹쳐놓고 버얼떡 드러누워 이내 코를 골아젖힌다.

---

11) 종일 통곡에 부지하마누라상사(終日痛哭에 不知何마누라喪事): 종일토록 통곡을 하고 났는데 어떤 마누라가 죽었는지도 모른다.
12) 야리게: 질기지 아니하게. 조금 모자라게.

시커먼 털이 숭얼숭얼한 정강이를 통째로 들어내 놓고 자빠져 자는 꼬락서니가 보기 싫어서 초봉이는 커튼으로 몸을 가렸다.

그러나 미구에, 조속조속 달콤하니 오는 졸음에 저도 모르게 탁자에 엎드려 잠이 들었다.

잠이 들 때까지도 그는,

'보아서 마구 내뻗으면 고만이지….'

이런, 저도 못 미더운 빙안 징담이나 해두는 걸로 임시의 위로를 삼았다.

느직이 여덟 시가 지나서 저녁을 먹고 다시 탕에 들어갔다가 돌아와 보니 하녀가 널따란 이부자리를 방 한가운데로 그들먹하게 펴놓고 베개 두 개를 나란히 물려놓는다.

'필경 이렇게 되고 마는가!'

초봉이는 그대로 문치에 우두커니 지어서서 눈을 내리감는다.

'대체 어째서 이렇게 되어지는 것인고?'

오늘 아침 군산서 아무 일도 없이 ― 그렇다 아무 일도 없었다. ― 그런 아무 일도 없이 떠나온 내가 이건 꿈에도 생각지 않고 졸가리도 닿지 않고 하릴없이 허방에 푹 빠진 푼수지, 이 밤에 저 박제호와 어엿이 한이불 속에 들어가다니 이 기막힌 사실을 무엇이 어떻다고 할 기신도 나지 않았다.

이부자리를 다 펴고 난 하녀는 알심을 부린답시고 고단하실 텐데 어서 주무시라고 납죽거리면서 물러나간다.

베란다에 나앉아서 초봉이의 난감해하는 양을 보고 헤벌씸 혼자 웃던 제호가 이윽고,

"무얼 저러구 섰을까?" 하면서 고개를 까분다.

"…일러루 와서 이야기나 해보더라구? …응? 초봉이."

이야기란 소리에 마지못해 초봉이는 제호의 맞은 편으로 가서 고즈넉

이 걸터앉는다.

"그런데에… 집은 어떡헐꼬?"

제호는 담배를 한 대 피워 물더니 밑도 끝도 없이 불쑥 한다는 소리다.

"집? 요?"

초봉이는 무슨 말인지 알아듣지 못하고 고개를 쳐든다.

"응, 집… 우리 살림할 집, 허허허허 제기할 것."

초봉이는 대체 누구하고 언제 그렇게 다 작정을 했길래 시방 이러느냐고, 짐짓이라도 면박을 줄 수 있는 제 자신이었으면 싶었다.

제호는 기다랗게 설명을 한다.

앞으로 윤희와 이혼을 하기는 하겠으나, 그게 용이한 일이 아니다. 저편이 그런 억척인 만큼 너와 내가 동거를 하는 줄을 알고 보면 심술이 나서라도 이혼에 응해주지 않을 것이다. 그러니 윤희와 이혼이 되는 날까지는 일을 속새로 덮어두는 게 좋겠다. 너를 바로 청진동 집으로 데리고 들어가지 못하는 것도 그런 곡절이기 때문이니 부디 어찌 생각 마라. 하면 네가 살림할 집은 우선 마땅한 놈으로 골라 세를 얻어주마.

그렇게 따로 살림을 하고 있노라면 첫째 뜬마음이 안정이 될 뿐만 아니라 홀몸으로 어디 가서 월급이나 한 이삼십 원 받고 지낼 것 같을 것이냐? 그런 생활보다는 우선 살림 범절만 해도 몇 곱절 낫게시리 뒤를 대주마. 그리고 그렇게 한동안 참고 지내면 윤희와의 문제가 깨끗하게 요정이 난 뒤에 너를 큰집으로 맞아들일 것은 물론이요. 만약 네가 소원이라면 결혼식이라도 하자꾸나. 그러니 다 그렇게 알고 나를 믿어라. 혹시 나를 의심할는지도 모르겠으나 설만들 내가 이 나이를 해가지고 집안 간의 세교를 생각하든지, 또 과거에 너를 귀애했던 것으로든지 너를 한때의 노리갯감으로 주무르다가 내버릴 악심으로야 이럴 이치가 있겠느냐. 그러한 불량한 놈이 아니라는 것은 변명을 않더라도 네가 잘 알리라.

제호의 설명은 대개 이러했다. 한 시간 동안이나 안존히 앉아 수선도 떨지 않고 점잖게, 그리고 간곡히 이야기를 하던 것이다.

미상불 초봉이를 제 것 만들겠다는 일념에, 그의 하던 말은 적어도 이 당장에서는 다 진정임에 틀림이 없었다.

초봉이는 제호의 태도와 말이 진실하다고 믿기보다, 진실하겠지 하고 믿어두고 싶었다.

'기왕 이리 된걸….'

무슨 차마 못 할 노릇을 죽지 못해 억지로 당하는 것처럼이나 강잉하여 마음을 돌리던 것이다.

그는 제호의 이야기한 '생활의 설계'가 적잖이 만족했다. 욕심 같아서는 기왕이니 제 의향으로, 가령 친정집의 생활 같은 것도 어떻게 요량을 해달라고 말을 해서 다짐 같은 것이라도 받고 싶었으나, 마음뿐이지 처음부터 너무 야박하다는 생각에 입이 차마 떨어지지 않았다.

마침내 제호는 입이 귀밑까지 째지면서 신혼 축하를 한다고 하녀를 불러 올려 맥주를 청한다.

초봉이는 비로소 제가 제호의 '아낙'이 되는 것에 대한 제 기호(嗜好)를 생각해본다. 그러나 막상 생각해보아야 스스로 이상할 만큼 좋고 언짢고 간에 분간을 할 수도 없고, 또 가타부타 간의 시비도 가려지지 않고 그저 덤덤할 뿐이었다. 그러고는 제호와 저를 번갈아 보면서 자꾸만,

'내가 저 아저씨의 아낙?'

'저 아저씨가 내 남편?' 해야, 아무래도 실없는 장난이나 거짓말 같아 우습기나 하지 조금도 실감은 나지 않았다. 고태수 적에도 이랬던가 곰곰 생각해보나 그러한 것을 마음에 헤아린 기억이 없다.

이튿날 낮 두 시, 인제는 정말로 제호의 '우리 아낙'이 된 초봉이는 신혼여행을 미리서 온 셈이 된 유성온천을 떠나 대전으로 버스를 달린다.

달리면서 생각은 두루 깊어, 어쩌면 한 달 지간에 이다지도 갖은 변화를 겪는고 하면, 그것이 모두 제 일이 아니고 남의 일을 잠시 맡아서 해주는 것만 같았다.

초봉이가 제호를 따라 서울로 올라와서 여관에 묵은 지 나흘째 되는 날이다. 집을 드느라고 제호는 자작소롬한 살림 나부랑이를 자동차에 들이 생여가지고 초봉이와 더불어 종로 복판을 동쪽으로 달리기는 오후 쯤 해서고.

"저게 우리 회사야…. 우선 임시루 이층을 빌려 쓰는데, 널찍해서 쓸모가 있어요…."

동관 파주개에서 북편으로 꺾여 올라갈 무렵에, 제호는 길모퉁이의 이층 벽돌집을 손가락질한다.

"…또오, 저긴 활동사진집… 우리 팽이 구경 다니기 좋으라구, 헤헤."

제호는 유성온천서 돌아오는 버스 속에서부터 초봉이를 '우리 팽이'라고 불렀다.

동관 중간께서 자동차를 내려 바른편 골목으로 들어서면 바로 뒷골목을 건너 마주 보이는 집이었었다.

송진 냄새가 나는 듯 말쑥한 새 집이, 문등까지 달리고 드높아서 겉으로 보기에는 산뜻한 게 마음에 앵겼다.

대문을 들어서면서 바른편 방이 행랑이요, 다시 유리창을 한 안대문을 들어서면 왼편이 부엌과 안방, 그리고 고패져서[13] 삼간마루와 건넌방이다. 겉으로 보매 그럴듯한 것이 들어와서 보니, 좁고 옹색하다. 마당이 앞집과 옆집의 뒷벽에 코를 부딪칠까 조심되게 좁았다. 그러한 마당에다가 장독대도 시늉은 해놓고, 수통도 있기는 있고, 또 좌가 동남으로 앉

---

13) 고패지다: 길이나 집의 구조 따위가 구부러져 있다.

은 집이라, 겨울 볕은 잘 들어도 방금 닥쳐오는 여름철은 서쪽이 막혀서 시원할 것 같았다. 그러나 보증금이 이백 원이요, 월세가 삼십 원이라는 소리에 초봉이는 깜짝 놀랐다.

행랑은 지저분할 테니 두지 말자고, 제호가 미리 말하던 대로 비어 있었다.

주인 내외가 들어오니까, 건넌방에서 배젊어도 빛이 검고 우툴우툴하게 생긴 여자가 공손히 마중을 한다.

식모도 이렇게 미리 구해놓았고, 또 의복 장롱이야 찬장에 뒤주야 부엌의 살림 제구야 모두 차려 놓은 것을 보니, 초봉이는 태수와 결혼을 하던 날 역시 이렇게 차려놓은 집을 들던 일이 생각나서 일변 속이 언짢았다.

살림은 쌀 나무와 심지어 빗자루 하나까지도 죄다 구비가 되었고, 무엇보다도 반가운 것은 재봉틀이다. 청진동 제호의 큰집에 있던 것을 내려온 듯한데, 초봉이는 윤희가 쓰던 것이거니 하고 보자니 치사스럽기도 하나, 군산서 모친과 더불어 재봉틀도 없이 삯바느질에 허리가 아프던 일을 생각하면 윤희한테 치사스러운 것쯤 아무렇지도 않았다.

결국 초봉이는 다 만족한 셈이다. 다만 화단을 만들 자리가 아무리 해도 없는 것이 섭섭했지만, 그것은 화분을 사다 놓기로 하면 때울 수가 있으리라 했다.

이튿날 아침, 제호가 조반을 먹고 회사로 나간 뒤에 초봉이는 모친한테 편지를 썼다.

사연은, 무사히 왔고 또 요행히 오던 길로 몸 편하게 잘 있을 수 있게 되었으니 조금치도 염려 말라고, 그리고 떠나올 때 편지에 말한 대로 집 보증금 주었던 것이며, 시계, 반지, 양복장 등속을 말끔 팔아서 그렁저렁 지내노라면 종차 형편을 보아 좌우간 무슨 변동을 하셨노라고, 아주 산단히 썼다.

짐작건대 혼인 때 쓰고 남은 돈이 몇 십 원 있을 테고, 또 제가 시킨 대로 주워 보태면 이백 원 돈은 될 테니, 서너 달 동안은 그럭저럭 지탱할 듯싶어, 우선 그걸로 친정은 안심할 수 있었다. 종차[14]는 제호한테다 까놓고 이야기를 해서 살림을 조략히 해서라도 할 터니 매삭 이삼십 원 가량씩 따로 내려 보내달라고 하든지. 그렇잖으면 달리 무슨 도리를 구처해달라고, 청을 댈 요량이던 것이다. 그것뿐이 아니라, 기왕 계봉이와 형주도 군산서 지금 다니는 학교를 마치는 대로 서울로 데려올 테니, 그 애들의 교육도 제호더러 감당을 해달라고 할 작정까지도 해두기를 잊지 않았다.

　편지를 쓰고 나서도 한동안 붓을 놓지 못하고 망설였다.

　기왕 편지를 쓰는 길이니, 시방 제호와 만나 다 이렁저렁 되었다는 사연을 눈치만이라도 비칠까 하던 것이다.

　마땅히 그러해야 도리는 당연할 것이었었다. 그러나 그러고 보면 비록 부모 자식 간일망정 깊은 곡절은 모르고, 계집아이가 몸가짐을 그리 헤피 했을까 보냐고 아닌 속을 아실 것 같고 해서 그래 주저를 한 것인데, 역시 아직 이르다고, 마침내 먼저 쓴 대로 그냥 편지를 봉해버렸다.

　석양쯤 되자 제호가 싱글벙글 털털거리고 들어오더니 빳빳한 십 원짜리로 오십 원을 착 내놓는다.

　"자, 이게 우리 꽹이 한 달 월급이다. 허허허허, 꽹이 월급 주는 놈은 이 세상에 이 박제호 한 놈 뿐일걸? 허허허, 제기할 것, 허허허허."

　"이렇게 많이?"

　초봉이는 반색을 하면서 웃는다.

　아닌 게 아니라, 이삼십 원 월급이나 받는 것보다 월등 낫다는 타산이

---

14) 종차: 이 뒤. 또는 이로부터.

야 종차 생각나겠지만, 우선 눈앞에 내논 한 달 용돈 오십 원이 푸짐하던 것이다.

"허허! 그게 그리 대단해서!"

제호는 초봉이의 볼때기를 가만히 꼬집어주면서,

"…돈 오십 원이 그리 푸달지다구? 쓰기 나름이지…. 그걸랑 뒤두구서 반찬거리며, 전등세, 수도세, 식모 월급, 그런 거나 주라구…. 집세는 내가 따루 줄 테구, 또 나무 양식두 따루 딜어보낼 테니깐, 알겠지! …응, 그리구 참, 달리 무엇 살림 장만할 게 있다든지, 옷감 같은 걸 끊느라구 모갯돈이 들겠거들랑 나더러 달라구 말을 하구."

초봉이는 따로 시방 약삭빠른 셈을 따져보고 있다.

수도세, 전등세, 식모 월급 다 치더라도, 십 원이 채 못 될 것이고, 반찬 거리라야 제호의 밥상을 어설프지 않게 하기로 하더라도 한 달에 이십 원이면 족할 것이다.

그런즉 오십 원에서 이십 원이나, 잘하면 이십오 원씩은 남을 것이니, 그놈을 친정으로 내려보내 주리라. 종차야 제호더러라도 다 설파하게 될 값에, 우선 얼마 동안은 친정 권솔들을 먹여 살려라 어째라 하기도 실상 무엇하고 하니 아예 그렇게 하는 편이 옳겠다.(그래서 미상불 그다음 달, 그러니까 칠월 보름에 가서 보니, 조략히 쓴 보람도 있겠지만, 돈이 이십 원하고도 몇 원이 남았었다. 곧 친정으로 내려 보냈을 것이로되, 그 동안 편지가 온 것을 보면, 아직은 제가 시킨 대로 했기 때문에 그다지 옹색치 않은 눈치여서 그대로 꽁꽁 아껴두었었다.)

두웅둥 떴던 초봉이의 마음은 차차로 가라앉기 시작했다. 그것도 처음은, 이 생활이 현실로 믿어지지가 않고 아무래도 인제 내일 아니면 모레는 다시 무슨 풍파가 일어, 또다시 새로운 그 운명이 시키는 대로 낯선 생활을 맞이하게 되려니 싶기만 했었다.

그러는 동안에 열흘 보름 한 달 두 달, 이렇게 지내노라니까 비로소 마음이 훨씬 가라앉고 생활도 자리가 잡히던 것이다.

그는 서울로 와서 제호와 살게 되면서도, 역시 집과 일에다가 정을 붙였다.

조석으로 집안을 정하게 닦달하고, 세간을 보기 좋게 벌여놓고 화분을 사나가 화초를 가꾸고, 재봉틀을 놓고 앉아 바느질을 하고, 그래서 마당에 모래알 하나나 방 안의 전등 덮개 하나에까지도 초봉이의 손이 치이고 마음이 쓰이고 하지 않은 것이 없이 모두 알뜰살뜰했다.

제호는 초봉이가 그러는 것을 너무 청승맞아서 복이 붙지 않겠다고 농담 삼아 말리곤 했지만 초봉이한테는 그것이 낙이요, 그 밖에는 마음 붙일 것이 없었다.

아침에 제호가 회사로 나가고 나면 초봉이는 그렇게 심심치 않은 하루를 보내다가, 저녁때부터는 제호의 착실한 아낙 노릇을 하기를 게을리하지 않았다.

제호가 웃으면 같이 웃어주고, 이야기를 하면 말동무가 되어주고, 타고난 솜씨에다가 마음까지 써서 조석을 어설프지 않게 살뜰히 공궤[15]하고, 제호가 미리서 말을 이르지 않아도 노상 즐기는 맥주 몇 병은 얼음에 채놓았다가 저녁 밥상머리에 내놀 줄도 알고….

이렇게 어찌 보면 눈치 빠른 애첩 같기도 하고, 정다운 아내나 착한 주부 같기도 했다.

그러나 실상은 그것이 무슨 제호한테 탐탁스레 정이 있어 그러는 게 아니고, 그런 것 역시 집안을 깨끗이 치우고, 화초를 가꾸고, 장롱을 훤하게 닦달을 하고, 조각보를 새기고 하는 것과 조금도 다를 것 없이 다만

---

15) 공궤: 윗사람에게 음식을 드림.

제 재미를 위해서 하는 노릇일 따름이었었다.

이러구러 그는 한갓 승재가 가끔 생각나는 때 말고는 이것이고 저것이고 간에 흥분도 없으려니와 불평도 없이, 일에다가 마음을 붙여서 그날 그날 지내는 '로봇' 되다가 만 '사람' 노릇을 하기에 골몰하던 것이다.

제호더러는 군산서부터 아저씨라고 불렀고, 친아저씨같이 따랐고, 미더워했고, 그랬기 때문에 시방도 그를 아저씨로 여기고 미더워하고, 흔연히 대답을 하고 하기는 해도 그 이상 남녀 간의 짙은 흥이라든가, 부부다운 정이며, 의議같은 것은 우러나지도 않았고 우러날 건지도 없었다.

오히려 그는 승재를 그리워하는 회포가 깊었다.

오랜 옛날에 무엇 소중한 것을 통째로 어디다가 잃어버리고, 그 대신 그득한 슬픔 하나를 얻어가지고 온 것같이 마음이 허전하니 외롭고, 그럴 때면, 그것이 바로 승재가 그리워지는 그런 순간이곤 했다. 보면 그다음 순간 영락없이 승재 생각이 나던 것이다.

이것이 초봉이한테는 단 한 가지의 윤기 있는 낙 — 괴로운 낙이나, 즐겁게 괴로운 낙이었었다. 그리고 겨우 이것 한 가지로 해서, 그는 오십 넘은 독신의 가정부가 아니고, 아직 청춘이라는 구실이 되던 것이다.

이와 반대로 제호는 오후와 저녁이면, 초봉이의 옆을 떠나지 않았다.

적이나 하면 삼방16), 석왕사 같은 데로 초봉이를 데리고 피서라도 가고 싶었지만, 새로 시작한 회사 일이 하루도 몸을 뺄 수가 없다.

그 대신 거의 매일 밤, 초봉이를 데리고 본정으로든지 종로든지 산보도 나가고, 나갔다가 눈에 띄는 것이면, 옷감이든지 집안 세간이든지 곧잘 사주곤 했다. 그는 초봉이의 마음을 사자고 여간만 정성을 들이는 게 아니었었다.

---

16) 삼방: 함경남도 안변군에 있는 명승지.

이런 일도 있었다. 살림을 시작한 지 바로 사흘째 되던 날인데, 초봉이가 부엌에 있다가 저녁상을 들고 들어서니까 제호는 끝도 밑도 없이,

"아니, 초봉이가 그런데, 그게 어떻게 된 셈이야?"

떼어놓고 하는 소리라, 초봉이는 영문을 몰라 뚜렷뚜렷하다가, 혹시 형보의 사단이나 아닐까 하고 가슴이 더럭 내려앉았다.

"글쎄 내가 말야⋯."

제호는 그러나 숟갈을 들면서 심상히 설명을 하던 것이다.

"⋯윤희를 보내구 나서는, 이내 다른 여자와는 도무지 상관을 한 일이 없었는데, 허허 그거 참⋯ 아, 글쎄 ××기운이 있단 말야! ⋯허허 제기할 것, 늙은 놈이 이거 망신이지? ⋯아무튼 그 사람 고 무엇이라는 친구가 초봉이한테 골고루 못 할 일을 하구 죽었어!"

이렇게까지 말을 해도, 초봉이는 충분히 그 뜻을 알아듣지 못했다. 제호가 그래서 ××이라는 것에 대해 한바탕 기다랗게 강의를 하니까, 그제야 초봉이는 고개를 숙이고 들지 못했다.

태수와 처음 결혼을 하고 나서 며칠 지나니까, 확실히 시방 제호가 말한 대로 그런 증세가 나타났던 것을 기억할 수가 있었다.

"거 기왕 그리된 걸 할 수 있나. 인전 치료나 잘하두룩 해야지, 허허허 허 제기할 것⋯ 뭐 괜찮아, 일없어!"

제호는 속이야 어쨌든, 겉으로는 이렇게 웃어버리고는 오히려 말 낸 것을 후회하여 초봉이의 무렴을 꺼주느라고 애를 썼다.

이튿날부터 주사며, 약이며, 일습을 장만해다 놓고는 제법 익숙하게 주사도 놓아주고, 저도 놓고, 내외가 앉아서 그다지 유쾌하다고는 할 수 없는 치료를 그러나 재미삼아 농도 삼아 계속을 했었다.

이렇게 범사에 제호는 초봉이를 다독거리고 어루만지고 하기를 잊지 않았다.

그는 한동안 아내 되는 윤희의 히스테리와 건강치 못한 것으로 해서 가정의 낙은 고사하고 어금니에서 신물이 났던 참인데, 일찍이 마음이 간절했던 초봉이를 얻어 이렇게 아늑한 가정을 이루고 보니 이래저래 초봉이가 귀엽고 소중하지 않을 수 없었다. 하기야 초봉이가 새침하니 저는 저대로 나돌고 속정을 주지 않아서 흥이 미흡하고 헤먹는 줄을 모르는 바도 아니요, 사실이지 언제까지고 이대로 알찐[17] 맛이 없이 지내라면 그것은 마치 석고로 빚은 인형을 데리고 사는 것 같아 죽어도 그 짓을 오래 두고는 못 해낼 듯싶었다. 그러나 저도 사람이거든 인제 정이 쏠리는 날이 있겠지, 제 정을 알자면 내가 더욱 정답게 굴어야지, 이렇게 뒤를 보자고 온갖 정성을 다 들였다.

혹시 초봉이가 새침하든지 하면 제 딴에는 버엉뗑 하고 홍을 내준다는 게,

“우리 괭이가 기분이 좋잖은 게로군? …응? …아나 괭아, 조긋대가리 주께 이리 온.” 하면서 손을 까불까불, 장난을 청한다.

그럴라치면 초봉이는,

“말대가리 말대가리.” 하면서 눈을 흘기고, 영 심하면, 정말 고양이같이 달려들어서는 제호의 까부는 손등이고 빈 대머리진 이마빡이고 사정없이 박박 할퀴어준다. 여느 때는 들어보지도 못한 쌍스런 욕을 내갈기기도 한다.

마음 심란하던 차에 탐탁하지도 않은 사람이 괜히 앉아서 지분거리는 게 더욱 싫어서 자연 소갈 찌를 내뗠곤 하던 것인데, 속을 모르는 제호는 제호대로 그럴 적마다 윤희의 히스테리의 초기 적을 생각하고, 초봉이도 그 시초를 잡는 거나 아닌가 싶어 혼자 속으로 입맛이 쓰곤 했다.

---

17) 알찌다: 알차다. 속이 꽉 차다. 실속이 있다.

🌀 흘렸던 씨앗

　칠월과 팔월은 그럭저럭 지나갔고 더위도 훨씬 물러가, 마음부터 우선 가을이거니 여겨지는 구월이다.

　장마가 스쳐간 처마 끝의 하늘이, 좁다란 대로, 올려다보면 정신이 들게 푸르다.

　뜰 앞 화분에는 국화가 망울이 앉고, 억척으로 마당 한 귀퉁이를 파 일궈 심은 다알리아가 한 길이나 탐지게 자랐다.

　제호는 인제 며칠 아니면 당하는 추석에, 단풍철의 금강산이나 모처럼 둘이서 휘익 한 번 다녀오자고 벼르고 있다. 해서, 즐겁자면 맘껏 즐길 수는 있는 가을이다. 그러나 초봉이는 저놈 다알리아에서 빨갱이가 피려느냐, 노랭이나 하얀 놈이 피려느냐 하고 속으로 점치면서 기쁘게 기다릴 경황조차 없이 마음은 어두워가기 시작했다.

　초봉이는 지나간 오월, 군산에서 고태수와 결혼하던 바로 전날, 여자의 타고난 매달 행사 ××을 마쳤었다. 그랬으니 날짜야 처다보나마나 늦어도 유월 그믐 정께까지는 그게 있었어야 할 텐데 그냥 걸러버렸다. 처녀 적에는 한 번도 거른 적이 없었다. 그러나 유월 그믐, 그때가 마침 제호와 새 살림을 시작해서 수수하기도 했거니와, 일변 결혼을 하면 그런 변조도 생긴다더니, 그래서 그러나 보다고 심상히 여기고 말았다.

　그다음 달인 칠월 그믐께도 역시 감감, 소식이 없고 그냥 넘거버렸다. 가슴이 더럭 내려앉았으나, 설마 그랬으랴 하는 생각으로 하루 이틀, 매달같이 기다리는 동안에 팔월이 다 가도록 종시 소식이 없고 말았다. 구월로 접어들더니 그제는 분명한 임신의 징조가 보였다. 그것은 여자의 직감이기도 하려니와, 그의 모친이 막내둥이 병주를 포태했을 때 여러 가지로 변화가 생기던 것을 본 기억도 도움이 되었다.

맨 처음, 신 것이 많이 먹혔다. 신 것 중에도 살구가 그놈이 약간 설익는다 해서 시큼한 놈을 실컷 좀 먹고 싶은데 철이 아니라 할 수 없이 나즈미강(여름밀감)을 시다가는 이빨이 뻐득뻐득하도록 흠씬 먹었다.

한번은, 여느 때는 즐겨하지도 않는 두부가 금시로 먹고 싶어서 식모를 시켜 한목 열 모를 사다가는, 일변 철에다가 기름으로 부치면서 집어먹으면서 한 것이 두부 열 모를 다 먹어냈다. 식모가 그걸 보더니 빈들빈들,

"아씨, 애기 서시나 배유?" 하는 것을, 새수빠진 소리 작작하라고 지천을 해주었다.

이 허천[18] 들린 것같이 음식 먹고 싶은 증세가 지나고 나더니, 이번에는 입덧이 나서 구역질이 자꾸만 넘어오고, 가슴이 체한 것처럼 거북하기 시작했다.

밥맛은 뚝 떨어지고, 그러지 않아도 여름의 더위에 시달려 쇠약해진 몸이 더욱 기운을 차리지 못하고 휘이 휘둘렸다. 그러나 이런 몸의 고통쯤은 약과였었다.

고태수와 결혼을 하고, 장형보한테 열흘 만에 겁탈을 당하고, 다시 보름 만에 박제호를 만났으니 대체 이게 누구의 자식이냔 말이다.

요행 제호의 씨라면 더할 나위 없이 좋은 일이다. 그러나 태수의 씨라면 딱한 노릇이다. 그렇지만 제호는 속이 튼 사람이라, 그런 이해야 해줄 테니 그런대로 괜찮다 치더라도 만약 불행해서 형보의 씨이고 보면…?

18) 허천나다: 굶주리어 속이 매우 헛헛하다.

생각하면 기가 딱 질렸다. 방금 제 뱃속에 형보와 똑같이 생긴 것 하나가 들어있거니 싶고 오싹 몸서리가 치이곤 했다.

'대체 뉘 자식이냐?'

아무리 답답해도 미리서 알아낼 재주는 없었다.

고가의 자식일 수도 있으면서 아닐 수도 있고, 박가의 자식일 수도 있으면서 아닐 수도 있고, 장가의 자식일 수도 있으면서도 요행 아닐 수도 있기는 하고.

그러니 그 분간은 결국 낳아놓은 담에라야 나설 것이다. 그러나 만일 낳아놓고 보아서 제호면 제호를, 태수면 태수를 닮았다면이거니와, 형보를 닮았다면, 그것은 해산이 아니라 벼락을 맞는 것이요, 자식을 낳아놓는 게 아니라, 구렁이같이 징그러운 고깃덩이를 낳아놓은 것일 것이다.

제호한테도 낯이 없을 뿐 아니라, 천하에 그것을 젖꼭지를 물려가면서 기르다니, 죽으면 죽었지 그 짓은 못 한다.

혹시 아무도 닮지 않고 저만 탁해주었으면 해롭지 않을 듯하기는 하나, 그리고 보면 이게 뉘 자식이냐는 것을 분간 못 할 테니 안 될 말이다. 애비 모를 자식을 낳아 놓았다께, 가령 제호가 그런 속 저런 눈치를 모르고 제 자식인 양 좋이 기른다 하더라도 남의 계집으로 앉아서는 차마 민망해 못 할 노릇이다.

그뿐더러 애비 모르는 자식이 애비 아닌 애비를 애비로 부르게 하는 것도 본심 있고야 더욱 못 할 짓이다.

'그러면 일을 장차 어떡허나?'

미장이의 비비송곳같이 천착을 한 끝에는 애가 밭아 이렇게 자문을 하는 것이나 역시 시원한 대답은 나오지 않고 되레 더 무서운 골로 궁리는 빠져들어 가던 것이다.

비록 석 달밖에 안 된 생명이지만, 그렇더라도 그걸 밟아 죽이는 것이 죄로 갈 것은 죄로 갈 짓이나, 뒷일을 두루 각다분찮게 하자면 역시 낳지 마는 것이 옳겠다는 것이다.

생각이 이에 미쳤을 때 그는 두려움에 몸을 떨었다. 그러나 두려워도 차라리 그 두려움을 취하고 싶었다.

더욱이 제호가 임신을 한 눈치를 챌까 봐서 애가 쓰였다. 그래 더구나 ××면 ××를 진작 시켜버리든지 해야겠다고 초초히 결심을 하고 말았다. 하나 그렇게 결심은 했이도 그놈을 시행하자니, 또한 어려운 고패여서 섬뻑 손이 대지지가 않았다. 그리하여 몸은 담뿍 지쳤는데 마음 또한 암담하고 일변 초초하여 살림이고 좋은 가을이고 통히 경황이 없던 것이다.

제중당에 석 달 있었던 빈약한 경험과 막연한 상식의 힘으로 'xxxxx' 즉 'xxxxx'이라는 약을 알아내기에 초봉이는 보름 장간이나 애를 썼다.

약을 알아내고 이어 사다 놓기까지 하고서도, 그러나 매일같이 벼르기만 하고 벌써 십여 일이나 미룸미룸 미뤄 나왔다.

시월 열흘께다. 인제는 배가 제법 도독이 불러 올라 손으로 옷 위를 만져도 그럴싸했다.

아침인데 제호가 조반상을 받더니,

"요새 어찌 신색이 많이 못됐어! 어데 아픈가?" 하면서 딴 속 있어 흐물흐물 웃는다.

초봉이는 가슴이 뜨끔했으나, 아마 그새 여러 날 횟배가 아프더니 그래서 그런가보다고 천연스럽게 둘러댔다.

"횟배? 그럴 리가 있나! …아무려나 오늘 나하구 병원엘 가든지, S군을 청해 오든지 해설랑 진찰을 좀 해볼까?"

"싫여요!"

초봉이는 잘겁해서 절로 소리가 보풀스럽다.

"허어! 저런 변괴가 있나! 몸 아픈 사람이 그래, 진찰을 해보자는데 그렇게 쏠 건 무어람? 응? 허허허허. 그러지 말구, 자아 어서 밥 먹고 이쁘게 단장두 허구 그래요. 그럼 병원에 다녀오다가 내 조선호텔 한탁 쓰잖으리?"

"싫대두 그래요!"

"저런 고집이 있을라구! 허허허허… 그럼 병원이 싫거든 일러루 오라구. 내라두 맥을 좀 짚어보게…."

제호는 밥 먹던 손을 슬그머니 내민다. 초봉이는 물신물신 물러나면서,

"싫어! 몰라! 마구 할퀼 테야, 마구…." 하고 암상떨이를 한다.

"허허허허, 우리 괭이가 어째서 저럴꼬? 허허허허. 그래 그럼 고만두지. 인전 다아 알았으니깐… 허허허허."

"알긴 무얼 안다구 저래! 밉상이네!"

"흐응, 그렇게 숨기려 들 거야 무엇 있누? 응? …제기할 것. 우리 괭이가 인전 벌써 애기 어머니가 된단 말이었다! 허허허허."

"저이가 미쳤나! …어이구 참 볼 수 없네!"

"제기할 것, 나두 우리 초봉이 덕분에 막내둥일 본단 말이지?"

"드끄러워요. 괜히 심심허니깐 사람 놀릴 양으루…."

"놀리긴! 남은 시방 좋아서 그리는데."

제호가 좋아서 그런단 말은 그러나 공연한 말이고, 유쾌해하는 것은 역시 농이던 것이다. 그는 진작부터 거니는 챘었지만 간밤에야 그게 적실한 줄 알았는데, 그러자 초봉이가 이렇게 풀풀 뛰는 걸 보고 여간만 시방 속이 뜨악한 게 아니다. 분명코 초봉이가 고태수의 혈육을 잉태했기 때문에 한사코 임신을 숨기려 들거니, 미상불 전남편이 죽은 지 겨우 보름 만에 내게로 왔었고, 그러니까 이번 임신이 노상 전엣사람의 씨가 아니라고 할 수도 없으려니 싶었던 것이다.

제호는 그렇다면 생판 제 계집이 낳아놓은 남의 자식을 떠맡아가지고

길러야 할 판이라 억울한 '애비의 부담'이요, 불쾌한 기억의 기념물이 아닐 수 없는 것은 아니었었다. 그러나 일변, 아무리 그렇더라도 그 계집을 데리고 사는 이상 그것을 부담을 했지 별수가 없는 것이고, 또 그처럼 비명횡사를 한 인간 하나의 혈육이 생명으로 남아있다는 것이 신기하기도 한 일인즉 활협삼아서라도 끝을 두고 보기는 할 만한 것이라고 그는 울며 겨자 먹는 푼수로 단념을 하고 말았다.

제호가 이렇게 속 다르고 겉 다른 말을 하는 줄은 아나 모르나 간에, 초봉이는 제대로 마음이 급하여, 그새 여러 날 두고 미뤄만 오던 계획을 오늘은 기어코 해치우려니 단단히 결심을 가졌다.

제호가 나가기가 바쁘게 장롱 옷 사품에다가 잘 건사해 두었던 ×××를 찾아냈다. 조반도 먹을 생각이 없고 식모더러 냉수만 가져오게 했다.

일호 교갑 열두 개, 이것은 보통 때 약으로 먹자면 사흘 치 분량이니 극량에 가깝다. 그래 좀 과한 줄을 알고서 두 개는 덜어놓고 열 개만 해서 왼편 손바닥에 쥐었다.

바싹 도사리고 앉으면서 바른손으로 냉수 그릇을 집어 들었다. 손이 바르르 떨리고 무심결에 아랫배가 내려다보인다.

그새 십여 일 두고 번번이 여기까지 해보다가는 금시로 하늘이 내려다보고 뱃속엣것이 꿈틀하는 성만 싶어서 도로 걷어치우곤 했던 것이다.

유난스럽게 속엣약이 반짝거리는 교갑 열 개를 손바닥에다가 받쳐 든 왼편 손이 입으로 올라오려다가는 마치 천근 무게로 잡아끌듯이 바르르 떨면서 도로 내려가고, 몇 번이고 이 승강이를 하다가 마침내 후유 한숨이 터져 나온다.

할 수 없이 바른손에 든 물그릇을 내려놓고, 왼편 손바닥의 교갑만 말끄러미 내려다본다.

'요것만 입에다가 탁 털어 넣고 두어 모금 마시면….'

초봉이는 손바닥에 쥔 ××× 교갑을 내려다보고 있는 동안에 차차로 이약에 대해서 일종 야릇한 매력을 느꼈다.

쉬울 성싶어도 졸연찮고 어려운 일이니 더 어렵기는 한데, 그러나 그놈 한 고패만 눈을 지그려 감고, 이를 악물고, 그저 죽는 셈만 대고서 꿀꺽 넘겨만 버리면, 그때는 무서워도 소용이 없고, 시뻘건 ‚덩이를 쏟뜨릴 때에 하늘이 올려다보여도 역시 소용이 없고, 그러나 그렇더라도 그 덕에 이 뱃속에 들어 있는 이것을 십 삭을 채워 낳아놓고 기르고 하느라고 겪는 갖추갖추19)의 고통과 불쾌함을 면하게 될 것이니 그게 어디냐.

이렇게까지 생각을 하고서 다시 교갑을 촐싹거려 볼 때는 시방까지의 무거운 압박과는 달리 무슨 긴장한 게임이나 하려는 순간인 것같이 이상스럽게 고소한 흥분을 느낄 수가 있던 것이다.

한 시간을 넘겨 별렀던 모양이다. 마루에서 괘종이 땡 하고 치기 시작하더니 이어 땡땡땡 여러 번을 친다.

세어보나마나 열한 신 줄 알면서도 귀를 기울여 세고 있다가,

‘오래잖아 점심을 먹으러 올 텐데, 그전에 어서 바삐….’

이렇게 급하게 저를 추겨댄다.

그래도 조금만 더 충그리고 싶어 그럴 핑계를 찾아내려고 휘휘 둘러본다. 마침 이불장이 눈에 뜨인다. 일어서서 요와 누비이불과 베개를 내려다가 아랫목으로 펴놓는다. 옷도, 뒷일이 수나롭게 입고 있어야지 하고 속옷을 단출하게 갈아입는다. 그러고는 또 미진한 게 없나 하고 둘러본다. 그러나 정말 미진한 것을 염량해서 그러는 게 아니라 자꾸 더 충그리고 싶어서 그러는 제 마음을 제가 알았을 때에는, 이러다가는 죽도 밥도 안 되겠다고 저를 나무라면서 물그릇을 얼른 집어 든다.

---

19) 갖추갖추: 여럿이 모두 있는 대로.

집어 들면서 다시는 망설이지 못하게 하느라고 이어 눈을 지긋이 감고 고개를 뒤로 젖히고 입을 벌린다. 이를 악물자고 했으나 먹는 놀음이 되어서 그건 할 수가 없었다.

열 개가 한꺼번에는 넘어갈 것 같지 않아 우선 반 어림해서 목구멍에 쏟아 넣고는 물을 마신다. 뿌듯했으나 그런대로 넘어간다.

'인제도!'

시원하다고 서를 조지면서 그다음의 나머지를 다시 털어 넣고 물을 마신다.

'인제도!'

아까처럼 목구멍으로 뿌듯이 넘어갈 때에 연거푸 또 이렇게 조진다.

그게 글쎄 어디라고 요만큼 수월한 노릇을 안 하려고, 벼르고, 망설이고, 핑계대고 한 제 자신이 괘씸했던 것이다.

자, 인제는 뱃속에서 야단법석이 일어나고, 마침내는 그 지긋지긋한 그놈의 .덩이가 시원하게 빠져나오기는 나올 테라서, 그 일에만 정신이 팔려 방바닥에다 남겨둔 교갑 두 개는 미처 치우지도 않고 그냥 이부자리 속으로 들어가 눕는다.

한 삼십 분 동안, 이제나저제나 기다리고 있노란즉 비로소 속이 메스껍기 시작한다. 다 이래야 약이 되겠거니 하고 진득이 참는다. 그러나 차차로 차차로 참기 어려울 만큼 속은 더 뉘엿거리고 아파 오기까지 한다. ××이 수축이 되는 것도 약간 알 수가 있었다.

왱하니 귀가 울고, 머릿속이 휘휘 휘둘려 어지러워나고, 눈에 보이는 것이 모두 노래지고 한다. 정신이 가물가물하고 속 메스꺼운 것, 뒤틀리고 아프고 한 것이 점점 더 급해간다. 그래도 게우지 않으려고 정신 몽롱한 중에도 이빨을 악물어가면서 참아내는 것이나, 그 노력이 길지 못했던 것은 물론이다. 식모가 허겁지겁 회사로 달려와서 제호를 불러내어,

"아씨가, 저어 아씨가 돌아가세유! 헷소리를 허세유! 정신을 못 채리세유!" 하면서 대중없이 주워섬기기는 바로 오정이 조금 지나서다.

'××를 시키려고 약을 먹었구나!'

제호는 단박 속을 알아챘다.

허둥지둥하면서도 친구요, 개업의인 S한테 전화를 걸어 위세척을 할 준비까지 해가지고 오라는 부탁을 한다. S는 실상 산부인과의 전문의사이지만, 제호와 절친한 관계로 제호네 집안에서 누가 손가락 하나만 다쳐도 그리로 쫓아가고, 골치만 좀 띠잉 해도 불러오고 하는, 말하자면 촉탁의사인 셈이었다.

제 할 말만 다 하고 난 제호는 수화기를 내동댕이치고 한 걸음에 두 발씩 뛰어 집으로 달려간다.

제호는 가령 무엇이 되었거나, 이미 한번 '어미'라는 인간의 배를 빌려 생명의 싹이 트인 그것을 모체까지 위험한 독약을 먹어가면서 악착스럽게 ××를 시키는 데는 동의를 않는 사람이다. 하기야 그도 초봉이가 애비 모르는 '모르쇠' 자식을 낳지 말아 주었으면야 해롭잖아 하기는 할 테지만, 그렇다고 ××라는 수단으로 그런 만족을 사고 싶지 않았었다. 더구나 시방은 ××가 되고 안 되고는 차치하고, 첫째 초봉이의 생명의 위험이 염려스러서라도 그다지 다급히 서두르지 않을 수가 없던 것이다.

제호는 선뜻 부엌에 있는 개숫물통을 통째 집어 들고 방으로 들어간다.

초봉이는 보니, 정신을 놓고 펼쳐 누워 숨도 쉬는 둥 마는 둥 확실히 위태해 보였다.

대체 무얼 먹었는가 하고 둘러보다가 방바닥에 두 개 남아 있는 교갑을 집어 뽑아보고는 ×××인 줄 알고서, 그래도 조금은 안심을 했다. 혹시, '맥麥.'이나 먹지 않았나 해서 은근히 더 걱정을 하고 왔던 참이다. 많이 토했는지, 식모가 걸레로 훔쳐 낸 방바닥에 아직도 그대로 홍건히 고여 있는 걸 보고 개숫물도 퍼 먹이지 않고 맥만 짚고 앉아서 의사가 오기를 기다린다.

매우 초조하게 기다린 지 이십 분쯤 해서 S가 간호부까지 데리고 달려들었다. 우선 막상 몰라 위세척을 하기는 했으나, 역시 토할 것은 토하고 흡수될 놈은 흡수되고 했기 때문에 그건 별반 효험을 내지 못했다.

위세척을 한 뒤에 이어 강심제와 해독제로 주사를 한 대씩 놓았다. 이렇게 하면서 자연 회복이 되기를 바랄 수밖에 별도리가 없었던 것이다.

"어때…? 뒤어지지나 않겠나? 그놈의 제기할 것!"

얼굴에 아직도 긴장이 덜 가신 채, 제호는 S가 청진기를 떼어들기를 기다려 물어보는 것이다.

"제길하다니…?"

S는 제호를 따라 마루로 나오면서 시치미를 떼고 농담부터 내놓는다. 이 둘은 언제고 농을 않고는 하는 말이 심심해서 못 배기는 사이다.

"…응? 죽으면 죽구, 살아나면 살아나는 게지, 어째 그 제길 하나?"

"배라먹을 게 어쩌자구 ×××을 그렇게 다뿍 집어 삼키더람!"

제호는 S가 농담을 하는 데 그래도 적잖이 마음을 놓고서, 그와 마주 담배를 붙여 물고 앉는다.

무척 애를 쓴 표적은 금시 입술이 바싹 말라붙은 걸로도 알 수가 있다.

"대장장이 집에 식칼이 없어 걱정이라더니, 이건 제호 자네는 약장수 집에 약이 너무 많아 성활세그려?"

"여편네 무지한 것두 딱해!"

제호는 시방 속으로는 S가 초봉이의 임신한 걸 알까 봐서 은근히 애를 태우고 있다. 아무리 친한 S한텔망정, 초봉이가 ××를 시키려고 이 거조를 했다는 눈치를 보이고 싶지 않던 것이다.

"그게 다아 죄다짐이라는 걸세…."

S는 제호가 꼼짝 못 하는 게 재미가 있어 자꾸만 더 놀려주면서, 환자는 잊어버린 것같이 태평이다.

"…죄다짐이라는 거야…. 오십 전짜리 인찌기 약 만들어서 광고만 크게 내굴랑은 오 원 십 원 받아먹는 죄다짐이야."

"그래, 자네네 의사놈들은 위너니 이 원짜리 주사를 이십 전씩 받구 놔주지?"

"그리구 죄가 또 있지. 아인두 족한데, 츠바이, 드라이씩 독점을 하구 지내구… 응? 하나찌두 일이 오분눈데 쓰나찌나 세나찌나 무슨 일이 있나?"

"옛놈은 팔선녀두 데리고 놀았으리? 제기할 것."

"그런데 자네, 요샌 그 '제기'를 하루에 몇 번씩이나 하나?"

안방에서 간호부가 까알깔 웃고, 식모는 킥킥 웃음을 삼킨다.

조금 만에 S는 청진기를 들고 방으로 들어가려다가,

"××이나 안 돼야 할 텐데…!" 하면서 의미 있게 빙긋 웃고는 제호를 내려다본다.

제호는 할 수 없이,

"허! 제기할 것." 하고 뒤통수를 긁적긁적한다.

초봉이가 머리칼 한 오라기만한 정신에 매달려 두웅둥 뜨다가 땅속으로 가라앉았다가 배암같이 생긴 형보한테 쫓겨 다니다가, 그게 갑자기 태수이기도 하고, 염라대왕 앞에 붙들려가서 문초도 받아 보고, 문초를 하던 염라대왕이 제호가 되어 기다란 얼굴로 히죽이 웃으면서 옆으로 오기도 하고, 형보가 칼로 옆구리를 찢고 뱃속에서 기어 나오기도 하고, 이런 혼몽 중에서 온껏 하룻낮 하룻밤을 지나 제정신이 들기는 그 이튿날 저녁나절이다.

정신이 들자 이어 생신 줄을 아는 순간, 맨 먼저 손이 아랫배로 가졌다.

돈독하게 배가 만져질 때 그는 안심과 실망을 한꺼번에 느끼면서 한숨을 내쉬었다.

사흘이 지나서 초봉이는 ××를 시키자던 것은 저까지 잡을 뻔하고 실패했으나 기운은 웬만큼 소생이 되었고, 제호가 저녁상을 받을 때는 자리를 밀어놓고 일어나 맞을 수도 있을 만했다.

"그대루 누웠잖구! …누웠으라구, 그냥."

제호는 성화하듯 만류를 하면서 비바람 함빡 맞고 휘달린 꽃같이 초췌한 초봉이의 얼굴을 물끄러미 건너다본다.

초봉이는 점직해 웃으려다 말고 외면을 한다. 제호가 이내 그 일에 대해서는 입을 떼지 않았고, 그래서 둘의 사이에는 무엇이 께름하니 걸려있는 것 같아 마주 얼굴을 처다보고 앉았기가 거북했던 것이다.

제호는, 그러나 그 일을 제 속치부나 해두고 탓을 말잤던 게 아니고 초봉이가 몸이 완구해지거든 차차 타이르려니 기다리고 있던 참이다.

"사람두 원!"

제호는 이윽고 빙긋 웃으면서 숟갈을 집어 든다.

"…건 무슨 짓이람? …그러다가 죽으면 어쩌려구 그래? 겁두 나지 않어?"

초봉이는 외면을 하고 앉아 치마고름만 만지작거린다.

"응? 초봉이."

"…"

"초봉이?"

"…"

"그러면 못 쓰는 법야. 어찌 됐던지 간에 초봉인 그 생명의 어머니가 아닌가? 어머니… 그런데 글쎄 그 거조를 하다니, 송구스럽지도 않던가?"

초봉이는 '어머니'라는 이름 밑에서 책망을 듣고 보니 미상불 송구한 것 같기는 했다. 그러나 그저 그럴싸했지, 진정으로 마음이 저리게 죄스러운 줄은 모르겠었다.

만일 이번이 두세 번째의 임신이라면 어머니답게 참으로 송구한 마음이 마음에서 우러나기도 했을 것이다. 보다도 오히려 남의 책을 듣기 전에 그랬을 것이요, 혹은 이러고저러고 없이 애당초부터 ××이라 염도 내지 못했을는지 모른다. 그러나 초봉이로 말하면 아직까지도 완전하게는 '어머니 이전'(母性以前)이다. 따라서 가령 이렇게 말썽 붙은 임신이 아니고 순리의 결혼으로 순리의 임신을 했다 하더라도 겨우 넉 달밖에 안 된 뱃속의 생명에 대해서 제법 어머니다운 애정과 양심은 우러날 시기가 아니었었다. 그러한 때문에 ××를 시키려고 약을 들고 앉아서 차마 먹지 못하고 두려워한 것도, 단지 막연하게 액색한[20] 짓, 죄를 짓는 일에 대한 인간으로서, 마음 약한 여자로서 그리했던 것이지, 옳게 어머니다운 양심이나 애정이나는 극히 무력해서 당자 자신도 의식치 못할 만큼 모호했던 것이다.

그처럼 초봉이한테 있어서 어머니다운 애정이나 양심이 희박한 것은 그것이 초봉이의 살로써 느낀 것이 아니고, 남의 말이나 남의 일을 다만 듣고 보아서 알아낸 습관으로서 '생리 이전生理以前'인 때문인 것이다. 그렇기 때문에 시방도,

'너는 어쨌든 그 생명의 어머니가 아니냐.'고 뼈아플 소리를 들어도 단지 남이 부끄러웠지,

제 마음에 걸리진 않던 것이다.

"그리구 말야, 초봉이… 글쎄…."

---

20) 액색하다: 운수가 막히거나 형편이 궁하여 어렵고 답답하다.

제호는 실상 오금 두어 나무라는 것이 아니고, 종시 부드러운 말로 타이르는 말이다.

　"…세상일을 그렇게 억지루 해대려 들면 못 쓰는 법야…. 역리라건 실패하는 장본이니깐… 알겠나? …아 글쎄, 것두 운명이요, 운명이면 다아 하늘의 뜻인데 그걸 이 우리 약비한 인간의 힘으루다가 거역할래서야 될 말인가? …거저 순리, 순리 그놈이 우리한테는 제일 좋은 보배어든. 응? 알아들어? 알겠지?"

　"네에."

　막연해서 알 수도 없고 귓속으로 잘 들어오지는 않아도 재우쳐 조지니까, 초봉이는 마지못해 대답을 하는 것이다.

　"나는 말이지, 이 박제호는 말야…. 괜찮어, 아무렇지두 않어. 어때서? …우리 초봉이가 낳아 주는거니, 남의 자식 그거 하나 기르지? 남의 개 구멍받이두 좋다구 길르더라! …아무렇지두 않어, 일없어…."

　제호는 지금 초봉이의 뱃속에 들어 있는 것이 고태수의 혈육이라고 영영 그렇게 치고서 하는 말이요, 또 그럴 수밖에는 없었다.

　"…그러니깐 초봉이두… 이거 봐요, 초봉이?"

　"말씀하세요."

　"초봉이두 말야…. 싫은 사람의 자식을 나서 기르느니라 생각을 하지 말구, 응? 그저 사람, 인간을 하나 낳아서 기르느니라, 이렇게 생각을 하란 말이야…. 그냥 사람, 그냥 인간 말이지, 응? 알겠어? …그리구 이담엔 다시 그런 긴찮은 것은 않기야? 응…?"

　제호는 초봉이한테로 얼굴을 들이대면서 대답을 조르듯,

　"…알겠나?"

　"네에."

　제호는 다지고, 초봉이는 다짐을 두고 하는 맥인데, 다짐이야 두나마나 다시는 그럴 생심이 날 것 같지도 않았다.

"그래그래… 그래야 하구말구…."

제호는 밥을 씹다가 말고 기다란 얼굴을 연신 끄떽끄떽….

"…그래야만 우리 착한 초봉이지! 그렇지? 허허허허."

"저, 입에서 밥 쏟아져요!"

초봉이는 일껏 점잖다가 도로 껄껄대고 수선을 떨고 하는 게 밉살머리 스러워서 핀잔을 준다.

"어? 괜찮어, 일없어… 거 어때? 아무개 자식이면 어때? 사람이 새끼 한 마리 낳아서 길르는 건데… 그런 걸 글쎄… 거 모두 그래서 치마 두른 인종은 속이 옹색하다는 거야! 허허허허, 제기할 것."

그 뒤로 초봉이는 뱃속엣것이 걱정이 될 때마다, 제호가 가르쳐준 주문을 외웠다.

'아무개 자식이면 어때? 사람의 새끼를 하나 나서 길르는 건데… 일 없어, 괜찮아.'

이것은 '아멘'이나 '나미아미타불'과 같이 그 순간 그 순간만은 단념과 안심을 주는 효과를 가지고 있었다. 물론 오래 가지도 못하고, 그래서 ×× 같은 효과밖에 없기는 했지만.

가을이 여물 듯이 애 밴 초봉이의 배도 여물어 갔고 그 해가 갈려 한겨울의 정월과 이월이 되자 사뭇 북통같이 불러 올랐다. 삼월 보름께 가서는 산파가 앞으로 닷새면 해복을 하겠다고 말했다. 그래 예정대로 S의 산실에 입원을 했다.

삼월 스무날 밤이 깊어서… 마침 봄이 올 테라 생일만은 좋을지 몰라도 속절없이 따라진 목숨이건만, 그래도 어린것은 부둥부둥 머리를 들이밀고 세상 밖으로 나오기 시작했다.

'네가 만일 너를 안다면, 그리고 네가 나오는 예가 어딘 줄을 안다면 너

는 탯줄을 후뚜려 잡고 매달리면서 나는 싫다고 울며 발버둥을 치리라 마는.'

초봉이는 이런 생각을 하는 동안에, 거꾸로 있던 놈이 한 바퀴 휘익 돌고, 돌아서는 뿌듯하게 나오려 하자 모체의 고통은 점점 더하다가 필경 절대의 고패에까지 이르렀다.

초봉이는 이렇게도 들이조지는 무서운 고통이라고는 일찍이 상상도 못했었다.

배를 눌러 터뜨린다든지, 몽둥이로 팬다든지, 어디를 잡아 찢는다든지 하더라도 가령 배가 터지면 터졌지 한 번 터진 다음에는 오히려 아픔이 덜리고 후련할 텐데, 이건 쭌득이 누르는 채 조금도 늦추지 않고 끝없이 계속이 되니 견디는 수가 없었다.

눈이 뒤집히고 정신이 아찔하여 옆에서 의사와 간호부와 제호가 무어라고 떠들기는 하나 알아들을 경황이 없었다.

옹골진 속은 있어 소리를 지르지 않으려고 이를 악물었으나 그래도 으응 소리가 이빨 새로 새어나온다.

위로 제왕을 비롯하여 아래로 행려병 사망자에 이르기까지 인간의 생명이 소중하다는 소치는, 적어도 그 절반은, 그가 모체로부터 세상을 나올 때에 모체가 받은 절대의 고통과 결사의 모험의 값인 때문인지도 모르겠다.

초산이라 그러기도 했겠지만 분명한 난산이었었다. 두 시간을 삐대고 나서 다시는 더 참을 수 없는 고비까지 이르자, 초봉이는 눈앞에 아무것도 보이지 않고 입만 딱딱 벌어졌다.

S는 할 수 없이 스코폴라민 주사를 산모에게 놓아 주었다. 효과만은 신속하여 초봉이는 바로 마취가 되고 수월하게 해산이 되었다.

초봉이가 다시 정신이 들었을 때는 아래가 한 토막 무너져 나간 것같이 허전하고 얼얼했다.

'낳기는 낳았지?'

대체 어디서 솟아났는지, 마치 대령이나 했던 것처럼, 맨 먼저 이렇게 차악 안심부터 되었던 것이다.

'어떻게 생겼을꼬?'

이어서 이런 호기심이, 그것 역시 어느 구석이라 없이 절로 우러나던 것이다.

바로, 낳기 바로 전까지도 내내,

'형보를 닮았으면!' 하던 공포와 불안은 웬일인지 차례가 더디어, 훨씬 만에,

'어떻게 생겼을꼬?' 하는 호기심에 연달아서야 비로소 가벼운 (공포라고 할 정도도 못되고) 아주 가벼운 불안으로서 떠오르는 것은 초봉이 제가 생각해도 되레 이상했다.

"정신이 좀 드나? 헤헤."

제호가 기다란 얼굴을 바싹 들이대면서 히죽이죽 웃는다.

'속없는 위인! 무엇이 저리 좋은고?'

초봉이는 기운도 없으려니와 제호가 보기 싫어서 눈을 도로 감는다. 그러자 마침 저편에서,

"응애―." 하고 우는 애기의 울음소리….

어떻게나 응애 우는 소리가 간드러지고 예쁘던지, 초봉이는 놀란 것처럼 눈을 번쩍 뜬다. 확실히 그는 한 개 경이를 즐기려는 무렵의 긴장을 느끼지 않을 수가 없었다.

"응애―."

예쁘면서도 느끼는 듯 누구를 부르는 듯 못 견디게 가엾은 애기의 울음소리가 첫 귀로 들렸을 때 과연 초봉이는 아무것도 다 그만두고, 어쩌

면 저렇게도 예쁜 것이던기 하는 경이를 반가움이 기다리고 있었던 것처럼 한꺼번에 더럭 솟아오르던 것이다. 어서 아기를 좀 보고 싶었다. 설사 형보를 닮았어도 좋으니 제발 어서 보고 싶었다.

"혜혜, 계집애야, 계집애!"

제호가 허리를 펴고 일어서면서 고개로 저편께를 가리키는 시늉을 한다.

'계집애?'

계집애라는 것이, 계집애라면 분명 초봉이 저와 같은 것이겠거니 싶으면서 더욱 반가운 것 같았다.

간호부가 산모의 눈에서, 애기를 찾는 눈치를 알고는 저편으로 쪼르르 가더니 융 기저귀에 싼 애기를 안고 온다. 초봉이는 쏠리듯 그편 쪽으로 고개를 돌리고 기다린다.

"어쩌면 애기를 요렇게도 이쁘게…."

간호부가 칭찬인지 건사를 무는지, 연실 흠선을 떨면서…,

"…아주 여승 어머닙니다! 어머니 화상을 그냥 그대로 그려 논 걸요!"

들이대 주는 대로 초봉이는 애기를 올려다보다가 무심코 미소를 드러낸다. 핏발이 보이게 하늘하늘하고, 그래서 흉하다 할 만큼 시뻘겋고, 그런 상이 콧등을 쨀흐을 눈을 감고, 머리털만 언제 그렇게 자랐는지 새까맣고, 이런 형용이라, 아까 울음소리만 들을 때처럼 가엾지는 않았다. 그러나 모습이 정말 저와 꼭 같이 생긴 게, 무슨 기적을 만난 것처럼 기특해서 반가움은 한결 더했다. 그리고 나서야 비로소 애기가 형보를 닮지 않은 것이 가슴 후련하게 다행스러웠다. 그러나 그 끝에 으레,

'뉘 자식인지도 모를 자식!' 하는 탄식이 대단했을 것이로되 그것 역세 임신 때 생각하더니보다도 그리 심하지 않았다.

'나를 닮은, 나와 꼭 같은.'

그런 것을 제가 하나 낳아 놓았대서 오히려 그것이 재미가 났다.

"그래 원, 요렇게두 원…."

제호가 애기와 초봉이를 번갈아 굽어다보면서 시시덕거리는 것이다.

"…저허구 거저 똑같은 걸 또 하나 나놓는담?… 것두 심술이야 심술, 제기할 것."

"그럼 어머니를 닮잖구 자넬 닮았더라면 좀 뻔했나?"

의사 S가 제호를 구슬려 주는 소리다. 그 말에 제호는 속으로,

'원 천만에, 이게 뉘 자식인데!' 하고 어처구니가 없었으나 그런 내색은 물론 드러내지 않고,

"아무렴, 아범을 탁해야지!"

"저 기다란 얼굴 처치가 곤란할걸? …한 토막 잘라놓구서 시집을 가야 않나?"

"허허, 그건 그런 불편이 있나? 허허허허 제기할 것."

제호는 그래도 얼마큼은 마음이 흡족해서 연실 지껄이고 수선을 피우고 하던 것이다.

그는 초봉이더러야 다 아무렇지도 않다고 말로는 그랬지만 막상 어린 것이 제 애비 고태수라는 그 사람을 닮아가지고 나오게 되면 그런 불쾌한 노릇이 있으랴 싶었었는데, 공평하게 마련이 되느라고 어미 초봉이만을 닮았으니 안심이라고 하자면 아닐 것도 아니었었다.

이튿날 저녁 늦어서….

초봉이는 처음으로 애기를 안고 젖꼭지를 물릴 때 비로소 어머니가 된 성싶었다. 요게 어디 좀 예쁜 데가 없나 하고 혼자 웃으면서 자꾸 들여다본다. 생긴 게 아직 그 꼴이어서 예쁘다고 할 데는 없어도, 예쁜 것 같기는 했다.

아기는 무엇이 뵈는지 안 뵈는지 몰라도 눈을 뜨기는 뜨고 아릿아릿하

다가 젖꼭지를 입에다 대주니까 입술을 오물오물하더니 언제 배웠다고, 덥신 물고서 쪽쪽 젖을 빨아들인다.

그게 어떻게나 재미가 있는지 깨가 쏟아지는 것 같았다.

스코폴라민의 여독 말고는, 초봉이는 산후에 다른 탈은 없이 몸이 소성되어 이주일 후에는 퇴원을 했다.

제호는 초봉이도 위할 겸, 저도 애기한테 초봉이를 뺏기지 않으려고 유모를 정하라고 권을 했다. 그러나 그새 벌써 이기한테 정이 들기 시작한 초봉이는 고개를 흔들었다.

아기 이름은 초봉이가 옥편까지 한 권 사다달래서 열흘이나 뒤적거리고 궁리하고 하다가 송희라고 겨우 지었다. 썩 마음에 드는 이름은 아니라도, 달리는 아무리 지어볼래야 신통한 것이 나오지 않았다.

이름은 그렇게 해서 지었어도 성은 정할 수가 없었었다.

고가 장가 박가 그놈 셋 중에 어느 놈인 것은 분명하나, 그러나 단 셋 중에 하나 그걸 알아낼 길이 없었다. 그러니 필경 어린것은 성도 없거니와, 따라서 애비도 없는 자식이던 것이다. 초봉이는 임신 때에 막연하던 것과는 달라 '모듬쇠' 자식의 어미가 된 슬픔이 비로소 뼈에 사무쳤다.

초봉이는 딸 송희한테 정이 드느라고 몸이 아무리 번화해도, 여름이 아무리 더워도 다 상관없이 지냈다. 그리고 다시 가을철로 접어들어 시방은 시월도 반이나 지나간 보름께다.

그동안 송희는 초봉이의 알뜰살뜰한 정성과 솜씨로 물컷없이 잘 자랐다. 처음 한두 달이 지나서 사람들이 박혀 제 모습이 드러나자, 인제는 이목구비 하나도 빼지 않고 초봉이를 그대로 베껴놓은 시늉이었다.

일곱 달인데 아이가 일되느라고 벌써 이칸방을 제 맘대로 서얼설 기어다니고 일어나 앉고 했다.

손에 닿는 것이면 바느질꾸리고 밥상이고 마구 잡아 엎지르고, 움켜쥐는 것이며, 이내 입에다 틀어넣는다.

살이 토실토실한 놈이 엄마를 제법 부르면서 기어오른다. 따로따로를 하라고 일으켜 세워주면, 엉거주춤하고 다리를 버팅기다가 털썩 주저앉는다.

그걸 보고 초봉이와 식모가 재그르르 웃으면 저도 벙싯하고 웃는다.

『학발가』의 조조 군사 신세타령이 아니라도, 왜 목불알에 고추자지가 대롱대롱하지만 않았을 따름이지, 온갖 예쁜 짓은 다 하려고 들던 것이다.

초봉이는 송희가 생김새나 하는 짓이나 속속들이 예쁘지 않은 데가 없고 정 붙지 않은 것이 없었다. 하기야 '동물'이나 진배없는 유아를 기르는 '인간'인지라, 아이로 해서 심정이 상하는 때도 있고, 성가신 때도 있어, 간혹 볼기짝을 찰카닥 붙여주기도 하고, 할 소리 못 할 소리 해가면서 욕을 해 퍼붓기도 하기는 하지만 그러나 그것은 잠시오, 곧 뉘우쳐서는 가엾어 한다.

송희가 귀여움에 지쳐 간혹, 임신했을 때에 ××를 시키려고 약을 먹던 일이 문득 생각이 나고 그런 때면 어린것일망정 자식을 보기조차 부끄러웠다. 그때에 만일 불행해서 ××가 되었더라면 어쨌으랴 싶어 지금 생각만 해도 아슬아슬했다. 그럴 때면,

"원 요렇게두 예쁘구 소중한 내 새끼를 이 몹쓸 에미년이, 이 몹쓸 에미년이… 아이구, 지장의 내 새끼 내 강아지를…." 해싸면서 혼자 중얼중얼, 송희의 볼기짝을 아파할 만큼 착차악 두드리고, 수없이 입을 맞추곤 한다.

성을 정하지 못하고 민적도 하지 못하는 것이 가끔 생각이 나서 마음이 괴로운 때가 있지만 그러나 이게 태수의 자식이냐, 형보의 자식이냐, 제호의 자식이냐 하는 꺼림칙한 생각도 없고, 뉘 자식이면 어떠냐 사람

의 새끼 하나를 낳아서 기르는데, 이렇게 억지로 단념하는 주문도 외울 필요도 없고 그저,

'내 자식, 내가 난 자식.'이라고만 여길 따름이다.

초봉이는 송희한테다가 온갖 정을 다 들이고는 아무것도 더 바라지를 않았다. 자나 깨나 송희가 있을 뿐이다. 그는 지금 이대로 그럭저럭 제호한테 몸을 의탁해서 송희나 바람 치이지 않게 잘 길러내는 것으로 나머지 반생의 낙을 삼으려니 했다.

아이한테만 함빡 빠져가지고는, 그래서 살림이고 세간 치다꺼리고, 화분이고, 재봉틀이고 다 잊어버렸다. 그다지도 못 잊히어 애가 쓰이던 친정도 가끔가끔 마음이 등한해지는 때가 있었다. 다달이 보름이면 잊지 않고 한 이십 원씩 돈을 부쳐주던 것도 송희의 겨울에 신길 타래버선 만들기에 잠착하여 이틀 사흘 미루기도 했다.

송희한테 정을 붙인 뒤로, 승재로 인하여 마음 적막하던 것도 인제는 모르게 되었다. 하기야 승재를 아주 잊어버린 것은 아니다. 더러 생각은 난다. 생각은 나지만, 지금 이 아이가 승재와 사이에 생긴 아이로, 그래서 송희가 승재더러 아빠 아빠 부르고 예쁜 짓을 하고 하는 재롱을 승재와 마주 앉아보았으면 재미가 있으리라는 공상으로 생각은 둘러 앉혀지고 말았던 것이다. 그것은 승재를 위해서 그런 것도 아니요, 초봉이 제 마음의 회포도 아니요, 차라리 송희의 애비 없는 허전함을 여겨서 우러나는 아쉬운 생각이었었다.

초봉이의 그러한 변화는 자연 제호한테 대해서도 드러났다. 그는 제호한테 여간만 범연히 굴지를 않았다.

제호가 남편이라는 것이나, 제호라는 남편이 있다는 것을 어느 때는 어엿이 잊어버리고 지낸다.

제호와 밤에 자리를 같이하게 되면 될 수 있는 대로 기회를 피하려들

고, 조석의 시중 같은 것도 식모한테만 내맡겨버리고는 돌아보지를 않는다. 하기야 마음과 몸이 지나치게 송희한테만 쓰이는 중에 모르고 절로 그렇게 된 것이요, 일부러 한 짓은 아니지마는, 그건 어째서 그랬던지 간에 제호는 제호대로, 밟히고서 꿈지럭 안 할 리는 없던 것이다.

초봉이가 그러기는 여름철부터 와락 더 심했는데….

제호는 사람이 의뭉하고 일일이 내색을 하거나 구느름21)을 하거나 하지를 않아서 망정이지 그렇다고 우렁잇속 같은 속조차 없는 바는 아니었었다. 찌는 여름에 온종일 회사에서 일에 시달리다가, 명색 집구석이라고 들어와야 도무지 붙임성이 없다. 계집이라는 건 빼액빽 우는 자식이나 차고 누워서 남편 쳇것이 들어와도 원두장이 쓴 오이 보듯 하기 아니면 제 할 일만 하고 있다. 그 일이 그리 소중하냐 하면 어린것 기저귀쯤 갈아 채우는 것이다. 시원한 물수건 하나 적시어다 주는 법 없고, 기껏해야 식모가 나서서 세숫물 한 대야 떠다가 든질르기가 고작이다. 그다지도 즐기는 줄 번연히 알면서도 맥주 한 병 얼음에 채웠다가 내놓는 눈치도 없다. 저녁 밥상이래야 옷에서 쉰내가 푸욱 지르는 식모가 들어다 놓는 게, 있던 구미도 다 떨어지고 어설프기란 고만이다. 마루고 방구석이고 걸리는 게 기저귀요, 어디로 코를 두르나 젖비린내다.

밤이면 십자군의 계집인 듯이 정조 무장을 하기가 일쑤요, 그렇지 않으면 마지못해서 계집 노릇을 한다는 것이 청루의 계집보다 더 싱겁다.

밤이 적이 서늘해서 거우 잠자기 좋을 만하면, 어린것 감기 든다고 앞뒷문을 처닫는다. 한밤중이고 새벽녘이고 옆에서 어린것이 빼액빽 울어 단잠을 깨놓는다.

그럴지라도 그게 내 자식이라면 귀엽고 소중한 맛에 그래저래 견딘다

---

21) 구느름: 구누름. 못마땅하여 혼자서 하는 군소리.

지만 이건 생판 남의 자식을 가지고 그 성화를 받는단 말이다. 그런데다가 한술 더 떠서 아침에 조반상이라고 받고 앉으면,

"우리 송희 민적을 어서 어떻게 해야지!"

이런 소리를 내놓는다. 기가 막혀서 말이 안 나온다. 그래도 좋게 무어라고 어물어물하면, 실상 또 윤희와 이혼이 되지 않았으니 별수가 없기도 하지만, 되레 암상을 내 가지고 들볶곤 한다. 그런 날이면 회사에 나가서도 온종일 기분이 좋지 않고 일에 마가 붙는다.

이러고 보니 제호는 결국 남의 자식을 남아서 기르는 남의 계집을 먹여 살리느라고 눈 번히 뜨고 병신구실을 하는 맥이다.

초봉이는 사실 또, 송희로 해서 그렇게 되지 않았더라도, 워너니 길이 제호의 정을 붙잡아두지 못할 잡이는 못 할 잡이다. 그저 인사삼아 껍데기로만 치레본으로만 남의 첩이지, 속정을 주지 못하니 그럴밖에 없는 것이다. 그래저래 제호로 앉아보면 벌써 일 년 반, 그동안 웬만치 사랑땜을 했고, 했은즉 계집이 예쁘고 묘하게 생겼다는 것에 대한 감각이나 흥은 인제는 더엄덤해진 판이다.

누가 무어라 해도 애첩은 애첩인 걸…. 이러한 때에 제호의 마음을 가라앉혀 그를 붙잡아 둘 건 초봉이의 애정뿐이겠는데 애당초부터 그게 없었으니 말이 안 된다. 그러니 초봉이란 간색만 좋았지, 애무의 취미에 있어서 사십 된 중년 남자의 무르익은 흥취를 만족시켜주기에 쓸모가 없는 계집이 되고 말았다.

둘의 사이에는 그리하여 조만간 파탈이 나고라야 말 형편이었는데, 계제에 초봉이가 달밤에 삿갓 쓰고 나오더란 푼수로, 사사에 예쁘잖은 짓만 해싸니 그거야말로 붙는 불에 제라서 부채질을 하는 것이라고나 할는지,

제호는 그래서 여름이 식어가는 구월 달부터는 가정에 등한한 기색이

차차 드러나더니, 시월로 접어들자 그것이 알아보게 유표했다.

　이틀에 한 번쯤을 저녁을 비워 때린 채 바깥 잠을 자고, 그다음 날 저녁에야 들어와서는 행여 초봉이가 바가지라도 긁어줄까 봐 손님이 왔느니 회사 볼 일로 인천을 다녀왔느니 버엉떙 하고 하다가 아무 반응도 없으면 그만 헤먹어서 심심하게 앉았다가는 도로 휑하니 나가고…. 그러나 초봉이는 그걸 조금도 괘념 않고, 차라리 성가시지 않은 것만 다행히 여겼다. 그는 제호의 등한해진 태도를 제 말대로 회사 일에 바빠서 그러나 보다고 심상히 여길 뿐이지, 유성온천에서 약속해주던 '생활의 설계'를 든든히 믿고 의심은 해보려고도 않던 것이다.

　그러던 끝에, 오늘도 초봉이는 제호가 더욱 전에 없이 사흘째나 싹도 안 보인 것은 통히 잊어버리고서 태평세월로 마루에 나앉아 송희한테 젖을 물리고 재롱 보기에 방금 여념이 없는 참이다.

　다섯 시나 되었을까, 가을해라 거의 기울게 되어 여윈 햇살이 지붕너머로 옆집 뒷벽에 가물거리고,

　그와 음영진 대문 안 수통에서는 식모가 시시 무얼 씻고 있고.

　송희는 한 손으로 남은 젖꼭지를 움켜쥐고 한편 젖을 빨면서 잠이 들려고 눈이 갠소름하다가 대문간에서 터덕거리는 발소리에 놀라 눈을 뜬다.

　제호는 마치 손님으로 남의 집이라도 찾아오기나 하는 것처럼 기다란 얼굴을 끼웃거리면서 어릿어릿 안대문 안으로 들어선다.

　"모르는 집엘 오시나? 무얼 끼웃거리시우?"

　초봉이는 그대로 앉아 일어나지도 않는다. 그러나 그렇게 말을 하는 초봉이 저도 실상 수수로운 손님이 찾아온 걸 맞는 것같이 어느 구석엔가 서먹서먹한 기운이 있는 걸 어찌하지 못했다.

　"으응, 아니, 거 머…."

　제호는 우물우물하다가 히죽이 웃으면서 마룻전에 아무렇게나 털씬

걸터앉는다.

좀 푸짐하라고 우정 그렇게 털털하게 굴어보는 것이나, 그래도 안길성이 없고, 더 싱겁기만 했다.

한참이나 밍밍하니 앉아 있다가는 심심삼아 고개를 이리저리 두르더니 초봉이가 안고 있는 송희를 들여다보면서,

"어디? 어디 보자!" 하로 육중한 손바닥을 까분다.

오죽 멋쩍었으면 그랬으련민, 송희는 졸리는 눈을 뜨고 제호를 올려다보다가 엄마의 젖가슴을 파고들고, 초봉이는 마땅찮아서, 이마를 찌푸린다.

"야아! 이놈의 딸년, 낯을 가리는 구나…. 허허 제기할 것, 아범이 아주 쫄딱 망했지, 허허허허, 제기할 것."

제호는 여느 때와는 좀 다르게 짐짓 나와지는 너털웃음을 친다. 그러거나 말거나 초봉이는 칭얼거리는 송희만 다독다독한다.

"그것, 성미두 생김새처럼 어멈을 닮아서 그렇지?"

"걱정두 말아요! …아무러믄 당신 같은 털털이허구 바꾼답디까?"

"허허허허, 제기…."

"드끄러워요! 아이가 잠들려고 하는데 자꾸만 앉아서…."

"하아, 이런 놈의!"

제호는 지천을 먹고 끄먹끄먹 앉았다가 담배를 피워 문다. 그동안 초봉이는 잠이 든 송희를 안고 살그머니 안방으로 들어가서 조심조심 뉘여 놓고는 다독거리고 덮어주고 돌아다보고 하다가 겨우 마루로 나온다.

"양식이 어떤고?"

제호는 옆에서 서성거리고 섰는 초봉이를 올려다보면서 묻는다. 양식은 달로 헤아리지 않기 때문에 한 가마니를 들여보내면, 어느 때 동이 나는지 모르니까 집에서 말을 해야 다시 들여보내곤 했는데, 오늘은 자정해서 말을 내던 것이다.

"아직 괜찮아요."

초봉이는 쌀 한 가마니를 들여온 지가 보름도 못 되는 것을 생각하고 심상한 대답이다.

"그래두 하마 오래잖어 떨어질걸? …아무튼 쌀뒤주가 큼직하겠다, 내일 새루 한 가마니 들여보내지."

"싫어요! 그럭저럭하다가 햅쌀 나믄 햅쌀을 들여다 먹어야지, 냄새나는 묵은 쌀은 무슨 천주학이라구."

"하하, 햅쌀이라! 것두 그렇기는 하군. 벌써 햅쌀밥 소리가 나구, 제기할 것… 돈은 몇 푼 잡지두 못했는데, 금년 일 년두 거진 다아 가더람! …그럼 쌀은 그런다구, 장작은 어떻다구?"

"그거나 한 마차 내일이구 모레구…."

"내일 들여보내지, 그럼…."

제호는 돈지갑을 꺼내더니 십 원짜리 다섯 장을 내놓는다.

"…인제 생각하니 이달은 월급이 이틀이나 밀렸었군? 허허허허, 대장대신이 요새 건망증이 생겨서."

"한 삼십 원만 더 주어요."

"삼십 원? 그래… 무어 살 것 있나?"

제호는 돈을 다시 꺼내면서 혼자 속으로,

'오냐, 이번이 마지막일지도 모르니 달랄 테거든 맘껏 달래 가거라.' 하고 활협을 부린다. 그럴 뿐 아니라, 초봉이의 눈치를 보아서 인제 아주 금을 긋고 갈라서는 마당에는, 돈이라도 몇 백 원, 혹은 돈 천 원 집어주어서 뒤를 후히 해둘 요량까지 하고 있는 참이다.

삼십 원 더 얹어주는 십 원짜리 여덟 장을 받아, 괴춤에 넣으면서 초봉이는 저 혼자,

'역시 착한 아저씨는 아저씨지!' 하고 생각을 한다.

사실 제호가 살림이고 돈이고 언제든지 이렇게 끙짜 한 마디 없이 아끼잖고 사다 주고, 내놓고 하는 것을 받을 때만은, 그가 고마웠고 고마운 만큼 더 미덥기도 했었다.

　"참 어제 아침인가? 그저께 아침인가….."

　제호는 돈지갑을 도로 건사하면서 문득 남의 말이나 하듯이,

　"…윤희가 올라왔더군."

　"유운희? 왜애?"

　초봉이는 제 바람에 놀랄 만큼 깡충 뛴다.

　비록 평소에는 의표에 떠오르지 않았다 하더라도 초봉이 역시 소위 남의 사내를 뺏어 산다는 '작은 집'다운 신경의 불안이 없을 수가 없었고, 그것이 이런 고패를 당하여 두드러져 나오던 것이다.

　"허! 왜라니? …낸들 알 턱이 있나!"

　제호는 종시 아무렇지도 않게 코대답을 한다. 이것은 분명 무엇을 시뻐하는 냉랭한 태도이겠는데, 그러면 그것이 윤희가 서울로 올라온 그 사실을 대수롭게 여기지 않는 것인지, 혹은 초봉이 네가 즉 작은 여편네가, 시앗이 시앗 꼴을 못 본다더라고, 왜 그리 펄쩍 뛰느냐고 어줍잖대서 하는 소린지, 그 두 가지 중에 어느 것인지를, 초봉이는 선뜻 분간을 못했다. 그러나 그는 제호를 저 혼자만 꽁꽁 믿는 만큼 설마 내게야 그러던 않겠지 하고 안심을 하고 싶었다.

　"…아마 여편네니깐, 제 서방한테루 살라 온 게지."

　이윽고 제호가 한마디 되풀이를 하는 걸 듣고서야 초봉이는 옳게 정신이 들었다.

　제호의 말이 그쯤 간다면, 그러면 앞으로 윤희를 어떻게 할 테냐 하는 제호의 태도가 자못 문제다.

　"제까짓 게 오면 무슨 소용 있나? 괜찮어 일없어."

어떻게 보면 이런 눈치 같기도 하다. 그러나 또 어떻게 보면 콧방귀를 뀌면서,

'그야 오는 게 당연하고, 왔으니깐 살고 할 텐데, 왜니 어쩌니 하는 네가 딱하지 않으냐.' 하는 눈치 같기도 하다. 같은 게 아니라 훨씬 더 근리할 성부르다. 그렇다면 일은 커두었다.

절대로 이런 일이 아니라고 (국제조약과 한가지로 계집 사내 사이의 언약은, 저 싫으면 차 내던지는 놈이 장사요, 앉아 당하는 놈이 호소무처[22]라는 걸 모르는 초봉이는) 우선 유성온천서 받은 좀 먹은 수형을 오랜 기억의 밑바닥에서 꺼내놓고 뒤적거린다.

자, 여기 쓰이되, 한 일 년 두고 서둘러 이혼을 한 뒤에 나를 민적에 올려 주마고 한 대문이 있지 않으냐?

그런 것을 미룸미룸 이내 미뤄오다가, 인제는 윤희가 저렇게 쫓아 올라왔으니 어떻게 할 요량이냐? 이혼을 하느냐? 만약 이혼을 못 하면 나는 어찌하라며, 나도 나려니와 우리 송희의 민적은 어떡하라느냐?

이렇게 수형의 액면대로 죄다 캐고 따지고 하자면 아무래도 단단히 악다구니는 해야 할 테고, 급기야는 윤희와도 맞닥뜨려 제호를 뺏으랴, 차지하랴 해서 요란스런 싸움이 한바탕 벌어지고야 말 것 같았다. 그리고 물론 싸움을 사양치 않을 각오다. 정작 싸우게 되면 울고 돌아섰지, 싸우지도 못할 성미이면서 우선 혼자서 방안 장담은 해두는 것이다. 하기야 제호라는 사내가 그대도록 뺏기고 싶지 않은 하 그리 탐탁한 사내더냐 하면 그런 것은 아니다. 차라리 아이를 기르는 데 걸리적거리는 물건짝이니, 이 기회에 윤희에게로 도로 내주고 선뜻 갈리는 것도 무방은 하다. 그러고서 이를 악물고 나서면야 무슨 짓을 해서든지 송희 하나 못 길러

_____

22) 호소무처(呼訴無處): 원통(冤痛)한 사정(事情)을 호소(呼訴)할 곳이 없음.

가진 않을 자신도 없지 않다. 그러나 그건 할 수 없는 경우고 그런 위태스러운 바람 앞에 송희를 안고 나서느니보다는 그새처럼 평화롭고 안전한 온실 안에서 소중한 꽃 송희를 길러내야 하고, 그것이 송희를 위하는 안전한 방책인 것이다. 그러니까 제호는 우선 뺏기지 말고 보아야 한다.

초봉이는 이러한데, 그러나 제호의 배짱을 떠들고 들여다보면 대단히 그와는 상거가 멀다.

제호는 이마직 와서는 윤희와 이혼할 생각은 없기도 하려니와, 하고 싶어도 그게 그리 수월한 일이 아니다. 그건 고사하고 초봉이와 이렇게 딴살림을 차린 줄을 윤희가 아는 날이면 큰 풍파가 일어나서 모두 뒤죽박죽이 될 판이다. 항차 회사에 증자를 하느라고 윤희를 속여서 그의 친정 돈으로 주株를 얼마를 사게 했기에! 그러니 더구나 초봉이와는 하루바삐 손을 끊는 게 그저 상책인 것이다.

이제는 그러므로 켯속이 갈리느냐 안 갈리느냐가 아니라 갈리기는 꼭 갈리고야 말게만 되었은즉, 그럴 바이면 오늘 저녁 이 자리에서라도 자, 사실이 약시 이만저만하고 이만저만한데, 또 너와는 더 지내기도 싫어졌고 겸하여 너도 나와 살맛이 덜한 눈치고 하니, 그저 너는 너대로 나는 나대로 갈라서자꾸나, 이렇게 이르고 일어서면 그만인 것이다.

사실 당장 그랬으면 싶고, 또 그리하자면 노상 못 할 것도 아니다. 그러나 영영 다급하면 몰라도 애초에 나이 어린 계집애를, 더구나 의리도 돌아보지 않을 수 없는 동향 친구의 자식을 살자고 꾀어서 오늘날까지 데리고 살다가, 속이야 어떻게 생겼든 겉으로는 그다지 탈잡을 무엇이 없는 걸, 그처럼 헌신짝 벗어 내던지듯 괄시를 하기는 두 뼘이나 되는 낯을 들고 좀체로 못 할 노릇이기도 했다. 그리하여 차마 이 성가신 석고상을 박절하게시리 내 손으로 내다버릴 수는 없고, 한즉 그저 비비댈 언덕을 하나 만나 그걸 핑계 삼아서 갈라서든지, 그도 저도 못하면 아편쟁이 아편 끊듯이 서서히 두고라도 떼어 팽개치는 수밖에는 도리가 없다는 것이 시방 제호의 요량장이다.

"그럼 어떡허실려우?"

둘이는 제각기 제 생각에 잠겼느라고 한동안 말이 없다가 이윽고 초봉이가 입을 연다.

"용?"

제호는 너무 오래된 이야기 끝이라 무슨 소린지 몰라 초봉이를 마주 보다가 겨우 알아듣고 씨익 웃으면서,

"…어떡허긴 무얼? 거저 그렇구 그렇지… 모두 성화야 성화! 제기할 것."

제호는 어물어물 씻어 넘기자는 것인데, 초봉이는 종시 딴전만 보느라고 그 말을 어떻게 하기는 무얼 어떻게 하느냐? 그저 그러고 있으면 윤희 문세는 종차 다 요정이 날 텐데, 에이 성가시어! 이렇게 하는 말로 갖다가 알아듣는다. 그러고 보니 방금 혼자서 결이 나서 따지고 캐고 하던 것이 우스웠고, 따라서 인제는 윤희가 서울로 올라온 것도 위협이 되지 않고, 앞일도 종시 이런 착한 아저씨가 있대서 안심이 되고 했다.

"벌써 다섯 시 반이라? 어허 또 좀 나가봐야 하나! 제기할 것."

제호는 꺼내 보던 시계를 도로 집어넣으면서 기지개를 쓰고 일어선다.

제호가 일어서는 걸 보니 초봉이는 그가 시방 윤희한테로 가거니 생각하면 어쩐지 마음이 언짢고 그대로 놓아 보내기가 싫었다. 그건 단순한 물욕만도 아닐 것이고, 나그네 먹던 김칫국이나마 먹자니 더러워도 남 주자니 아까운 인심이라면, 초봉이도 일 년 넘겨 이태 가까이 살아온 이 사내가 명색 큰 여편네라는 것한테로 가고 있는 걸 보고 있기가 역시 그늘에서 사는 남의 작은집답게 오기가 나지 않을 수도 없던 것이다.

"왜? 저녁 안 잡숫구?"

초봉이는 그새 여러 달 않던 짓이라, 갑자기 속을 뽑히는 것 같아 귀밑이 붉어 올랐다. 제호는 속으로 고소해,

'흥! 너두 겁은 나기는 나는 모양이루구나? …얌사스런 것!' 하면서, 그러나 겉으로는 그저 혼연히,

"…여섯 시에 잠깐 누굴 만나기루 했는데…."

"그래두 얼른 잡숫구 나가시우… 그리구우, 저어…."

초봉이는 오래간만에 헤죽헤죽 예쁜 웃음을 웃어 보이면서,

"…오늘 월급 탄 턱으루 육회두 치구 갈비두 굽구 해디리께, 당신 좋아허시는…."

"육회? 갈비?"

제호는 그 웃음에 그전처럼 얼굴과 몸치장까지 했더라면 얼마나 운치가 있겠느냐, 이런 생각을 하는데, 또 육회니 갈비니 하는 게 모처럼 초봉이의 얌전한 솜씨로 만든 안주가 입맛이 당기어 한 잔 또한 해롭지 않다 싶어,

"…거 구미는 당기는데… 그러나저러나 오늘은 웬 서비스가 이리 대단한구?"

"월급 탄 턱으루…."

"허허허허, 시에미가 오래 살면 자수물통에 빠져 죽는다더니… 그러나저러나 시간이…."

"진지는 다 했어요…. 지금 곧 고기허구 약주만 사오믄 고만일걸."

초봉이가 어멈을 불러대면서 부산하게 서두는 것을 제호는 다시금 시계를 꺼내보다가,

"아니, 가만있으라구…." 하면서 그대로 마당으로 내려선다.

"…그럴 게 아니라, 내 다녀오지. 지금 가서 만나볼 사람 만나보구, 여섯 시 반이나 일곱 시 그 안으로는 올 테니깐, 그새 무어구 천천히 만들

어 뒀다가 줄려거든 주구… 그럼 내 오는 길에 술은 한 병 사 들구 오께시니, 잉? 그러면 좋잖어?"

"그럼 그렇게 허시우. 여섯 시 반이나 일곱 시까지? …꼭 오시우? 또 어디 가서 약주 잡숫느라구 남 눈이 빠지게 기다리겔랑 마시구….”

"아무렴, 글랑 염려 말아요.”

제호는 거들거리면서 대문간으로 나간다.

초봉이는 방으로 들어가서 방금 제호가 주고 간 돈을 양복장 속 서랍에다가 잘 건사를 한다. 그러면서, 내일은 송희를 업혀가지고 백화점으로 침대며 유모차를 사러 가려니 하다가 돌려다보니 송희는 젖을 빠는 꿈을 꾸는지 입술을 오물오물하고 있다.

그놈에 정신이 팔려, 식모를 고깃간에 보내자던 것도 잊어버리고서 들여다보고 좋아하는데 마침 누군지,

"이리 오너라!" 하고 점잖게 찾는 소리가 대문간에서 들려왔다.

한번 듣기에도, 귀에 여운이 처지는 쨍쨍하고도, 따악 바라진 목소리다. 초봉이는 그것이 뉘 목소리인지 알아내기 전에 가슴이 먼저 알아듣고는 두근, 울렁거리면서 손이 절로 올라가서 꽉 눌러준다.

☙ 슬픈 곡예사

초봉이가 가만가만 마루로 나서는데, 부엌에서 식모가 대문간으로 나가더니 조금 후에 도로 들어오는 그 뒤를 따라 처억 들어서는 건 평생 가도 잊혀지지 않을 곱사등이 장형보다.

따라 들어서는 형보를 돌아다보고 식모가 무어라고 시비조로 말은 하는 것이나 퍽 익숙한 눈치고, 또 형보 역시 낯설잖은 태도로, 아니 뭐 괜찮으니 염려 말라고 하고, 하는 게 이상히 보자면 볼 수는 있는 것이지만, 초봉이는 그런 걸 새겨 볼 정신이 없었다. 그는 선뜻 형보가 눈에 보이자 (실상은) 보기 전부터 놀라가지고 있었다.

피는 한꺼번에 얼굴로 치달아 두 관자놀이가 터질 듯 우꾼거리고 몸은 걷잡을 수 없이 떨렸다.

식모가 앞으로 와서, 아 저이가 아씨를 뵙겠다구 하길래 밖에서 기다리라니깐 안 듣구서 저럭허구 따라 들어온대유, 하는 성화도 쿵쿵 가슴 뛰는 소리에 삼켜지는 듯 똑똑히 알아듣지 못했다.

이윽고 초봉이는 강잉해서 정신을 수습하여 내가 왜 저 사람을 이대도록 무서워할까 보냐고 숨을 깊이 들이쉬고 고개를 꼿꼿이 쳐들었다. 그래도 종시 가슴은 들먹거리고 몸이 떨리는 건 어찌할 수가 없었다.

언제 보아도 홀아비 꼴이 드러나게 꾀죄죄 때가 묻은 주제다. 홀조군하니 풀이 죽은 당목 두루마기에, 두루마기 밑으로 처져 내린 옹구바지는 더 시커멓다. 군산서 볼 때보다는 것은 그리 낡지 않는 손가방 한 개다. 이 꼬락서니에 고개를 되들고 조롱을 하듯 비죽이 웃으면서 곱사등을 흔들흔들 그는 서슴잖고 대뜰로 올라선다.

"실례합니다. 에, 그새 다아 안녕하십니까?"

"어째서 외간 남자가 남의 집 내정을 함부로 들어오구 있어요!"

초봉이는 눈을 아니꼽게 가라뜨고 형보를 내려다보다 떨리는 음성으로 준설히 나무란다.

"네에, 잠깐 좀 뵐 일이 있어서요….'

형보는 네까짓 게 암만 그래 보아라 하는 듯이, 어느 새 마룻전에 가서 척하니 걸터앉는다.

"…그새 어 참, 다아 평안하시구, 또오 궁금한 건 그 어린것인데, 잘 놀기나 하나요?"

이 사람을 다뿍 깔보고 덤비는 형보의 패씸스런 태도에, 초봉이는 성이 나기보다 어처구니없었겠지만, 그러나 어린것이라는 소리에 놀라서 겨우 가라앉던 정신이 도로 황망해졌고, 그러느라고 다른 경황은 통히 나지 않았다.

"잘 놀거나 말거나 무슨 상관으루 그래요? 일없으니 어서 가요!"

침착한 것과 초조한 것의 승부는 빠안한 거라, 싸움의 첫 합에 초봉이는 우선 지고 넘어가던 것이다.

"어 참, 그리구 박제호 씨 그분두 좀 뵐 텐데, 일곱 시까지면 들어오신다구요?"

이 소리에 초봉이는 더 놀랐거니와, 부엌문으로 끼웃이 내다보고 섰던 식모는 질겁을 해서 자라 모가지같이 고개를 오므라뜨린다.

식모는 그새 두 달 장간이나 가끔 대문 앞에 와서 어물거리는 형보한테 번번이 돈장씩 얻어먹는 맛에 주인집 내정 이야기를 속속들이 알려 바쳤었다. 형보의 계책을 알고 그런 건 아니나 아무튼 끄나풀 노릇을 한 셈이었었다. 그랬는데, 오늘은 아주 어엿이 이리 오너라 하고 찾더니, 바깥주인의 동정을 물어보고는 처억 안에까지 들어와서 맹랑한 수작을 붙이고, 하던 끝에 제게서 들은 말을 내놓고 하는 게 아무래도 그동안 저지른 소행이 뒤집혀지는 것 같아, 그래 겁이 나던 것이다.

초봉이는 형보가 제호를 만나겠다고까지 말하는 것은 분명 송희를 제 자식이라고 빼앗아가자는 배짱이거니 해서 그래 겁이 났다.

아무런들 송희아 뺏길까마는, 우선 제호는 여태 모르고 있는 낡은 비밀 하나가 드러날 테니 걱정이다. 거기 연달아 제호도, 그러면 제 애비가 나선 셈이니 차라리 내주고 말자고 할 것이요. 그러잔즉 두 사내가 우측 좌측 하는 틈에 끼여 송희를 안 뺏기려고 혼자서 바워내기가 좀쳇일이 아닐 것이다.

초봉이는 어쩔 줄을 몰라 쩔쩔맬 것 같았다. 형보는 보니 바로 태평으로 앉아 뻐끔뻐끔 담배를 피우고 있다.

"왜 가라는데 안 가구서 이래요? …괜히 좋잖은 일 보기 전에 냉큼 나가요… 내 원 별, 참….."

마음이 초조한 만큼 초봉이는 말을 하는데도 음성에 그러한 기운이 완구히 드러난다.

"가기가 그리 급한 게 아니니, 우선 우리 이야기나 좀 해봅시다그려?"

형보는 마룻전에 걸트린 채 한 다리를 점쳐 올려놓고, 초봉이한테로 처억 돌아앉는다.

초봉이는 문득, 내가 어쩌니 오늘날 와서까지 이 위인한테 이런 해거를 당하는고 하는 생각이 들면서 더럭 분이 치달아 올랐다. 그리고 분이 나는 깐으로는 당장 왜장을 쳐서 동네 사람이라도 청해 오고, 순사라도 데려다가 혼을 내주기라도 하고 싶었다. 꼭 그랬으면 속이 후련할 것 같았다. 그러나 그러자면 그야말로 동네가 시끄러울 뿐 아니라 막되어 먹은 이 위인의 행티에 그 입에서 무슨 소리가 나올지 모르는 걸 섣불리 건드렸다가 지나간 사단이나 뒤집히고 보면 나만 망신을 하고 말겠으니, 생각하면 그도 못 할 일이고 분해도 참는 수밖에는 없었다. 그리고 이 위인을 어서 그저 쫓아 보내는 게 상책인데, 그러자면 제가 할 말이 있다고 하니 아무려나 말을 시키고 나서 어떻게든지 하는 게 좋을 성불렀다. 이것이 약섬과 약한 마음을 지닌 탓이요, 그래서 그게 형보의 생퓌 억지와 떼에 옭혀드는 시초인 줄이야 초봉이 자신도 알지도 못한다.

"이 애 초봉아?"

별안간 형보는 지금까지 공대하던 말투는 딱 걷어치우곤 활짝 까놓고 수작을 붙이고 덤빈다. 다만 식모는 꺼리는지 말소리만은 나직나직….

초봉이는 형보의 무례하고 안하무인한 태도에 속이 불끈했으나, 이왕제 이야기를 들어보자던 참이라서 분을 꿀꺽 삼켜버린다.

"에헴…."

형보는 목을 한 번 가다듬고 담뱃재를 툭툭 털고 하더니,

"…이야길 간단하게 하려 들면 아주 간단하다, 응? 무엇인고 하니… 저 자식은 내 자식이구… 똑똑히 들어라…."

발꿈치로 조지듯이 말끝을 한 번 누르고는 바짝 고개를 되들어, 넌지시 기둥에 가 기대 섰는 초봉이를 올려다본다. 그러면서 콧구멍을 벌씸벌씸, 입을 삐쭉 하는 게,

'자아, 어떠냐?' 하는 꼴이다.

초봉이는 속으로,

'역시 그런 수작이로구나!' 하고 다시금 가슴이 울렁거렸으나, 그런 내색은 애써 감추고서 꼿꼿이 형보를 마주 내려다보다가,

"별 미친 녀석을 다 보겠네!" 하고 외면을 해버린다.

"흥 암만 그래두 소용없느니라. 그리구 또 들어 보아라…. 자식이 내

자식일 뿐 아니라, 너는 내 계집이야, 내 계집… 그러니 너는 자식 데리구 나를 따라와야 한다. 나를 따라와야 해….”

초봉이는 차라리 실소를 할 뻔했다. 자식이 형보 제 자식이라는 데는 초봉이도 아니라고 우겨댈 거리가 없다면 없을 수도 있지만,

‘너는 내 계집이다.’ 하는 데는 기가 막히는데, 게다가 한술 더 떠서 자식 데리고,

‘나를 따라와야 해….’ 하니 생떼가 아니라면 미친놈의 수작이라고 밖에는 더 달리 보이지가 않았다.

“그래, 할 말이라는 게 겨우 그거더냐?”

초봉이는 시쁘듬하게 형보를 내려다본다.

“그렇다. 그러니깐, 어서 기저귀 뭉뚱그러서 들쳐 업구 날 따라나서거라.”

“괜히 허튼 수작 하지 말구 냉큼 나가. 저엉 그렇게 추군거리다가는 순사 불러댈 테니… 무순 권한으루다가 남의 집 내정에 들어와설랑은 되잖은 소릴 지껄이는 게냐? 법 무서운 줄두 모루구서….”

“법? 흐흐 법?”

형보는 제가 기가 막히다고 상을 흘뜨린다.

“…법? 그거 좋지! 그럼 그렇게 허까? 내라두 가서 순사라두 우선 불러 오라느냐? 순사 세워 놓구 담판하게?”

“무척 순사가 네 편역 들어줄 줄 알았더냐?”

“이애 초봉아! 아니꼽다! 내가 순사가 무서울 배면 이러구서 네게 오질 않는다. 불러올 테거던 불러오너라. 가택침입죄루다 이십구 일 구류밖에 더 살라더냐? 그보다 더한 몇 해 징역두 상관없다. 종신 징역이나 사형은 아닐 테니간, 징역 살구서 뇌여 나오는 날이면, 응? 알겠니?”

형보는 눈을 무섭게 부릅뜨고, 뽀도독 소리가 역력히 들리게 이를 간다.

"…약차하면 순사 보는 데서, 저 어린것을 콱 찔러 죽이구 아주 시언하게 그래 버리구서 잽혀가구 말 테다. 순사 불러댈 테거든 불러대라, 불러대!"

초봉이는 고만 푸르르 몸을 떤다. 그가 순사를 불러댄다고 한 것은 정말 순사를 불러댈래서 한 말이 아니라, 엄포를 하느라고 그런 것인데, 형보는 그쯤 서눌러대면서 덜미를 치고 나서니, 정말로 순사를 불러와야 하게 일은 절박했다. 그러나 그렇다고 막상 순사를 불러대고 보면 저런 환장한 놈인 걸, 지레 덤태가 날 것이고, 그러니 이러지도 못하고 저러지도 못하고 마음이 다급하기만 했다.

당초에 형보는 초봉이를 넘보고서 하는 수작이요, 염량은 말짱하여 제가 먼저 겁을 먹고 있는 터이니, 만일 초봉이가 속으로야 무섭고 겁이 나고 하더라도 그런 내색은 보이지를 말고서, 이놈 고얀놈이라고 엄포는 못 한다 할 값에 말 한마디 눈짓 한 번이라도, 이 녀석아 네 소리는 미친소리만도 안 여긴다는 태연한 태도만이라도 보이기만 했더라면, 이 싸움에 그리 문문히 넘어 박히진 안 했을 것이다. 그런 것을 침착을 잃고, 압기가 되어가지고는 생판 부르대는 억지떼와 맞서서 승강이를 하니 아무려면 형보의 억지를 이겨낼 리 만무한 것, 필경은 되잡힐 수밖에는 없던 것이다.

"네는 혹시, 혹시 말이다…."

한참이나 있다가 형보는 훨씬 목소리를 눅여가지고 조곤조곤 타이르듯,

"…저것 어린 것이 고태수 자식이라구 요량을 대나 부다마는 그건 잘못 알았다. 고태수루 말하면 에, 몇 해를 두구 화류계 계집이며, 염집 계집을 줄창 상관했어두 자식이라구는 배본 적이 없더니라, 아니, 그런 걸 너허구 한 열흘 살었다구 자식이 생겼을 성부르냐? 응?"

"…."

"그리구 또오, 너루 말하면 나허구는 어떻게 돼서 그랬던지 간에 하룻 밤 상관이 있었을뿐더러, 에, 고태수가 생전에 내게다가 너를 맡겼더란 말이다, 응? …아 여보게 형보, 내가 죽은 뒤엘라컨 우리 초봉일 걷어 줄 겸해서 아주 자네 마누랄 삼아 주게, 이런 말이 한두 번이 아니더란다. 증인이 멀쩡하게 살아 있다!"

초봉이는, 속없는 태수 그 위인이 족히 그런 소리도 지껄이기는 했으 리라고 생각하면서,

"내가 머, 느이 집 종의 새끼더냐? 느이끼리 맘대루 주구받구 하게?"

"아아 그래, 네가 정녕 내 말을 못 듣겠단 말이냐?"

"어째서 내가 네 말을 들어?"

"정말이냐?"

"그래서?"

"그렇거들랑, 자식을 우선 이리 내놔라."

"나를 목을 쓸어 봐라."

"자식두 못 내놓겠단 말이지?"

"도둑놈! 날부랑당 같은 놈!"

"정말 못 내놓겠느냐?"

"아니면?"

"알았다. 너두 자식 소중한 줄은 아나 부구나…?"

초봉이는 대답을 않고 안방 문지방으로 물러선다. 무심결에 제 몸으로 송희를 가려주고 있던 것이다.

"…네가 자식이 중할 양이면 나는 더하다. 아무리 내가 이런 병신이기 루서니 머, 속 창자까지 없을 줄 알았드냐? 흥! …너두 생각을 해봐라? 어느 시러베 개아들놈이, 그래 눈 멀뚱멀뚱 뜨구서 제 자식을 의붓애 비한테 뺏기구 가만있을 놈이 어디 있다드냐? 응? …괜히 어림도 없다,

흥! …자아 보아라!"

형보는 잠깐 말을 멈추더니 조끼 호주머니를 부스럭부스럭하다가 짤막한 나무동갈 하나를 뒤쳐내어 손에다 쥔다. 동글납작하고 한쪽으로 금 간 하얀 나무동강이, 그건 첫눈에 아이쿠치(단도)임을 알 수가 있었다. 초봉이는 그것이 칼인 줄도 알았고 그래서 무섭기도 했으나 실상 알기 때문에 짐짓 모른 체하느라고 고개를 놀린다.

"…너, 이거 알지?"

형보는 한 손으로 손가락을 놀려 칼집을 슬며시 반쯤 뽑아가지고 쳐들어 보인다.

"오냐, 죽일 테거든 죽여라! 죽여두….."

"죽이라! 왜 너를 죽일 줄 알구? …가만 있거라….."

형보는 칼집을 맞추어 도로 조끼 호주머니에 집어넣으면서,

"…너는 종차 문제구, 네가 보는 네 눈앞에서 저걸, 자식을 말이다, 마구 칵 찔러 죽일 테란 말이다. 자식을….."

초봉이는 형보가 금시로 칼을 뽑아들고 달려드는 것을 막기나 하려는 듯이 두 팔을 벌려 문지방을 가로막는다. 노상이 위협만이 아니고 칼까지 품고 왔을 제는 참말 송희를 죽이려고 덤빌 줄 알았던 것이다.

인제는 기가 죽어서 무어라고 마주 악다구니를 할 기운도 안 나고 몸은 사시나무 떨리듯 떨린다. 눈은 실성할 듯 횡하니 벌어진다.

형보는 초봉이의 사색 질린 얼굴을 올려다보면서 신이 나는지 더욱 독살스럽게,

"…흥! 남의 의붓애비한테 뺏기구 말 테면 그까짓 것 죽여버리기나 하구 말지, 그냥 두구 볼낸 줄 알았드냐? 어림없이… 날 마다구 하는 네 심통머리가 얄미워서라두 네 눈구멍으루 보는 데서, 너두 재랄복통이 나서 자진해 죽으라고, 요걸 요렇게 후뚜려 쥐구는 거저 칵….."

예까지 형보는 꼬박꼬박 제겨가다가 문득 낭패한 기색으로 말을 뚝 그친다.

만약 말을 그렇게 했다가 초봉이가 무서워서 그랬던지 귀찮아서 그랬던지 아무튼, 옜다 네 자식 하고 선뜻 내주는 날이면 그런 낭패라고는 없을 판이다.

에미를 낚아 가자는 게 주장이요, 자식이야 실상인즉 어느 놈의 씨알머린지 모르는 것, 가령 또 내 지식이라 치더라도 꿈에도 생각잖은 것, 그러니 그걸 데려다가는 무얼 하느냐 말이다. 진소위 죽은 토끼 잡으려고 산 토끼 쫓는 셈이지. 형보는 그래서 말이 잘못 나간 것을 깨닫고 당황하여 그놈을 둘러맞출 궁량을 부산나케 하고 있는데, 그러나 실상 초봉이한테는 도리어 그게 효과가 컸다.

형보의 눈 하나 깜짝 않고 딱 버티고 앉아서 따북따북 말을 뱉어놓다가 필경,

'…요렇게 후뚜러 쥐고 칵….'

찔러 죽인다는, 손짓 눈짓 몸짓을 다 겹친 마지막 대목에 가서는 그만 아이구머니 하고 외칠 뻔했다.

눈을 지그시 내리감는다. 그러나 감는 눈에는 칼을 뽑아 쥐고 희번덕거리는 형보와 피투성이가 되어서 바르르 떨고 엎어진 송희의 환영이 역력히 나타나 보인다. 푸르르 떨면서 눈을 번쩍 뜨고 무심결에 뒤를 돌아본다. 의외던 것같이 송희는 고이 자고 있다. 호 하니 한숨이 나왔으나 안심은 순간이요, 마구 미칠 것 같다. 소리를 치자니 단박 칼을 뽑아들고 덤빌 것이고 송희를 들쳐 업고 달아나자니 몇 걸음도 못 가서 잡히고 말 것이다.

'어떡허나?'

대답은 안 나온다.

'저놈을 그저….'

총이 있으면 두말 않고 탕 하니 쏘아 죽일 것 같다.

마침 보니 형보의 머리 위로 굵다란 도리가 건너간다. 저놈이 좀 부러져 내리면서 정통으로 거저 저 대가리를 후려갈겼으면 캑 소리도 못 하고 직사할 것 같다. 속으로 제발 좀 그래 줍시사고 축수를 한다. 어쩌면 방금 우지끈 딱 하고 내려앉는 성싶으면서도 치어다보아야 그냥 정정하니 얹혀있다.

"그러구저러구 간에 말이다…."

이윽고 형보는 둘러댈 말을 장만해가지고 새 차비로 나선다.

"…설사 네가 순순히 자식을 내준대두 나는 네가 보는 데서 죽여버릴 수밖에 없다. 죽여버리는 수밖에 없을 것이… 아, 글쎄 이, 홀애비놈이 아직두 젖두 안 떨어져서 빼액빽 보채구 하는 걸 데려다가 어떻게 길른단 말이냐? …길를 수도 없거니와 액색해서 나 같은 성미 팔팔한 놈은 그런 꼴 눈으루 볼 수도 없구… 그러니 눈 새까만 게 불쌍은 해두 죽여버리는 수밖에 더 있느냐? …그럴 게 아니냔 말이다, 이치가… 생각을 해봐, 이치가 그럴 게 아닌가… 머, 옛놈은 어린 자식 있는 사내를, 계집년이 버리구 달아나니깐, 자식을 자반을 만들어서 짊어지구 그년을 찾으러 다녔다더라만, 다아 그게 애비된 놈의 마음을 생각해보면, 근경이 그럴 만도 하니라."

형보는 담배를 갈아 피우는 체하고 말을 잠깐 멈춘다.

초봉이는 형보의 하는 소리가 귀에 들어오지도 않는 듯이 외면을 하고서서 꼼짝도 하지 않는다. 그는 차라리 시방 제호라도 어서 들어와 주었으면 싶었다. 이렇게 되었으니 나 혼자서는 좀체로 바워 내기는 벌써 글렀고 한즉 제호는 기운도 세고 하니깐 어서어서 들어와서 저 위인을 혼뜀을 주어서 쫓아 보냈으면 하던 것이다. 제호는 사람이 너그럽고 하니까, 지금 와서 낡은 비밀 하나가 드러났다고 어쩔 사람이 아니고, 또 가령 그걸로 제호한테 무안을 본다손 치더라도 형보에게 끝끝내 화를 당하느니보다는 아무것도 아닐 것이라서….

돌려다보니 마침 송희가 잠이 깨서 기지개를 쭈욱 펴더니 눈을 둘레둘레 하면서 때꾼한 목소리로 엄마를 부른다. 자고 깨면 맨 먼저 부르고 찾는 엄마, 이 근경이 새삼스럽게 반가우면서도 그러나 단지 반갑지만 않고 눈물이 솟아났다.

송희는 엄마의 품에 담숙하니 안기어 젖을 빨고 있다. 누가 뺏어가는가 봐 한 손으로는 남은 젖을 간지게 움켜쥐고 한 손으로는 꼼지락꼼지락하는 제 발을 잡아당겼다가는 놓치고 그놈을 도로 잡으려고 바둥거리고 한다. 그 무심한 양이 들여다보고 있는 초봉이도 절로 따라 무심해지고 방금 눈앞에 닥쳐 온 위험이나 곤경은 저어기 먼 데서 들리는 남의 이야긴가 싶기도 했다.

일곱 시가 거진 다 되어 가슴을 조마조마 조이면서 기다리던 제호가 술병을 손에 들고 터덜터덜 대문간으로 들어선다. 초봉이는 처음으로 제호라는 사람이 소중하고 그가 집에를 들어오는 발길이 천하에 반가웠다.

"어허, 내가 이거 시간을…."

제호는 무심히 떠들고 들어서다가 주춤하고 서서 뚜렛뚜렛한다.

형보는 헴, 밭은기침을 한 번 하고, 걸터앉았던 마룻전에서 천천히 대뜰로 내려선다. 제호는 이 낯선 나그네를 의아스러이 짯짯 훑어보다가 때마침 부엌문으로 내다보는 식모한테로 눈을 돌린다. 그러나 식모는 무어라고 말을 해야 할지를 몰라 민망해서 고개를 숙여버린다.

제호는 저도 모르게 가만가만 걸어 들어오다가 초봉이가 송희를 안고 반기듯 문지방에 기대서는 눈과 서로 마주치자 힐끔 형보를 돌아다보면서 초봉이더러 이게 웬 사람이냐고 말없이 묻는다. 초봉이는 무슨 말을 할 듯이 눈이 빛나다가 이어 새침하고 외면을 한다. 그럴수록 제호는 점점 더 선잠을 깬 것처럼 얼떨떨해서 어릿거린다. 대체 웬 낯모를 곱사며, 여편네는 또 왜 저렇게 샐쭉하는고? 기색이 저리 나쁜 게 이 괴물 같은 나그네와 무슨 상지를 한 모양인데, 상지? 상지라니? 혹시 빚에 졸리나? 그렇지만 모르면 몰라도 빚은 졌을 리도 없거니와 설사 그런 사단이라고 하더라도 빚이면 빚이지 저대도록 사색이 질리게까지 상지가 되었을 리야 없을 것인데….

잠깐 동안이라지만 제호는 속이 갑갑해서 혼자 궁리궁리 그러느라고 종시 어릿어릿하면서 마루 앞으로 가까이 온다.

형보는 맞이하듯 모자를 벗어 들고 가슴을 발딱 뒤로 젖히면서,

"에에, 복상朴公…이십니까?" 하고 되바라지게, 그러나 공손히 인사를 건넨다.

"내에! 내가 박제홉니다…."

제호는 속이야, 이 기괴하고 추하게 생긴 인물이 마땅찮을뿐더러 더구나 무슨 일인지는 몰라도 그의 침노로 해서 집안이 이렇게 불안하게 된 데 대한 적의도 없지 못했으나 저편에서 의외로 점잖게 하고 보니 그게 또한 이마빡을 부딪뜨린 것 같아 황망히 혼연한 인사 대답을 하던 것이다. 그러고는 이어,

"…게, 뉘신지요?" 하고 묻는다.

"네에, 나는 어, 장형보라구 합니다. 어, 참…."

"장형보 씨? 장형보 씨? 네, 네."

"어 참, 복상을 좀 뵐 양으루 찾아왔더니 방금 출입을 하셨다구 해서, 그러나 곧 들어오신대길래 어 참 실례를 무릅쓰구서 이렇게 기대리구 있었습니다. 그러구 또오…."

"아, 네에 네 네, 그러시거들랑…."

"그러구 참, 저 부인 되시는 정초봉 씨루 논지하면 진작부터 잘 알구해서 좀 허물이 더얼 하길래…."

"네에 네, 아 그러시거들랑 절러루 좀 올라앉아 기다리실걸…. 자, 올라오십시오."

제호는 어디라 없이 하는 투가 아니꼽기는 했으나 그래도 생김새와는 달라 공순한 데 적이 적의가 풀렸다.

앞을 서서 올라신 제호가 청하는 대로 형보도 마루로 따라 올라간다.

"여보, 거 손님이 오셨거들라컨, 거 좀… 저, 방석 좀 이리 주구려…."

괜히 한참 덤비는 제호를 초봉이는 좋잖게 거듭떠보다가 또 외면을 한다.

"…허허, 이런 놈의! 이 방석은 다아 어디루 갔누? 거 원 손님이 오셨거들랑 좀 올라앉으시게두 허구 허는 게 아니라… 그놈, 새끼가 안 떨어지려구 해서 미처 손이 안 갔는 게지… 가만 있자, 방석이…."

제호는 혼자 부산나케 중얼거리면서 안팎으로 끼웃거린다.

초봉이는 제호가 막 들어서자 선뜻 반가운 마음에, 그놈이 시방 칼을 품고 와서 우리 송희를 죽인다고 한대요, 하고 역성을 들어달라는 원정을 하고 싶었다. 우선 그랬으면 여태까지 끕끕수를 받던 반 분풀이는 될 것 같았다. 그러나 다시금 생각을 하니, 막상 그랬다가 저놈이 단박 칼을 뽑아들고 덤빈다든지, 그래서 제호와도 당장에 툭탁 싸움이 얼려붙는다든지 하고 보면, 혹시 조용히 조처를 할 수가 없지도 않았을 일인 걸 갖다가 자는 호랑이 코침 주더라도 지레 탈을 내놓고마는 게 아닐지도 모르겠고, 하니 차라리 아무 말도 말고 제호한테 떠맡기고서 아직 하회를 보아 보느니만 같지 못할 것 같다는 것이었었다.

사실 제호한테다 맡겨만 놓으면 사람이 어디로 보나 형보보다는 한길 솟으니까 몰릴 까닭이 없이 버젓하게 일 조처를 낼 것이고, 그러나 만약 제호로서도 어찌할 수 없이 끝내 꿀리거들랑 그때는 같이 나서서 둘이

협력을 해가지고 하면 가령 악으로 걷더라도 형보 하나쯤은 못 바워낼 성 부르진 않던 것이다.

제호는 한참이나 두리번거리고 다니다가 방석을 찾아가지고 나와서 주객이 자리를 잡고 앉는다.

부지중에 그리된 것이겠지만 손 형보가 안방 쪽으로 앉고 주인 제호는 안방세가 마주 보이게 건넌방 쪽으로 앉아졌다.

"자아 담배 피우십시오."

제호는 양복 호주머니를 뒤져 해태곽을 꺼내놓다가 다시 일어서서 마루 구석에 있는 헌 재떨이를 집어 온다.

초봉이도 문턱 안으로 넌지시 도사리고 앉는다. 편안히 앉지 못하는 것은 제호가 미더운 만큼 겁먹었던 마음이 풀려 차차로 속이 든든하기는 하다지만, 그러나 사세가 죽고 살기보다도 더 절박한 살판이라 자연 형세를 주의하느라고 저도 모르게 전신이 긴장해진 표적일시 분명하다.

"어, 복상께서두 연전에 한동안 군산 가서 계셨지요? 저어 제중당…."

형보는 제 담배 피죤을 꺼내어 한 개 피어 물고는 말시초를 이쯤 한가롭게 내놓는다.

"네, 그렇습니다. 그러면 댁에서두 군산 계셨던가요?"

"네, 한 삼사 년이 아니라, 그럭저럭 사오 년, 군산서 지냈습니다. 그러다가 지난여름 참에야 서울루 다시 올라왔습니다…. 머 변변찮은 거나마 영업을 한 가지 시작하게 돼서…."

"네에 네, 거 대단 좋은 일이시군요."

제호는 묻지도 않은 형보의 그 영업이라는 것을 치하하는 게 아니고 혼자 짐작되는 것이 있어 고개를 연신 끄덕거린다.

이 사람이 초봉이를 안다고 하니, 그러면 혹시 초봉이네 친가에서 무슨 까다로운 교섭을 부탁 맡아가지고 온 것이나 아닌지? 그래서 초봉이도 제 비위에 안 맞는 전갈을 하니까 저렇게 뾰로통한 게 아닌지? 매양 그런 내평이겠지….

형보는 훨씬 더 점잔을 빼가면서,

"어 참, 군산에 있을 때는 복상을 뵙던 못 했어두, 성화는 익히 듣고 있었습니다. 다 내가 위인이 옹졸해서 인사를 진작 여쭙들 못하구 참…."

"온 천만에! 그야 피차일반이지요…. 아무튼 군산 계셨다니 친구를 만난 것이나 진배없이 반갑습니다."

"네에, 나 역시 참 반갑구 다아…."

형보는 좀체로 이야기를 꺼내지 않고 우선 장황한 한담으로 초를 잡는다. 형보는 제가 외양으로부터서 한팔 꺾이는 곱사요, 그렇기 때문에 언제든지 처음 대하는 사람한테 불쾌한 인상을 주는 것으로 인해 받는 멸시가 우선 큰 손실인 줄을 잘 알고 있다. 그렇게 때문에 그는 우정 점잔을 부려 그 점잔으로써 억울한 체면의 손실을 때우곤 하는 게 항투다.

미상불 세상 사람들은 형보가 곱사요, 또 형용이 추하게 생겼대서 속을 주기 전에 덮어놓고 멸시를 했고, 이 멸시 속에서 형보는 자라났고, 살아왔고, 지금도 살고 있다.

'곱사….'

'병신….'

'빌어먹게 생긴 얼굴….'

'무섭게 생긴 상판대기….'

특별히, 그리고 극히 드물게 우연한 기회로 친해지는 사람 ― 가령 죽은 고태수 같은 ― 그런 사람 외에는 대개들 뒤꼭지에다 대고, 혹은 맞대놓고 그를 능멸을 하고 구박을 주곤 했다.

어릴 적에 더욱이 그런 고까운 멸시를 많이 받고 자라났다. 노는 아이들 동무만 그런 게 아니라, 아무 이해도 없으면서 어른들도 그랬다.

연한 동심은 좋이 자라지를 못하고 속에서 갈고리같이 옥고, 뱀같이 서리서리 서렸다. 심술이 궂고 음험해졌다.

자란 뒤에 세상살이의 벼리 속에서도 남들은, 보기 숭어운 형보를 꺼려하고 돌러놓았다.

'오—냐, 나는 곱사다.'

'오—냐, 나는 병신이요, 얼굴이 빌어먹게 생겼다.'

'그렇지만, 그렇다고 죽으란 법 있더냐? 나두 살아야겠다.'

형보는 세상에 대해서 피가 나도록 핍절한 앙심을 먹고, 마침내는 세상을 통으로 원수를 삼고서 넉 자 다섯 치의 박절한 일신을 부지했다. 그리하는 동안에 삼십여 년을 지내온 지금에는, 소년 적과 이십 안팎 때의 그렇듯 불타던 앙심은 달궈질 대로 달궈져서 그놈이 한 개의 천품으로 굳어버렸다.

세상에 대한 울분이나 저주는 다 잊어버렸다. 그리고서, 꼬부라진 심청과 억지 뱃심으로다가 살기 띤 처세를 하기를 바로 물이나 마시듯 담담하니 무심코 해나갈 뿐이다. 그러므로 그가 가령 점잔을 부리더라도, 그것은 저편을 존경하는 먹이 있어 그런 게 아니고, 그역 제 자신을 위하는 억지 뱃심일 따름이던 것이다.

고운 꾀꼬리가 가을이면 회색으로 변하는 것과, 형보의 심청이 그처럼 꼬부라진 것과는 단지 생리적인 것과 심리적인 것의 차이밖에는 더 다를 게 없는 것이다.

형보의 납작하니 서너 뼘밖에 안 되는 앉은키와, 그 세 곱은 되는 듯 우뚝한 제호의 키… 제호의 대머리까지 벗어져 가뜩이나 위아래로 기다란 얼굴과, 두리뭉싯하니 중상僧相으로 생긴 형보의 얼굴… 식인종을 연상할 만큼 흉악스러운 형보의 골상과, 귀족 태가 나게 세련된 제호의 골상… 번화한 홈스펀으로 말쑥하게 춘추복을 뺀 제호의 몸치장과, 때 묻은 당목걸로 안팎을 감은 형보의 옷주제… 뱃심을 내어 몸을 좌우로 흔드는 형보와, 속으로 궁금해서 앞뒤로 끄덕거리는 제호….

마주 앉은 이 두 사람은 무얼로 보든지 구경스럽게 기묘한 대조를 이루고 있는 것이었었다.

어느덧 어스름이 내리고 전등도 켜져 있다. 도시의 아득한 소음이 두 사람의 이야기 소리에 무슨 심포니로 반주를 하듯 감감히 들려온다.

"어 참, 복상(朴氏)을 보입자구 하는 건 다름이 아니라…."

훨씬 수인사의 한담이 오고 가고 하다가 잠깐 말이 끊겼던 뒤를 이어 형보가 비로소 원 대목을 꺼내놓던 것이다.

"…어 참, 저 부인 되시는 정초봉 씨 그분한테 대한 조간인데…."

"네에."

제호는 역시 짐작한 대로 그런 교섭이었구나 생각하면서 순탄히 대꾸를 한다.

"허나, 이거 원 일이 실없이 맹랑해서 이야길 들으시기가 퍽 언짢으실 텐데, 허허… 그렇더래두 다아 부득이한 사정이니깐 다 그쯤 양해하시구… 허허."

"네에 네, 좋습니다. 무슨 말씀이신지는 몰라두, 다아…."

"그러면 맘 놓구서 다아 말씀하겠습니다. 헴헴… 어 참, 저 정초봉 씨가 첨에 결혼한 고태수 군, 그 군으로 말하자면 나하구 막역한 친구였습니다. 머 참, 친동기간이라두 그렇게 다정하구 가까울 수가 없었지요. 그런 관계루 해서 그 군이 저 정초봉 씨하구 결혼을 하느라구 신접살림을 채려 둔 집에두 내가 미리 가서 있었구, 다아 그만큼 참, 서루 믿구 지냈더란 말씀이지요."

"네에!"

"그건 그렇거니와, 그런데 복상께서두 아시겠지만 그 사람이 어 참, 그런 참, 비명횡사를 하잖었겠습니까?"

"듣자니 참 그랬다더군요!"

"네에… 그런데 사실인즉 그 사람이 진작부터두 자살! …자살을 헐 양으루 맘을 먹구 있었습니다. 결혼하기 그저언부터 그랬지요."

"네에! 건 어째?"

"역시 다아 아다시피, 은행돈 그 조간이죠. 그게 발각이 나서 수갑을 차, 징역을 살어, 하자면 창피할 테니깐 여망 없는 세상, 치소 받고 사느니 깨끗이 죽는 게 옳겠다는 생각이죠. 혹간 징역이란 말만 해두 후울훌 뛰었으니깐요."

제호는 속으로 훙! 하고 싶은 것을,

"네에!" 하고 대꾸한다. 유유하게 결혼까지 할 사람이 자살을 하려고 결심했다는 건 종작없는 소리같이 미덥지가 않던 것이다.

"그래서 어 참, 그렇게 자살을 할 결심을 했는데 공교롭게스리 그 일이 생겼으니깐, 일테면 기왕 죽기는 일반인 것을 좀 창피하게 죽었다구 하겠지요, 허허! …아, 그런데 말씀입니다. 그 사람이 자살할 결심을 하구서는 내게다가 유언 비슷하게 부탁을 해둔 게 있단 말씀이죠!"

"네에!"

제호는 처음 짐작한 대로 초봉이네 친가에서 온 담판이 아니고 그다지 듣고 싶지도 않은 고태수의 일을 장황히 늘어놓다가는 필경 유언 소리가 나오니까, 옳지 그러면 고태수의 유복자를 찾으러 온 속이로구나 생각하고서 그럴 법도 하대서 혼자 고개를 끄덕거린다.

"그런데 어 참, 그 유언이라는 게 어떻게 된 거냐 하면 말씀이죠. 그 사람이 누차 두구서 날더러 하는 말이, 여보게 형보, 난 아무래도 이 세상에 오래 살구 싶잖으이. 다아 각오했네. 그렇지만 두루두루 미망진 일이 한두 가지가 아닐세. 그중에도 꼬옥 한 가지 정말 맘 뇌잖는 일이 있네.

눈이 감길 것 같잖으이, 아 이런 말을 하군 한단 말씀이죠! …그래 오다가 맨 나중 번엔, 그게 그러니깐 바루 그해, 오월 삼십일 날 그 사건이 생기던 전전 날입니다. 장소는 개복동 살던 행화라구, 그 사람이 전부터 상관하던 기생의 집이구요….”

만일 고태수가 초봉이와 결혼을 한 뒤로는 행화의 집에는 통히 발걸음을 한 일이 없다는 사실을 아는 사람이 듣는다면, 지금 형보의 하는 소리가 생판 거짓말인 게 빠히 드러날 것이다. 그러나 제호는 물론이고, 초봉이도 그 진가를 분간할 길이 없던 것이다. 또 그 시비를 가린대야 그게 그다지 효험도 내지는 못하겠지만….

“…그래서 말씀입니다….”

형보는 하던 말끝을 잇대어,

“…내 말이, 아 이 사람아 자네두 거 미친 소리 인전 작작해두게! 한 삼 사 년 전중이나 살구 나오면 그만일 걸 가지구 무얼 육장 그런 청승맞은 소릴 하구 있나! …이렇게 머쓰리질 않았겠습니까? 그랬더니 그 군은 종시 고개를 흔들면서, 아닐세, 답답한 소리 말구 아무튼지 내 말을 허수히 여길 것이 아니라 잘 유념해 뒀다가 꼭 그대루 해주게… 해주는데, 다른 게 아니라, 우리 초봉일 내가 죽은 뒤엘라컨 뒤두 거둬줄 겸 아주 자네 마누랄 삼아서 고생살이나 않게 해주게 응? 형보, 나는 자넬 믿구 부탁이니 부디 무엇하게 생각 말구서…. 아, 이런 말을 하단 말씀이죠!”

“네에!”

제호는 속으로, 하하 옳거니! 하면서 무릎이라도 탁 칠 듯이 고개를 끄덕거린다. 인제 보니 조그만 놈 유복자 문제가 아니고, 이 친구가 시방 다 자란 어미 초봉이 업으러 왔구만? 바루… 딴은 그래! …초봉이도 그래서 저렇게 앵돌아져가지고는…. 제호는 일이 어떻게 신통한지 놀랐다. 마침 주체스럽던 수하물이 아니었더냐! 하나 그렇다고 슬그머니 내버리고 가자니 한 조각 의리에 걸려 차마 못 하던 노릇이다. 그렇던 걸 글쎄 웬 작자가 툭 튀어들어, 인 다구 그건 내 거다 하니 이런 다행할 도리가 있나! 아슴찮으니 돈이라도 몇 푼 채워서 내주어야겠다. 어허 실없이 잘되었다. 좋다.

제호는 전자에 호남선 찻간에서 처음 초봉이를 제 것 만들기로 하고 좋다고 하던 때와 다름없이 시방 와서는 그를 남한테 내주어 버리게 될 것을 역시 좋다고 하고 있는 것이다.

초봉이는, 건뜻 넘겨다보니 눈을 내리깔고 아랫입술을 지그시 깨문다. 성미가 북받치는지 숨길이 거칠어 코가 발심거리는 것까지 보인다.

이것은 실상 초봉이가 아까 형보한테 직접 그 말을 들었을 때와 마찬가지로 태수가 작히 그런 염장 빠진 소리를 했으려니 해서, 태수 그에게 대한 반감이 다시금 우러난 표적이 있었다. 그러니 제호는 단지 그가 괴물 같은 사내한테로 가지 않겠다는 항거로만 보았고. 그러니 그야 처지를 뒤바꿔보고 생각하더라도 이런 위인한테 팔자를 고치고 싶지 않을 건 당연한 인정이려니 하면 초봉이를 여겨 일변 마음 한구석이 민망하기도 했다.

"아, 그런데 참…."

형보가 갑자기 당황하게 잠깐 말 그쳤던 뒤끝을 얼른 잇대어,

"…거 그 사람 고 군이 말입니다. 짐작건대 정초봉 씨한테는 그런 말을 미처 못 해뒀을 겝니다. 그 사람인들 머 그런 불의지변을 당할 줄은 몰랐으니깐, 종차 이야기하려니 하구만 있었겠죠. 그러다가 갑자기 그 변을 당했구 허니 유언 같은 건 할 새두 없었습니다. 그런 유연이라껀 아내 되는 분한테다야 미리서 해두지는 못하는 것이구, 다아 자살이면 자살을 하기루 약까지 먹구 나서 하게 되는 거니깐, 그러니깐 아마 모르면 몰라두 정초봉 씨는 그 사람한테서 그런 이야긴 못 들었을 게 십상이지요. 그

렇지만 그걸 머, 이 장형보 혼자만 들었을새 말이지, 한자리에 앉아서 같이 들은 행화라는 그 기생두 시방 멀쩡하니 살아 있으니깐요."

형보가 황망하게 중언부언, 이 말을 되씹고 되씹고 하는 것은 행여 초봉이라도, 나는 그런 말 들은 일 없다고 떠받고 나설까 봐서 미리 덜미를 쳐놓자는 계책임은 물론이다. 그러나 그러고저러고 간에 초봉이는 아직 말참견을 하지 않을 요량일 뿐 아니라, 또 그것만 하더라도, 태수가 정녕 그런 소리를 했기 쉬우리라고 여기는 터라, 그까짓 걸 가지고는 이러니저러니 상지를 할 생각은 통히 나지도 않았었다.

형보는 한참이나 있어 보아도 그냥 잠잠하니까, 제 재치 있는 주변이 효험이 났거니 하고 안심한 후에 이번은,

"자아 그런데 말씀입니다…" 하면서 음성도 일단 높여,

"…어 참, 그렇게 다정한 친구한테 간곡하게 부탁을 받았을 양이면, 그게 다소간 거북한 일은 일이라구 하더라두 말씀입니다. 그 유언 갖다가 꼭 시행을 해야 옳겠습니까? 그냥 흐지부지 해버려야 옳겠습니까? 어떻습니까? 복상 생각은…."

"글쎄올시다, 원…."

제호는 힐끗 초봉이를 건너다보면서 어물어물한다.

제호는 실상 형보의 그 말을 선뜻 받아 그러니 마니 하겠느냐고, 아무렴 그래야 옳지야고 맞장구를 치고 싶었다. 일 되어가는 싹수가 그만큼 굴지고 제 맘과 맞아떨어지던 것이다. 그러나 초봉이의 얼굴을 보면은, 하기야 그것도 마음이 한구석 이미 저린 데가 있으므로 하여보는 눈도 자연 그렇게 어린 것이겠지만, 어쩐지 안색이 다 죽은 듯 암담한 것만 같고 해서 차마 그쯤 어름어름하고 만 것이다.

제호의 얼굴을 곁눈질로 올려다보고 올려다보고 하던 형보는 말끝을 더 기다리지 않고 이어 흠선하게,

"아니 머, 복상 의견을 말씀하시기가 거북하시면 그만두셔도 좋습니다. 인제 대답은 단 한마디만 해주실 기회가 있으니깐요. 그러니 아직 내가 하는 말씀을 끝까지 다 듣기나 하십시오…." 하고는 다시 목을 가다듬어,

"…헌데, 어 참 그 뒤에 그 사람이 가뜩이나 그러한 비참한 죽음까지 하구 보니까, 명색이 친구라는 나루 앉아서 당하자니 행결 더 불쌍한 생각이 들구 이래저래 여러 가지루 비감이 나구 하더군요…. 그래서 어 참, 며칠 두구 밤잠을 못 자구 곰곰이 궁구 마련을 하다가 필경, 그러면, 내가 그 유언이라두 시행하는 게 도리상 옳겠다고 생각을 했습니다. 어─ 참, 그걸 어떻게 보면 다소 언짢은 노릇이 아닌 것도 아니긴 하지만, 남이야 무어라던 그래두 시행을 하는 게 생전 시에 다아 정다웠던 친구한테 대한 의리니깐요…."

제호는 의리라고는 별 되놈의 의리도 다 있던가보다고, 그런 중에도 실소를 할 뻔했다.

사실 제호는 일이 다 십상으로 계제가 좋고 해서 따로 컴컴한 배짱을 차리고 있었기에망정이지, 이 괴상한 위인의 하는 수작이 제 모양새대로 해괴망측하고, 단지 초봉이라는 애틋한 계집 하나를 보쌈하듯 업어 가자는 생 엉터리 속이고 한 것을 몰랐다든가, 그래서 맞다잡고 시비를 캐지 못한다든가 하던 것은 아니었었다.

"…그리구, 그리구 말씀입니다. 또 한 가지, 어 참 대단 요긴한 조간이 있습니다…. 그건 다른 게 아니라, 허허 이거 원 말씀하기가 거북해서…."

"머, 괜찮습니다. 어서 다아…."

"그럼 실례를 무릅쓰구 다아… 헌데, 그 요긴한 조간이라껀 다른 게 아니라, 그 사람 고 군 말씀입니다. 그 군이 변을 당하던 바루 그날 밤인

데… 그날 밤에, 어 참, 정초봉 씨와 나와는 어 참, 그 하룻밤 거 참, 에, 관계라는 게 있었단 말씀이지요! 허허."

제호는 단박에 제 낯이 화틋 다는 것 같았다. 그는 대체 어떻게 된 속셈이냐고, 족치듯이 좋잖은 낯꽃으로 초봉이를 건너다본다. 하기야 시방 계제 좋은 핑계거리를 만나 계집을 떼쳐 버릴 요량을 하고 있는 마당에 계집이 일찍이 몇 사내를 했던들 상관할 게 없는 것이기는 하지만, 그러나 여자의 정조에 대한 남자의 결백은 결코 그렇게 딤딤하지가 않던 것이다.

제호의 기색을 살필 겨를도 없고, 다만 그와 눈이 마주칠까 저어서, 초봉이는 지레 고개를 숙이고 들지 않는다. 그는 억울한 대로,

'그놈이 나를 강제루다가 겁탈을 했대요!'

이 말이 목구멍까지 올라왔으나, 첫째 제호한테 마주 얼굴이 둘러지질 않고, 또 시방 그 변명을 한들 무슨 소용이겠느냐고 그대로 꿀꺽 삼켜버리고 말던 것이다.

제호는 초봉이가 변명을 할 말이 없어 고개를 숙인 걸로 보았지, 달리 해석할 길은 없었다. 그러고 보니 원 저게 어쩌면 그다지도 몸을 헤프게 가졌을까 보냐고 내내 불쾌한 생각이 가시지를 않았다. 그러나 일변, 전자에 호남선에서 만나, 이편이 하자는 대로 유성온천으로 따라와서 별반 그리 주저도 없이 몸을 내맡기던 일을 생각하면, 본시 행실머리가 줄 수 없는 계집이었구나 싶고, 해서 금시 고 초봉이가 훨씬 내려다보이는 것도 같았다. 그러고 보니, 그동안 저 계집의 정조의 경도를 시험해보지도 않고서, 그의 정조도 얼굴 생김새와 같이 점수가 높으려니 믿었던 ― 믿고 안 믿고 할 여부도 없이 ― 의심 한번 해보지도 않은 제호 제 자신이 소갈머리 없는 등신 같기도 했다.

"어 참, 그렇게 하룻밤 관계가 있었을 뿐 아니라…."

형보는 제호의 낯꽃이 변한 것을 보고, 오냐 일은 잘 되어간다고 좋아하면서,

"…그것두 참 다아 인연이라구 할는지, 공교롭다고 할는지… 아, 어린 것 하나가 생겼드랬습니다그려! …바루 저게 그거지요."

형보는 고갯짓을 해서 뒤를 가리킨다.

어린아이 송희가 형보의 혈육이라는 것도 제호가 듣기에는 의외의 소식이었다. 그러나 곧 그는 그럴 법하다고 저도 모르게 고개를 끄덕거린다. 그러자 또, 작년에 초봉이가 ××를 시키려고 약까지 집어먹고 그 야단을 내던 속도 비로소 옳게 안 것 같았다.

고태수의 씨라서 그런 줄만 알았더니 옳아! 이 장형보와 그러고 그래서 생긴 불의한 자식이라서….

제호는 눈을 갠소름히 뜨고 연거푸 기다란 얼굴로 끄덕끄덕한다.

잠잠하니 말이 없다. 형보는 제가 던진 돌멩이가 일으켜 놓은 파문을 시험하느라고 담배만 뻐억뻐억 피우고 있다.

조용해진 틈을 타서 또옥 딱 또옥 딱, 뒷벽의 괘종이 파적을 돕는다. 밤은 차차로 어두워온다. 안방과 건넌방의 전등이 내비쳐 마루에 앉은 두 사내의 그림자를 괴물같이 앞뒤로 늘어놓는다. 격동을 싼 순간의 침묵은 임종을 기다리는 것같이 답답하게 무겁다.

초봉이의 떨어뜨린 눈은 품에 안겨 젖을 빨면서 무심히 꼼질거리는 송희의 고사리 같은 손에 가서 또한 무심히 멎어 있다. 초봉이는 제호가 어떤 낯꽃을 하고 있는지 궁금해하면서도 차마 얼굴을 들지 못한다. 비록 낡은 새 흉이 드러났대야 그것은 제호가 다 눈감아주고 탈을 않겠거니 하면 안심이 되기는 하나, 그렇다고 노상이 부끄럼이 없던 못했다. 물론 제호가 시방 딴 요량을 먹고서 딴 궁리를 하고 있는 줄은 까맣게 모르고 있는 것이다. 그러므로 가령 지금 이 자리에서 그 눈치를 알아챘다고 하

더라도 설마 그게 벌써 오래전부터 다른 원인이 있어 그래 오던 것이라고까지는 아무리 해도 깨닫지야 못할 것이고, 그저 오늘 당장 장형보라는 저 원수가 들이덤벼 가지고는 조삼모사 해놓은 소치로만 여겼을 것이다. 따라서 그냥 잠자코 있으려고 하지도 않을 것이다. 가령 송희를 두고 말하더라도, 그건 결코 그런 게 아니라 사실이 약시 이만저만한 사맥인즉 장가의 자식일 법도 하나, 꼭이 그러랄 법도 없소, 또 ××를 시키겠던 것은 불의한 자식이래서가 아니라, 원수의 지식일지도 모를뿐더러, 일변 애비 없는 자식을 남지 않으려고 그랬소, 하고 변명을 하자고 들었을 것이다. 그것뿐이 아니다. 형보와의 하룻밤 관계라는 것도 잠든 틈에 그놈이 나를 겁탈을 한 것이지, 내가 그러고 싶어서 그런 것은 아니오. 고태수의 명색 유언이라는 것도 다 종작없는 소리겠지만, 가령 고태수가 주책없이 그런 부탁을 했다기로서니, 내가 고태수의 물건이길래 저희끼리 주고받고 한단 말이오? 또 내가 죄인이고 고태수가 법관이래서 내가 그 말을 준수해야 한단 말이오? 이렇게 초봉이는 들고 나서서 변명하고 마주해댈 말이 없던 것이 아니다.

물론 천언만언 변명을 한대야 제호의 배짱 토라진 내력이 따로 있는 이상 아무 효험도 없을 것이고, 그런즉 이 경우에 초봉이가 잠자코 변명을 않기 때문에, 그런 때문에 장차 몇 분 후면 판연히 드러날 한 새로운 운명을 자취하게 된 것은 아니다.

운명은 넌출[23]이 결단코 조만치가 않다.

시방 초봉이의 새로운 이 운명만 하더라도 그 복선은 차라리 그가 어머니로서 송희를 사랑하는 죄… 하기야 마니아(狂)에 가깝도록 편벽된 구석이 없진 않으나… 아무튼 어머니 된 죄, 그 속으로부터 넌출은 뻗어

---

23) 넌출: 길게 뻗어 나가 너절너절하게 늘어진 줄기.

나온 것이다. 하나, 그놈을 다시 추어보면 넌출은 애정 없이 사랑할 수 없다는 서글픈 인정 속에 묻혀 있는 복선의 연맥임을 알 수 있다. 그리고 다시 그 끝은, 팔자를 한번 그르친 젊은 여인이란, 매춘의 구렁으로 굴러 들기 아니면, 소첩 애첩의 이름 밑에 아무 때고 버림을 받아야 할 말이 없는 위험 지대에다가 몸을 퍼뜨리고 성적 직업에나 종사하도록 연약하기만 하지, 여자이기보다 먼저 인간이라는 각오와, 다구지게 두 발로 대지를 밟고 일어서서 버틸 능이 없이 태어났다는 죄, 그 죄로 복선의 끝은 면면히 뻗어 들어가서 있는 것이다. 만일 이 복선의 넌출을 마지막, 땅에 뿌리박은 곳까지 추어 들어가서 힘껏 뽑아낸다면 거기엔 두덩이의 굵은 지하경[24]이 살찐 고구마와 같이 디룽디룽 달려 올라오고 있을 것이다. 이것이 한 덩이는 세상 풍도요, 다른 한 덩이는 인간의 식욕이다. 기구한 생애가 시초를 잡고 뻗쳐 나오는 운명의 요술주머니란 바로 이것인 것이다.

　형보의 그다음 이야기는 대강 이러했다. 박제호 너도 저 어린것이 네 혈육이라고 생각하지는 않을 것이다. 사실 그렇다. 역시 고태수의 것이라고 한다면 그건 근리할 말이겠지만, 그러나 역시 그렇지도 않은 것이 고태수는 몇 해를 두고 뭇 계집을 상관했으며, 단 한번이라도 자식을 밴 적이 없었다. 그러니 정초봉이와 한 십여 일 지냈다고 임신이 되었을 이치가 없고 한즉 고태수의 자식도 아니다. 그렇다면 묻지 않아도 내 자식일 것이 분명하다. 보아한즉 어린것이 제 어미를 그대로 닮았더라. 하니, 모습을 가지고는 아비를 찾을 수야 없겠지만 자세히 뜯어놓고 볼 양이면, 이목구비나 손발 어느 구석이고 한 곳은 나를 탁한 데가 있을 것이다.(이렇게까지 군색스럽게 꾸며대는 형보는, 그러나 동인의 「발가락

---

24) 지하경: 땅속줄기

이 닮았다」의 독자는 아니리라.)

고태수가 죽자 정초봉이는 바로 서울로 올라왔었다. 웬만했으면 그때의 그 뒤를 곧 쫓아 올라와서 도로 데리고 내려가든지 혹은 그대로 주저앉아 동거를 하든지 했을 것이나 내가 그때까지는 통히 축재를 해둔 것이 없기 때문에 그런 책임 있는 일을 하자니 섬백 엄두가 나지를 않았다. 그래서 걱정걱정하던 중에 든잔 즉 박제호 너와 만나서 산다기에 우선 안심을 했었다. 그 뒤에 나는 이를 갈아가면서 불라퀴같이 날뛴 결과 요행 돈을 몇 천 원 손에 잡았다. 그것도 따지고 보면 다 친구의 간절한 부탁을 저버리지 않겠다는 일편단심이던 것이다. 또, 알아보니 자식을 낳았다고 하는데 속새로 염탐을 해본 결과 내 자식인 게 분명했고, 그래서 그때부터는 자식을 찾아야 하겠다는 아비 된 책임도 크게 나를 채찍질했었다. 일변 나는 전부터 경륜하던 유리한 영업이 한 가지 있던 터라, 지난여름 서울로 올라와서 그 돈 기천 원을 밑천 삼아 우선 영업을 해보았다. 미상불 예상한 대로 이익이 쏠쏠하고 해서 몇 식구는 넉넉 먹고 살고도 남을 형편이다. 만약 못 미덥거든 증거물이라도 보여주마. 저 가방 속에 들어 있는 수형이 그것이다. 수형 할인 장사다. 바야흐로 나는 만단 준비가 다 되었다. 즉, 두 인간을 데려다가 고생살이는 안 시킬 만한 힘이 생긴 것이다. 그래서 나는 하루를 천추같이 기다리던 이 오늘에 비로소 너와 및 저 모녀를 찾아온 것이다.

형보는 여기까지 말을 끊고, 마른 입술을 혓바닥으로 침질을 하면서 꺼진 담배를 다시 붙여 문다. 그다음 말을 힘주어서 하자고 호흡을 가다듬는 것이다.

"자아, 그러니 말씀입니다…."

형보는 오래 지체를 않고서 곧 뒤를 잇대어,

"…나는 저 모녀를 데려가야 하겠습니다. 어 참, 절대루 그래야만 하겠습니다. 왜 그런고 하니, 나는 앞으로 남은 세상을 단지 친구의 소중한 부탁을 시행한다는 것 하나허구, 내 자식을 찾아서 기르는 것 하나허구, 단지 그 두 가지를 낙을 삼고 여망을 삼아서 살아가자는 사람이니깐요. 아시겠습니까? 그러니까 이건 말하자면 어 참, 내게는 생사가 달린 일이라구두 할 수 있습니다. 생사가… 허니 그런 것두 충분히, 참 양해를 하셔서….”

형보는 쨍쨍 울리는 목소리로 꼬박꼬박 제겨서 말을 내뱉어 놓고는 고개를 꼿꼿 처들어 똑바로 제호를 건너다본다.

제호는 비로소 말대답을 해야 할 경운 줄은 아나 침음하는 체 입술을 지그시 물고, 깍짓손으로 한편 무릎을 안고 앉아서 입을 열려고 않는다. 그러나 시방 그가 이럴까 저럴까 주저를 하느냐 하면 그건 아니다. 요량은 다 대놓았으면서 말을 내기가 차마 난감하여 그러던 것이다. 이러한 속을 알아서가 아니라도, 초봉이한테는 진실로 간이 녹는 순간이다.

형보의 하는 수작은 어느 모로 따져야 경위도 조리도 안 닿는 생판 억지인 것은 분명하다. 그러나 초봉이는 그 억지가 무서웠다. 만일 까딱 잘못하여 이 자리에서 제호를 놓치는 날이면 영영 꼼짝없이 형보의 밥이 되어 그 억지에 옮기고 말지 아무리 버티고 부수대고 해도 모면할 수 없게 그렇게시리 꼭 사세가 절박한 것만 같았다.

도무지 천만부당한 엉터리요 하니 비웃어버리고 대거리도 할 것 없는 억지인 것을, 눈 멀거니 뜨고 옭혀들어 되레 엉엉 울어야 할 기막힌 재앙…. 이 재앙을 면하자니 제호가 아쉬웠다. 물론 그가 미덥지 않은 것은 아니나, 그래도 혹시 어떨까 저어하는 마음에 마치 신탁神託을 듣는 순간처럼 그의 입 벌어짐을 기다리기가 무서웠다.

지루한 찰나가 무겁게 계속되는데 갑자기 때앵땡 괘종이 연달아 여러 번을 친다. 그러자 시계 치는 소리에 깜짝 놀란 것처럼 제호는 앉았던 자리에서 후닥닥 일어선다.

하릴없이 무엇에 질겁을 한 것처럼 제호가 벌떡 일어서는 바람에 형보나 초봉이는 미처 무슨 일인지는 몰랐어도 다 같이 놀라 고개를 쳐들고 그를 올려다본다.

"잘 알아들었습니다…."

제호는 쾌히 말을 꺼내다가, 처음 그렇게 후닥닥 일어서던 것은 어디로 가고 천천히 허리를 꾸부려 앉았던 옆에 놓아둔 모자를 집어 얹는다. 제가 생각해도 무단히 그리 날뛴 것이 남 보기에 점직했던 것이다.

"…헌데, 거 원 무슨 곡절이 있어서 사단이 그 쯤 엉클어졌는지 나는 이해할 수가 없습니다. 허나 시방 대강 듣자니 아무튼 일은 맹랑하기는 한 것 같군요. 보매 단순치는 않은 성싶어요. 그런데 내라는 사람은 본시 성미루 보던지, 천신으루든지. 어디루든지 간에 그런, 말하자면 성가신 갈등에 참예를 해서, 내가 옳으네, 네가 그르네 하고 무르마지를 한다든가 하길 싫어하는 사람입니다. 싫어할 뿐 아니라, 사람 됨됨이 그러지를 못 하게시리 생겨먹었습니다. 허허… 그러니에 참…."

제호는 잠깐 말을 더듬고 있고, 제호를 따라 마주 일어섰던 형보는 벌써 결과를 다 거니를 채고서 꽝꽝하던 낯꽃이 금시로 풀어진다. 그는 박제호가 상당히 아귓심 있게 버팅기지, 그래서 저는 위협깨나 해보다가 필경 뒤통수를 툭툭 치고 말겠거니, 그렇더라도 밑져야 본전이니 그만인 것이라고 했던 것인데, 이대도록 선선히 박제호가 물러서고 보매 도리어 헛심이 쓰이는 것 같았다.

"…그러니…."

제호는 초봉이에게로 얼굴을 돌리려다가 못하고서 그대로,

"…나는 이 당장에서 아주 깨끗이 손을 끊겠습니다. 나는 모르구서, 고의가 아니란 말씀이지요. 모루구서 남의 권리를 침해했던 맥이니깐요,

허허… 그리구 뒷일은 두 분이 상의껏 다아 조처하십시오. 나는 인제부터 아무 상관도 없는 사람입니다."

제호는 종시 형보를 맞대놓고 하는 소리는 하는 소리나, 그것이 초봉이더러 알아들으란 말임은 물론이다.

말을 마지막 잘라서 하고 난 제호는 이어 몸을 움직여 댓돌로 내려갈 자세를 갖는다.

인제 할 말도 다 했거니와 볼일도 없으니 나는 아무 상관도 없는 객꾼인 걸 더 충그리고 있을 머리가 없지 않으냐? 이렇게 생각하면 자리가 열적기라니 기다란 몸뚱이를 어떻게 건사할 바를 모르겠었다. 그러나 그러는 하면서도 선뜻 발길을 떼어놓잔즉, 그것은 더구나 점직해서 할 수가 없었다. 짜장 초봉이더러는 검다 희단 말 한 마디 않고서 코 벤 돼지처럼 이대로 횡하니 달아나자니 원 천하에 열적기란 다시없는 짓이다.

여태 가까이 두고 제가 탐탁해서 데리고 살던 계집인 걸 비록 요새로 들어 안팎 켯속이 다 파탈은 날 형편이라고 하더라도, 한데 마침 처분하기 십상 좋은 계제는 만났다고 하더라도, 그렇더라도 아무려면 남보다 갑절이나 긴 얼굴을 들고서 이다지도 박절하게 (실상인즉 싱겁게) 꽁무니를 빼다니, 항차 저게 생억지엣뗀 줄을 빤히 알면서 언덕이야 그걸 핑계 삼아 부우 거짓말을 흘려 놓고 도망가는 마당에 말이다.

제호는 어쩔 줄을 몰라 속으로 쩔쩔맨 것 같았다. 그런 걸 마침 또 이 열없는 곱사 서방님이 귀인성 없이 재치를 부려놓으니 딱 질색 할 노릇이다. 형보가, 바야흐로 제가 주인이 된 듯 손님을 배웅하는 좌석 머리의 태를 내어,

"어 참, 이렇게 다아 깊이 이해를 해주시니…." 하면서 곱사등을 너푼 꾸부리던 것이다. 그래 제호는 사뭇 질겁을 하여,

"이해라니요! 건 아닙니다…." 하면서 화급히 형보를 가로막는다.

"…천만엣말씀이지, 난 머 그런 이해구 무어구 그런 게 아닙니다. 난 참 말하자면, 패하구서 쫓겨가는 패군지졸인걸요. 별수 없이 그렇지요, 패군지졸!"

제호는 맨 끝에,

'패하고 쫓겨 가는 패군지졸!'이란 말을 일부러 감회 있게 소리 나게 하느라고 없는 재주를 부리다가 잘 되지를 않으니까, 건 세리프로 한 번 더 되풀이를 한다. 연극을 하자는 것이다.

그는 제 의뭉한 배짱을 깊이 묻어두고 약삭빨리 서둘러, 얼은 입지 않고서 되도록이면 좋게 갈리고 싶었다. 그래야만 오늘 갈리고, 내일부터는 안 볼 값에 초봉이며, 또 그의 부친 정영배한테라도 체면이 유지가 될 것이었었다. 그래서 이 마마손님을 건드릴세라, 어물쩍하고 달아나려는 참인데, 형본지 곱산지가 나서서 긴찮게 방정맞은 소리를 지절거리고 보니 일이 단박 외창이 나게 되던 것이다.

형보의 말이 깊이 이해를 해주어서라고 했으니 그걸 그냥 두고 만다면 초봉이의 해석이 자연 온당치가 못할 것이다. 그것은 마치 사내 둘이 대가리를 맞대고 앉아서, 자 그건 네 계집이다 인 다구, 아 그러냐 그러면 옛다 나는 방금 염증이 나던 판인데 실없이 잘되었다 자 가져가거라, 이렇게 의논성 있게 한 놈이 한 놈한테 떠맡기고서 내빼는 노름쯤 된 혐의가 없지 않았다. 거기서 제호는 연극이 필요했고, 그래서 그는 우정 초봉이더러 들으라고 이해라니 천만의 소리라고 펄쩍 뛴 것이요. 그리고 나도 할 수 없어 너를 뺏기고 쫓겨나니 그 회포가 자못 처량쿠나, 그러니 너도 이러한 내 심정이나 헤아려다구, 이런 옹색스런 근친을 피우느라고 쫓겨 가는 패군지졸이네 무어네 하면서 아쉬운 세리프를 뇌어보았던 것이다. 그러나 출 수 없는 그 세리프가 우환 중에 침통한 소리로 나오지도 못하고 어색하디어색했으니 연극은 실패요, 하니 인제는 영영 민두룸히

달아나버릴 수는 없고 말았다.

제호는 할 수 없이 초봉이한테 이를 말을 생각해가지고 몸을 돌이키면서 안방께로 두어 걸음 주춤주춤 다가선다. 영락없이 어린 아이들이 쓴 약이 먹기 싫어서 눈을 지그려 감고 약그릇을 집어 드는 꼬락서니다. 그는 눈이야 감지 않았어도, 얼굴은 아직 똑바로 두르지 못하고서 거의 옆걸음걸이를 하듯 우선 안방 문께로 다가서기만 해놓는다. 그러고 나서야 마지못해 고개를 바로 돌려 초봉이의 얼굴을 마주본다.

그 선뜻 얼굴이 마주치는 순간이다. 제호는 등골이 고만 서늘해서 오싹 몸서리를 친다.

쏘아 올라오는 초봉이의 눈살… 마침 기다리던 듯이 이편의 돌리는 눈앞에 와서 딱 마주치는 초봉이의 눈살은 금시로 새파란 불이 망울망울 돋는 듯했다. 그것은 매서운 걸 한 고비 지나서 일종 처럼한 광망과도 같았다. 분명한 살기였었다.

제호는 사람의 눈에서, 더욱이 여자의 눈이 이다지도 무서운 살기가 뻗쳐 나올 수 있으리라고는 생각도 할 수가 없었다. 하려던 말도 칵 막혀버리고 제호는 어름어름한다. 남의 웬만한 노염이나 흥분 같은 것은 짐짓 모른 체하고 제 할 노릇만 버엉뗑 하면서 해치우는 제호지만 이다지 칼날이 선 이 자리의 초봉이 앞에서는 그러한 떡심도 별수 없고 오갈이 들려고 하던 것이다.

초봉이는 실상 제호가 아까 첫 번에 하던 말은 그게 무슨 뜻인지 분간을 못하고 어릿두웅 했었다. 다음번의 말을 듣고서야 비로소 속을 알기는 했는데 진실로 마른하늘의 벼락이었었다.

사세가 옴나위 할 수 없게 절박했던 만큼 기대도 천근으로 무거웠던 것은 두말할 것도 없었다. 이 무거운 기대를 매고 동동 달려 팽팽하게 켕겼던 다만 한 가닥의 줄이 의외에, 참으로 의외에도 매정스런 한 칼에 뚝

잘려버리는 순간, 천길 높은 절벽으로부터 쏟쳐 내려치는듯 아찔해서 정신을 수습치 못했다. 순간이 지나자 빼쳐나갈 골이 없는 절망은 곧 악으로 변했다.

초봉이는 제호가 혹시 일을 저 혼자 감당하기에 힘이 겨우면 초봉이 저더러라도, 자 어떻게 하면 좋으냐고, 또 하다못해 형보의 요구를 들어주는 게 좋겠다고라도 일단은 상의나 권고를 해는 볼지언정 이대도록까지 야박스럽게 잡아끊고 나서리라고야 천만 생각도 못 했던 일이었다.

핍절乏絶한25) 여망을 배반당한 분노는 컸다. 아드득 깨물어 먹고 싶단 말이 있거니와, 시방 초봉이가 제호한테 대한 노염이나 원한은 마치 그런 것일게다.

형보는 아직 둘째다. 생각도 안 난다. 시방은 제호, 오직 제호가 눈에 보일 뿐이다. 천하에 몹쓸 놈이다. 내게다가 그다지도 흠선히 굴면서 평생 두고 변치 않을 듯이 하던 건 누구며, 그러던 박제호가 나를 저 흉악한 장형보한테다가 떠밀고 도망을 치다니! 의리부동한 놈이지 처음부터 끝까지 나를 속여 농락만 해온 것이 아니냐?

초봉이는 생각할수록 분했다. 타오르는 분노에 악이 기름을 친다. 치가 떨렸다.

제호의 변해버린 근일의 심경을 알지 못하는 초봉이로서는 당연한 원혐이기도 했다.

제호는 초봉이의 이 지나친 격동에 언뜻 한 가지 의념이 솟아났다. 내가 표변을 한 걸로 저렇게 격분을 한 모양인데, 그렇다면 단지 이 꼽추한 테로 가기가 싫어서만 그러는 것일까? 그러나 그거야 제가 싫으면 내쫓아버리면 고만일 걸 가지고 저다지도 지레 요란떨이를, 더구나 내게다

---

25) 핍절(乏絶)하다: 진실하여 거짓이 없고 매우 간절하다.

대고….

이렇게 생각할 때에 제호는, 그러면 저 계집이 쌀쌀하던 것은 겉뿐이요. 실상 속은 따로 내게다가 깊은 애정을 품고 있었던 게 아니던가하는 반성이 노상 없을 수는 없었다.

제호는 그러나 잠깐 침음하다가 역시 허황한 생각이라고 혼자 고개를 흔든나. 초봉이를 데리고 살아오는 농안 어느 한구석, 어느 한 고패서고, 그의 계집다운 진정의 포즈를 본 적이 있다고는 믿고 싶어야 믿을 건지가 없던 것이다.

제호는 시방이야 다 식어졌다 하지만 돌이켜서는 저 혼자나마 정을 붙였던 계집이요, 일변 또 그 마음을 앗으려고 온갖 정성을 다 들이던, 말하자면 애원이 상반하던 계집이다. 그러던 것을 마침내는 그다지 간절하던 뜻을 풀지를 못하고서, 내 정이 식은 끝에는 두루두루 짐스러운 생각만 남았는데, 계제에 핑계거리를 얻은 터라, 덤쑥 남의 손에다 떠맡기고 바야흐로 물러서는 마당에 이르고 보니 다 시원하고 일이 다행스런 것이야 여부가 없으나, 그러나 그래도 어느 한구석엔가는 가느다란 미련이 한 가닥 처져 있지 않던 못 했었다. 이런 제호 제 자신 의식지도 못할 미련으로 해서, 혹시나 내가 애정의 관측을 그릇했던 것이 아니던가 하는 저도 모를 새에 센티멘털한 반성을 해보았던 것이다.

제호는 그러느라 잠시 침음에 잠겼었으나, 실상 일순간이요, 곧 정신이 들었다.

이 잠깐 동안의 침음으로 해서 제호는 초봉이에게 대한 과거의 불만을 되씹은 덕에 도리어 생각잖은 이문을 보았다.

'흥! 저는 내게다 무얼 잘했다고 눈살이 저리 꼬옷꼿한고? 아니꼽다!'

'계집애 한 마리 겁나서 할 일 못 할 내더냐? 그래 어때? 헌계집 데리구 살다가 내버리는 게 머 역적 도모더냐?'

제호는 뱃심이 금시로 불끈 솟았다. 그러면서 그는 우정 초봉에게로 한 발짝 다가선다.

초봉이는 종시 깜짝도 않고 제호를 올려 쏘고 있다. 가쁜 숨길이 보이는 것 같다. 얼굴은 해쓱하니 핏기 한 점 없고, 지그시 문 아랫입술은 새파랗게 질렸다. 젖꼭지를 물고 안겨 있는 송희의 가슴께로 드리운 왼편 팔 끝의 손이 알아보게 바르르 떨린다. 무슨 말이 와락 쏟아져 나올 텐데 그새 격분에 막혀 터지지를 못하는 체세다.

"어, 그새 참….."

제호는 저편이야 무얼 어쩌거나 말거나 인제는 상관 않기로 하고 제가 할 말만 의젓이 늘어놓는다. 그래도 살기 띤 눈살은 피해서 입께를 보면서,

"…변변찮은 내한테 매달려서 고생 많이 했소. 생각하면 미안한 말이야 다아 이를 데가 없소마는….."

초봉이는 말소리가 들리는가 싶잖게 이내 그 자세로 까딱도 않고 있고, 제호는 잠깐 숨을 돌렸다가 다시 뒤를 이어,

"…그리구 어, 그동안 두구 보았으니 내 성밀 알겠지만, 내가 이렇게 선뜻 일어서는 건 결단코 임자가 부족한 데가 있어서 그런다거나, 또 새삼스럽게 과거지살 탈을 잡아가지구서 그러는 건 아니구, 내란 위인이 본세 못생겨먹은 탓으루, 가령 이런 일만 하더래두 마주 걷구 틀구 다아 그리질 못하는구려! …그렇지만 나는 물러 나선다구, 그렇다구 임자더러 저 장씨의 사람이 되란다거나 다아 그런 의사는 아니니깐, 그런 거야 종차 두 분이 형편대루 상의껏 조처할 일이지, 내가 그걸 좌지우지할 동기가 된다든지, 더욱이 내가 또 이러라 저러라 시킬 머리는 없는 것이니까….."

제호는 여기까지 단숨에 말을 해놓고 보니 끝이 뿌뜩 잘리기는 하나, 그렇다고 그 끝을 잇댈 말도 별반 없었다. 그래서 그만 하고 작별인사 겸,

"자아, 그러면….."

마침 이 말이 나오는데, 그러자 별안간 초봉이가,

"다들 가거라 이놈들아!" 하고 목청이 터지게 외치면서 미친 듯 뛰쳐 일어서던 것이다. 그 서슬에 송희를 문턱 안에다가 내동댕이를 쳤고, 그래 아이가 불에 덴 듯이 까무러치게 울고 해도 초봉이는 모르는 모양이다.

눈에서는 닿으면 베어질 듯 파랗게 살기가 쏟쳐 나온다. 아드득 깨물어 뜯은 아랫입술에서는 검붉은 피가 한 줄기 조르르 흘러내려 턱으로 또렷하게 줄을 긋는다. 풀머리를 했던 쪽이 흐트러져 머리채가 한 가닥 어깨 앞으로 넘어와서 치렁거린다. 그렇게 고르고 곱던 바탕이 간 곳 없고, 보기 싫게 사뭇 삐뚤어진 얼굴은 터질 듯 경련을 일으켜 산 고깃덩이 같이 씰룩거린다. 이는 여느 우리 인간의 눈이나 얼굴이기보다는 생명을 노리는 적에게 바투 몰려 어디고 침침한 막다른 골로 피해 들었다가 절망코 되돌아선, 한 약한 짐승의 그것이라고 하는 게 근리하겠다.

옳게 겁을 먹은 제호는, 이 계집이 혹시 상성이 되는 게 아닌가 하고 눈이 휘둥그레진다.

초봉이는 처음 한마디 고함을 치다 말고 숨이 차서 가쁘게 씨근씨근한다.

형보는 등을 지고 있었기 때문에 초봉이의 형용을 보지 못하기도 했지만 종시 귀먹은 체하고 서서 담배만 푸석푸석 피울 뿐, 아무렇지도 않아 한다.

제호는 물심물심 뒤로 물러서다가 슬금 돌아서버린다.

송희가 으악으악 울면서 치마폭을 잡고 기어올라도 초봉이는 눈도 거듭떠보지 않는다.

"…이 악착스런, 이 무도한 놈들 같으니라구!…"

마침내 초봉이는 마루청을 쾅쾅 구르면서 두 주먹을 부르쥐고 목청껏 외쳐댄다.

"…하늘이 맑다구 벼락두 무섭잖더냐? 이 천하에 무도하고 몹쓸 놈들아…."

음성은, 외치던 고함이 그새 벌써 넋두리로 변해 목이 멘다.

"내가 느이허구 무슨 원수가 졌다구 요렇게두 내게다 핍박을 하느냐? 이 악착스런 놈들아! …아무 죄두 없구, 아무두 건드리잖구 바스락 소리도 없이 살아가는 나를, 어쩌면 느이가 요렇게두 야속스럽게… 아이구우 이 몹쓸 놈들아!"

목에서 시뻘건 선지피라도 쏟아져 나오도록 부르짖어 백천 말로 저주를 해도 시원할 것 같잖던 분노와 원한이건만, 다직 몇 마디를 못해서 부질없이 설움이 복받쳐 올라, 처음 그렇게 기승스럽던 악은 넋두리로 화해가다 필경 울음이 터지고 만다.

제호는 쫓기듯 횡하고 대문께로 나가고. 형보는 배웅 삼아 그 뒤를 아그죽아그죽 따른다.

"어 참, 대단 죄송스럽습니다!"

대문간에서 형보는 무엇이 어쩌니 죄송하다는 것도 없으면서 죄송하다고 인사를 한다.

"아, 아닙니다. 원 천만에!"

뒤도 안 돌아보고 씽씽 나가던 제호는 마지못해 대답을 하고 하는 둥 마는 둥 이내 달아나버린다.

제호는 시원했다. 형보도 시원했다. 둘이 다 시원했다.

초봉이는 방문턱에 엎드린 채 두 손으로 얼굴을 싸고 흑흑 서럽게 느껴 운다. 송희는 자지러져 울면서 엄마의 겨드랑 밑으로 파고든다.

식모가 난리에 넋을 잃고 우두커니 부엌문에 지어 섰다.

대문간에서 형보가 도로 들어오다가 식모를 힐끔 보더니,

"거 올라가서 애기나 좀 안아주지? 응?" 하는 게 제법 바깥주인이 다 된

말씨다. 식모는 그냥 주춤주춤하고 섰다. 시키지 않더라도 애기가 우니 안아다가 달랠 줄 모르는 것은 아니다. 그러나 집안이 갑자기 난리를 몰아 때려 짜였던 질서가 뒤죽박죽이 되고 마니 식모도 습관 치인 제 일이 남의 일같이 서먹거리고 섬뻑 손이 대지지를 않던 것이다.

"어 참, 그리구 말이야…."

형보는 몸을 안 붙여주고 낯가림을 하듯 비실거리는 식모를 다둑다둑 타이르듯…,

"…인제 차차 알겠지만, 오늘부터는 내가 이 집의, 어 참 바깥주인이란 말이야…. 그러니 그리 알구 있구… 그리구 집안이 좀 소란했어두 별일 없으니깐 머 달리 생각할 건 없단 말이야, 알겠나? …응, 그럼 그렇게 알구서, 아씨 대신 집안 일이나 이것저것 두루 잘 좀 보살피구…."

형보는 계집과 살 집을 한꺼번에 다 차지한 요량이다. 사실 제호는 그 두 집을 몽땅 내놓고 가기는 갔으니까.

식모는 형보의 말을 듣고 서글퍼 웃을 뻔했다.

세상에 첩은 그날로 나가고 당장 갈려든다지만, 이건 사내가 이렇게 하나가 나가고, 하나가 들어오고 하다니 도무지 망측했던 것이다.

초봉이는 아무리 울어도 끝이 없는 서러움에 마냥 자지러졌다가 겨우, 보채면서 파고드는 송희를 끌어안으려고 고개를 쳐드는데 마침 형보가 마루로 의젓이 올라서고 있었다.

그는 형보가 선뜻 눈에 뜨이는 순간, 서러움에 눌려 속으로 잠겼던 분이, 이것저것 한데 똘똘 몰려 그리고 쏟쳐 올랐다.

"옜다, 이놈아, 네 자식!"

와락 일어서면서, 악을 쓰면서 안아 올리던 송희를 그대로 형보한테다 휙 내던져버리면서, 하느라고 미친 듯 날뛴다.

마루청에 떨어질 뻔한 아이를 어마지두 형보가 움키기는 했고, 그러나 그전에 벌써 제정신이 든 초봉이는, 아이구머니 이를 어쩌느냐 싶어 가슴을 부둥켜안는다. 방금 시퍼런 칼날이 번쩍하는 것만 같고, 간이 떨렸다. 아이는 까무러치듯 운다. 수각이 황망하고 어떻게 할 도리가 없다. 할 수 없으니깐 악만 부쩍 더 난다.

"오냐, 이노옴! 계집의 원한이 오뉴월에 서리 친다더라! 두구 보자. 네가 이놈 내 신세를 갖다가 요렇게 망쳐주구! 오냐 이놈!"

초봉이는 이를 보드득 갈면서 흐트러진 머리칼 사이로 형보를 노려본다. 그러나 앙칼지게 노리기는 해도, 실상 그것은 형보가 혹시 칼을 뽑아 들고 송희를 해치지나 않는지 그것을 경계하기에 주의가 엉키고 만다.

"아, 네가 정녕 이럴 테냐?"

형보는 버럭 소리를 지르면서 눈을 부릅뜬다. 만약 한옆으로 칼을 뽑아 송희한테다가 겨누면서 그랬으면 꼼짝 못하고 초봉이는(제법 그걸 가로막자고 달려들기는커녕 오금이 지레 빨아서)그대로 털썩 주저앉아 두 손을 합장하고 개개빌고26) 말았을 것이다.

형보는 짐짓 보라라고 아이를 한 손으로다가 등덜미 옷자락을 움켜 고양이 새끼 다루듯 도웅동 처들고 섰다. 아이는 네 손발로 허공을 허우적거리면서 그런 중에도 엄마를, 엄마를 부르면서 기색할 듯 자지러져 운다.

초봉이는 겁을 냈던 대로 형보가 칼부림을 않는 것이 다행했으나 안심할 경황은 없고, 당장 송희가 저리 액색하게 부대끼는 정상을 차마 못 보아, 몸을 책 돌이켜 안방 아랫목 구석에 가서 접질리듯 주저앉는다. 하릴없이 항복은 항복인 줄이야 저도 알기는 하지만 차라리 항복을 한 것이 안타깝기보다 도리어 송희가 곤경을 면할 것을 여겨 다행했다.

"괜히 그리다간 네 눈구멍으루 정말 피를 보구만다!"

---

26) 개개빌다: 죄나 잘못을 용서하여 달라고 간절히 빌다.

형보는 안방으로 대고 눈을 흘기면서 씹어뱉는다. 그러나 형보 역시 큰소리는 해도 이 깽깽 소리가 나는 생물을 어떻게 주체할 수가 없었다. 치켜 올려서 품에 안아보았으나 평생 애기라고는 안아본 일이 없으니 거추장스럽기만 하다.

귀찮은 깐으로는 골병이 들거나 뒤어지거나 조금도 상관없으니 마루청에다가 내동댕이를 쳤으면 좋겠었다. 그러나 제 자식인 체, 소중해하는 체, 우선은 그렇게 해야 할 경우라 함부로 다룰 수는 없었다. 그런데 아이는 우는 사발시계처럼 그칠 줄을 모른다. 골치가 띠잉하고 정신이 없다. 벌 치고는 단단한 벌이다. 이대로 한 시간만 있으라면 단박 미치고 말 것 같았다.

민망했던지 식모가 와서 팔을 벌리니까 그만 다행해서,

"잘 달래서 재던지 허게…." 하고 넌지시 내맡기고는, 일변 혼잣말로 탄식하듯,

"…것두 다아 에미 잘못 만난 죄다짐이다! 고생 면하려거든 진즉 뒤여지려무나!"

초봉이는 이 소리가 배가 채이기보다 형보의 입짓이 밉살스럽다.

송희는 식모한테 안겨서도 엄마를 부르면서 떼를 쓴다. 초봉이는 안방으로 데리고 들어왔으면 선뜻 받아 안겠는데 눈치 없는 식모가 답답했다.

식모는 송희를 달래느라 성화를 먹는다. 얼러 주기도 하고, 문도 두드려 소리를 내주기도 하고, 그래도 안 그치니까 마당으로 대문간으로 요란히 설레발을 놓고 다닌다.

한동안 그러다가 식모도 주눅이 나서 할 수 없이 안방으로 들어오고, 송희는 엄마한테 안기기가 무섭게 울음을 꿀꺽 그치면서 대주는 젖을 움켜다가 쭉쭉 소리가 나게 빨아들인다. 오래 울어서 젖을 빨다가도 딸꾹질을 하듯 느끼곤 한다.

초봉이는 하도 가엾어서 볼기짝을 뚝뚝 두드려주면서,

'어이구 내 새끼를 누가 그랬단 말인가! 어이구 가엾어라!'

이렇게 귀애하고 얼러주고 하고 싶어도 마루에 앉은 형보가 열적어 못한다.

송희는 아직도 눈물이 눈가 볼때기로 홍건히 묻었다. 엄마가 손바닥으로 가만가만 씻어주니까, 젖을 빨다 말고 말끄러미 엄마를 올려다보다가 금시로 입이 비죽비죽하더니,

"엄마!" 하면서 울먹울먹한다. 노염이 새롭다고 역성을 청하는 것이다.

"오—냐, 워야 내 새끼!"

초봉이는 마침내 형보를 꺼릴 겨를도 없고, 제 입도 같이서 비죽비죽해주면서 소리가 요란하게 볼기짝을 뚝뚝 쳐준다. 송희는 안심을 하고서 도로 젖꼭지를 문다.

초봉이는 이 끔찍이도 소중하고 귀여운 것을 품안에서 떼어놓다니, 그것은 생각할 수조차 없었다.

항차 그 어떠한 흉악한 해를 보게 한다는 것은 마음에 상상만이라도 하는 것부터 어미가 불측스런 것 같았다.

방금 일어난 풍파는 초봉이로 하여금 더욱 힘 있게 애착과 애정으로써 송희를 끌어안게 해주었다.

송희를 곰곰이 들여다보는 동안, 비장하게 솟아 오르는 것은 일찍이 제 자신에 있어 본 적이 없던 하나의 용기이었다.

물론 솟아오른 그 용기도 적극적인 것은 못 되고 소극적이요, 그래서 몸을 살리려는 태가 아니고 몸을 죽이려는 태에 지나지 못했다. 그렇지만 본시 타고나기를 그렇게 타고났고 치러나기를 그렇게 치러난 초봉이에게 오늘이야 그렇지 않은 것을 바람은 억지일 것이다.

송희는 인제 노염도 다아 풀리고, 젖도 배불러 엄마가 안은 대로 무릎

안에 버얼씬 드러누워 엄마 얼굴을 말끄러미 올려다보면서 쏭알쏭알 이야기를 하는지 노래를 하는지 저 혼자만 아는 소리를 장알거리면서 마음을 놓고 한가하게 놀고 있다.

송희는 엄마한테만 있으녀 울어지지도 않고 심심하지도 않다. 좋고 편안하다. 입으로는 노래도 하고 이야기도 한다. 입이 고프면 바로 그 앞에 단 젖이 있다. 빨면 쭉쭉 나온다. 눈으로는 엄마의 얼굴을 본다. 보면 재미가 있다. 손이 심심하면 엄마 젖꼭지를 만진다. 발이 심심하면 손이 가서 쥐고 같이 논다. 다 좋다. 편안하다.

초봉이는 송희가 이러한 줄을 잘 안다. 오늘은 더욱 그렇다.

이 살판에서도 송희는 엄마가 있으니까 이렇게 편안히, 이렇게 마음을 놓고 잘 있지를 않으냔 말이다. 천하없어도 송희는 이대로 가축을 해야 하고, 그러자면은 초봉이 제 한 몸은 아무래도 좋았다.

칼을 맞아도 좋고, 시뻘건 불 꼬챙이로 단근질을 해도 좋고, 그러하되 아무라도 송희의 털끝 하나라도 다쳐서는 안 된다. 그것은 말고, 누가 송희한테 눈 한 번이라도 크게 뜨고, 소리 한 번이라도 몹시 질러도 안 될 말이다.

내 몸뚱어리는 송희를 위하여 군센 무쇠 방패가 되어야 하고, 그도 부족하면 큰 바위가 되어야 한다. 그러나 추운 때는 뜨뜻한 솜이 되어야 하고, 비가 올 때는 우장이 되어야 하고, 바람이 불 때는 바람막이가 되어야 하고, 어둔 밤에는 등불이 되어야 한다. 그리고 배고파 할 때는 밥이 되어야 하고.

내 몸뚱어리는 이미 버린 몸뚱어리다. 두 남편에 벌써 세 남자를 치러 온 썩은 몸뚱어리다. 이런 썩은 몸뚱어리가 아까워서 송희의 위험을 막아주기를 꺼릴 필요는 조금도 없다. 차라리 썩은 몸뚱어리를 가지고 보람 있게 우려먹으니 더 좋은 일이다. 형보? 좋다, 형보는 말고서 형보보다 더한 놈도 좋다. 원수는 말고 원수보다 더한 것도 상관없다. 송희만 탈 없이 편안하게 기르면 고만이다.

여기까지 생각을 했을 때에 초봉이는 깜짝 놀라 몸을 떤다. 대체 어느 겨를에서 저 장형보의 계집이 되기로 작정을 하고서 시방 이러느냐는 것이다. 그러나 제 자신이 모르기는 몰랐어도 인제 보니 이미 그러기로 다 작정이 된 것만은 사실인 것이 분명했다.

호 하고 한숨이 질로 터져 나온다. 제가 저를 생각해보아도 너무 갈충 머리가 없는 것 같았다.

마침 마루에서 형보의 캐액 하는 기침 소리가 들렸다. 초봉이는 새삼스럽게, 제 몸에서 형보의 살을 감각하고 뱀이 벗은 발 발등 위로 지나가는 것 같이 오싹 진저리가 치었다.

부엉이처럼 마루에 가서 지켜 앉았던 형보는 열 시 치는 소리를 듣고 마침내 방으로 들어왔다. 초봉이는 이미 각오한 바라 속으로,

'오냐, 그렇지만 기왕 그렇게 하는 바에야 나두다….'

이렇게 마음을 도사려먹었다.

형보는 그래도 점직함이 없지 못해, 비죽 웃더니 윗목으로 넌지시 비껴 앉으면서 슬금슬금 초봉이의 눈치를 본다. 이윽고 있어도 실상 다시 발악을 할 줄 알았던 초봉이가 아무 반응도 없이 외면만 하고 있으니까 우선 마음을 놓고 처억 수작을 끄집어낸다. 그러나 위협 같은 것은 싹 걷어치우고 없다. 말도 좋은 말로, 조르듯 타이르듯 순하다.

인제는 더구나 별 수가 없지 않으냐. 그러니 부디 마음을 돌려라. 너만 고집을 세우지 않을 양이면, 너도 좋고, 자식한테도 좋고, 또 나도 좋고,

다 두루 좋잖으냐. 아까 박제호더러도 이야기를 했지만, 돈 오륙천 원을 들여서 장사를 하는 게 수입이 상당하니 너의 모녀는 웬만한 호강이라도 시키면서 먹여 살릴 수가 있다. 또, 그새까지는 네가 박제호의 첩으

로 있었지만, 나는 독신이니까 인제부터는 버젓한 정실 노릇을 할뿐더러 어린것도 사생자라는 패를 떼게 되지 않느냐.

형보는 간간 담배도 피워 가면서 한 마디씩 두 마디씩 넉 장으로 튕기고 앉았고, 초봉이는 자는 송희 옆에 두 무릎을 깍지 손으로 껴안고 모로 앉아 형보의 말을 듣는지 마는지 그냥 그러고만 있다. 그렇게 하기를 한 식경은 한 뒤다.

"오ー냐! 네 원대루, 네 계집 노릇 해주마. 그렇지만….."

초봉이는 마침내, 모로 앉았던 몸을 돌려 윗목의 형보한테로 꼿꼿이 고개를 두른다. 물론 마음먹은 바가 있었기 때문이지, 무슨 졸리다 못해 나오는 대답인 것은 아니었다.

승낙이 내리자, 형보는 좋아라고 그러잖아도 큰 입이 더 크게 째지면서, 아무렴 그래야 옳지야고 진작 그럴 것을 가지고 어째 그랬단 말이냐고, 버엉떼엥 아랫목께로 조촘조촘 내려앉는다. 하는 것을 초봉이는 소리를 버럭,

"왜 이 모양이야? …아직 멀었으니 거기 앉아 말 듣잖구서….."

"네에 네, 흐흐."

"흥! 물색없이 좋아 마라, 네가 뭐어 함이 내켜서 네 계집 노릇 하겠다는 줄 알구? …괜히 원수풀이 하잔 말이다, 원수풀이….."

"허어따! 쓸데없는 소릴!"

"두구 보려무나? 내 신세를 요렇게두 지긋지긋하게 망쳐 준 네놈한테 그냥 거저 다소곳하구 계집노릇이나 해줄 상부르더냐? 흥! …인제 대가리가 서얼설 내돌리게 해줄 테니 두구 보아라!"

초봉이는 입에서 나오는 대로 큰소리를 하기는 해도 마음은 결코 시원하지 못했다. 원수풀이를 하잔들 무얼로 어떻게 원수풀이를 할 도리가 있을까 싶질 않았다. 자는데 몰래 칼로 배를 가른다거나, 국그릇에 비상

을 쳐서 먹인다거나 한다면 그거야 못할 바는 없지만, 그런다고 짓밟힌 생애를 도로 물러오지는 못할지니, 헛되이 내 손에 피 칠이나 하는 짓이지 원한이 풀릴 리가 만무하니 말이다. 생각하면 속절없는 팔자요, 눈물이 솟아났다.

"여보, 이왕지사 다아 이리 된 바에야…."

형보는 곱사등을 흔들흔들, 쪼글트렸다 주저앉았다 못 견디어 날뛰면서,

"…노염 다아 풀어버리구려, 응? …그러구서 우리두 처익 어쨌든지, 응? 재미있는 가정을 쓰윽 한바탕… 흐흐."

"어이구, 옛다! …메시껍구 아니꼬워!"

"허허엉, 그리지 말래두 자꾸만 그리는구려!"

"너 돈 있는 자랑했겠다? 대체 몇 푼이나 되느냐?"

"한 육천 원…."

"거짓말 없지?"

"아무렴! 당장이라두 보여주지!"

형보는 잊지 않고 끌고 들어온 손가방을 돌려다보면서,

"…예금통장에 이천여 환 있구, 수형 받은 게 사천 원 가까이 되구… 자아 시방 볼 테거들랑 보지?"

"가만있어. 인제 꺼내노라는 때 꺼내놓구… 그러면 어쩔 테냐? 너 내가 해달라는 대루 해줄 테냐?"

"네에, 그저 하늘의 별이라두 따올 수만 있다면 냉큼 가서 따다 디립죠!"

"그러면 첫째 이 애 앞으루다가 네 이름으루 하나 허구, 내 이름으루 하나 허구. 생명보험 하나 씩…."

"얼마짜리?"

"천 원짜리."

"천 원짜리? 천 원짜리가 둘이면 가만있자… 얼마씩 부어가누?"

형보는 까막까막 구누[27]를 대보다가,

"그랬다!" 하면서 고개를 꾸벅한다.

"그건 그렇구… 그댐은, 그새 박제호두 그래 왔으니깐 너두 나무 양식 집세는 다아 따루내려니와, 그런 것 말구두 가용으루 다달이 오십 원씩 내 손에다 쥐어줘야지?"

"그러자면? …매삭 백 원이 훨씬 넘는데… 그렇지만 할 수 있나! 박제호만큼 못 한대서야 안 될 말이지. 그럼 것두 자아 그랬다!"

"그러구 또, 그댐은, 돈을 한 모가치 천 원을 나를 주어야 한다?"

"천 원? 현금을?"

"그래."

"그건 좀 문젠걸? …돈이 없는 건 아니지만 장사하는 밑천이라 놔서 한 몫에 천 원을 집어내구 보면 그만큼 수입이 준단 말이야! …시방 육천 원을 가지구 주물러서 매삭 이백 원가량 새끼가 치는데, 만약 천 원을 없애구 보면 아무래두 어렵겠는 걸? …대관절 현금 천 원은 무엇에다 쓰려구 그러누?"

"우리 친정두 먹구 살게시리 한끄터리 잡어주어야지!"

"얘! 이건 바루 기생 여대치는구나?"

"머! 내가 기생보담 날 껄 있다더냐?"

"무서운데."

"또 있다. 우리 친정 동생들 서울루 데려다가 공부시켜줘야 한다!"

---

27) 구누: 서로 말 짓이나 눈짓으로써 가만히 연락하는 일.

☼ 식욕의 방법론

또 한 번 해가 바뀌어 이듬해 오월이다.

태수와 김 씨가 그의 남편 탑삭부리 한 참봉의 한 방망이에 맞아 죽고 초봉이는 호젓이 군산을 떠나고 이런 조그마한 사단이 있은 채로 그러니 벌써 두 번째 제 돌이 돌아왔다. 그러나 이곳 항구 군산은 그러한 이야기는 잊은 지 오래다. 물화와 돈과 사람과 이 세 가지가 한데 뭉쳐 생명 있게 움직이는 조그마한 거인은 그만한 피비린내나 뉘 집 처녀가 생애를 잡친 것쯤 그리 대사라고 두구두구 잊지 않고서 애달파할 내력이 없던 것이다.

해는 여전히 아침이면 동쪽에서 떴다가 저녁이면 서쪽으로 지고 철이 바뀌는 대로 풍경도 전과 다름없이 새롭고 조수 밀렸다 쓸렸다 하는 하구로는 한 모양으로 흐린 금강이 쉴 새 없이 흘러내리고 있다. 그러는 동안 거인은 묵묵히 걸음을 걷느라,

물화는 돈을 따라서 돈은 물화를 따라서 사람은 그 뒤를 따라서 흩어졌다 모이고 모였다 흩어지고 그리하여 그의 심장은 늙을 줄 모르고 뛰어 미두장의 ×××도 매일같이 벌어지고 있다.

우리 정 주사도 무량하다. 자가사리[28] 수염은 여전히 노란데 끝도 그대로 아래로 처졌고 눈도 잊지 않고 깜작거린다. 소일도 모습과 함께 변

---

28) 자가사리: 퉁가릿과의 민물고기.

함없다. 남은 몇 천 금을 걸고 손바닥을 엎었다 제쳤다 하는 순간마다 인생의 하고많은 부침을 되풀이하는 그 틈에 끼어 대판시세가 들어올 적마다 하바꾼 우리 정 주사도 오십 전어치 투기에 몸이 자지러진다. 그러나 한 가지 놀라운 발육은 단 몇 십 전이라도 밑천이 떨어지지를 않는 것이다. 어디서 생기는 밑천이던 간에 같이서 하바를 하는 같은 하바꾼들한테 '총을 놓지 않아서' 실인심을 않고 지내니 발육이라면 그런 발육이 있을 데가 없다. 단연코 작년 가을 이래 정 주사는 여재 수재가 분명했지 도화를 부르고 멱살잡이를 당하거나 욕을 먹거나 한 적이 없다.

이것은 맏딸 초봉이가 작년 가을 서울서 돈 오백원을 내려보낸 것으로 부인 유 씨가 구멍가게 하나를 벌여놓은 그 덕이요, 그 끈이다. 수양산 그늘이 강동 팔십 리를 간다거니와, 애초에 죽은 고태수가 소절수 농간을 부리던 돈으로 미두를 하다가 아시가 나게 된 끄터리를 형보가 얻어 가졌고, 형보는 그놈을 언덕 삼아 오륙 천의 큰 수를 잡았고, 그 돈에서 도로 오백 원이 초봉이의 손을 거쳐 정 주사네게로 왔으니 기특하다면 기특한 인연이 아니랄 수 없다. 따라서 어느 사위가 되었든지 사위 덕은 사위 덕이요 결국은 초봉이라는 딸을 둔 보람이 난 것이라 하겠다.

가게는 삯바느질도 있고 해서 유 씨가 지키고 앉았고 정 주사는 밖에서 물건 사들이는 소임을 맡았다.

새벽이면 정거장 앞으로 나가서 길목을 지키다가 촌사람들이 지고 들어오는 채소도 사고, 공설시장에서 과일이며 과자 부스러기도 사고 더러는 '안스레'에 있는 생선장에 가서 흥정도 해다 준다. 그러고 나면 정 주사는 온종일 팔자 편한 영감님이다. 하기야 유 씨가 바느질을 하랴, 가게를 보랴 하느라고 손이 몰리곤 하니 가게나 지켜주었으면 하겠지만 한 마리에 일 전이나 오 리가 남는 자반고등어며 아이들의 코 묻은 일 전 한 푼을 바라고 우두커니 지켜 앉았기가 갑갑하기도 하려니와 일변 미두장에 가서 잘만 납뛰면 한몫에 오십 전이고 일 원이고를 따니 그게 사람이 활발하기도 할 뿐더러 이문도 크다 하는 것이다.

호마[29]는 북풍에 울고, 월조라는 새는 남쪽 가지에 다만 둥주리를 얽는다든지 정 주사도 시방은 다아 비루먹은 태마(駄馬)[30]라도 증왕(曾往)[31]에는 천리준마이었거니 여기고 있다. 그러니까 오십 전짜리 하바라도 하고 싶다.

밑천사시 털리는 손은 어떻게 하느냐고 부인 유 씨가 고시랑거릴라 치면 잃지 않을 테니 걱정 말라고 매일 희떠운 소리다. 이 말은 돈을 잃어도 관계치 않는다는 뱃심과 같은 뜻이다.

오늘도 정 주사는 듬뿍 삼 원 돈을 지니고 한바탕 거들거리고 하바를 하던 판이다.

이 삼 원의 대금은 마침 가게에 북어가 떨어져서 아침결에 어물전으로 흥정을 하러 가던 심부름 돈이다.

배고픈 호랑이가 원님을 알아볼 리 없고, 무슨 돈이 되었든지 간에, 마침 또 간밤에는 용꿈을 꾸었겠다 하니, 북어 값 삼 원을 밑천으로 든든히 믿고서 아침부터 붙박이로 하바를 하느라 깨가 쏟아졌다. 그러나 따먹기도 하고 게우기도 했지만, 필경 끝장에 와서 보니 옴팡장사다. 밑천이 절반이나 달아나고 일 원 오십 전밖에 남지를 않았던 것이다.

미두장의 장이 파하자 뿔뿔이 헤어져 가는 미두꾼, 하바꾼 틈에 끼어 나오면서 정 주사는 비로소 잃어버린 북어 값을 생각하고 입맛이 찝찝해 못한다.

---

29) 호마(胡馬): 예긴해, 중국 북뵝이니 동북방 둥지에서 나던 말.

30) 태마(駄馬): 짐을 나르는 데에 쓰이는 말.

31) 증왕(曾往): 이미 지나가버린 그때.

오월의 눈부신 햇빛이 환히 내리는 한길 바닥으로 패패 흩어져 나오는 미두꾼이나 하바꾼들은 응달에서 자란 식물을 갑자기 일광에 내쬐는 것 같아, 어디라 없이 푸죽어 보인다. 하기야 많고 적고 간에 돈을 먹은 패들은 턱을 쑥 내밀고 흐물흐물 웃으면서 내딛는 걸음이 명랑한 성싶기는 하나 그것은 이 햇빛과는 아무 상관도 없는, 그래서 오히려 더 부자연스러워 보이는 활기 같다.

　턱 대신 코가 쑤욱 빠지고 죽지 부러진 수탉처럼 어깨가 처지고 고개를 수그리고, 이런 패들은 사오십 전짜리 하바를 비롯하여 몇 백 원 혹은 몇천 원의 손을 본 축들이다. 이런 축들 가운데 더러는 저 혼자 점직하다 못해 누구한테라 없이,

　"헤에, 참!" 하면서 뒤통수로 손이 올라가다가 만다. 분명 울고 싶다는 게라, 웃는다는 게 우는 상이다. 이 축들은 더욱이나 이 명랑한 오월의 태양 아래서는 이방인같이 어색하다.

　북어 값 삼 원에서 일 원 오십 전을 날려버린 정 주사는 코 빠진 축으로 편입될 것은 물론이다. 그는 여럿의 틈에 끼어 한길 바닥으로 나섰다가 멈춰 서서 입맛을 다신다. 인제는 하바판도 다 깨졌은즉 잃어버린 북어 값을 추는 도리는 없고 하니 아무나 붙잡고, 한 오십 전 내기 가위바위보라도 몇 번 했으면 싶은 마음상이다.

　"정 주사!"

　넋을 놓고 한길 가운데 우두커니 섰는데 누가 마수없이 어깨를 짚으면서 공중에서 부른다. 고개를 한참 쳐들어야 얼굴이 보이는 '전봇대'다. 키가 대중없이 길대서 '전봇대'라는 별명이 생긴 하바꾼이다.

　"…무얼 그렇게 보구 계시우? 갑시다."

　하바에 총만 놓지 않으면 아무라도 그네는 사이가 다정한 법이다. 단한 모퉁이를 동행할망정 뒤에 처지면 같이 가자고 하는 게 인사다.

"가세."

정 주사는 내키잖게 옆을 붙어 선다. 키가 허리께밖에는 안 닿는다. 뒤에서 따라오던 한 패가 재미있다고 웃어도 모른다.

"정 주사 오늘 괜찮았지?"

"말두 말게나!"

"괜히 우는 소릴… 아까 내해두 오십 전 먹구서…."

"그래두 한 장하구 반이나 폈네! 거 원 재수가…."

"당찮은 소리! …그런 소린 작작 하구. 오늘 딴놈으루 저기 가다가 우동이나 한 그릇 사시우. 난 시장해 죽겠수!"

"시장하기야 피차일반일세!"

정 주사는 미상불 퍽 시장했다. 작년 가을 이후로는 팔자가 늘어져서 조석은 물론 굶지 않거니와, 오정 때가 되면 횡하니 집으로 가서 점심을 먹고 오곤 했는데, 오늘은 마침 북어 값 삼 원을 밑천삼아 땄다 잃었다 하기에 재미가 옥실옥실해서 점심 먹을 것도 깜박 잊었었다. 그래서 비어 때린 점심이라, 시장기가 들고, 그 끝에 돈 잃은 것이 이번에는 부아가 난다.

"그 빌어먹을 것, 그럴 줄 알았더면 그놈으루 무엇 즘심이라두 사 먹었으면 배나 불렀지!"

"거 보시우…."

정 주사가 혼자 두런거리는 것을 전봇대가 냉큼 받아,

"…우리 같은 사람 가끔 우동 그릇이나 사주구 하면, 다아 하느님이 알아보십넨다!"

"하느님이 알아보신다? 허허, 제엔장맞일. 아따 그리세, 우동 한 그릇씩 먹세그려나!"

"아니, 진정이시우?"

"그럼 누가 거짓말한다던가? …그렇지만 꼭 우동 한 그릇씩이네? 술은 진정이지 할 수 없네!"

"아무렴! 피차 형편 아는 터에, 술이야 어디…."

하바꾼도 옛날 큰돈을 지니고 미두를 하던 당절, 이문을 보면 한판 직탕치듯이 친구와 얼려먹고 놀던 호기는 가시잖아, 이 날에 비록 하바는 할 값에 단 돈 이삼 원이라도 먹으면 가까운 친구 하나쯤 따내어 우동 한 그릇에 배갈 반 근쯤 불러놓고 권커니 잣거니 하면서 감회와 격분을 게다가 풀 멋은 그대로 남아 있다. 그러나, 시방 정 주사가 전봇대한테 우동 한턱을 쓰기로 하는 것은 그런 호협이나 멋이 아니라 외람한 화풀이다. 돈 잃은 미련이 시장한 얼까지 입어 화증은 더 나는데 전봇대가 연신 보비위는 하것다, 미상불 그놈 우동 한 그릇을 후루룩 쭉쭉 국물째 건더기째 들이먹었으면 아닌 게 아니라 단박 살로 갈 것 같고, 그래 에라 모르겠다고 나가자빠지는 맥이다.

물론 전 같으면야 우동이 두 그릇이면 싸라기가 두 되도 넘는데 언감히 그런 생심을 했을까마는,

지금이야 다 미더운 구석도 없지 않아, 말하자면 그만큼 담보가 커진 것이라 하겠다.

가게는 같은 둔뱀이는 둔뱀이라도 전에 살던 집처럼 상상꼭대기가 아니고 비탈을 다 내려와 아주 밑바닥 평지다. 오막살이들이나마 살림집들이 앞뒤로 늘비한 길목이라 구멍가게치고는 마침감이다.

가게머리로 부엌 달린 이 칸 방이 살림 겸 바느질 방이다.

지난해 가을 초봉이가 내력 없는 돈 오백 원을 보내주어서 삼백 원을 들여 이 가게를 꾸미고 벌여놓고 했다.

일백이십 원은 재봉틀을 한 대 사놓았다. 나머지는 이사를 하느니, 오래 못 벗긴 목구멍의 때를 벗기느니 하노라고 한 사십이나 녹아버렸고,

그 나머지는 장사를 해나갈 예비돈으로 유 씨가 고의 끈에다가 챙챙 옹쳐 매두었었다. 정 주사는 고놈을 올가미 씌워다가 사십 원 증금으로 쌀이나 한 백 석 붙여놓고 미두를 하려고 가진 공력을 다 들였어도 유 씨는 막무가내로 내놓지를 않았었다.

아무튼 그렇게 장사를 벌여놓으니, 가게에서 매삭 삼십 원 넘겨 이문이 나고, 재봉틀 바느질로 십여 원 들어오고 해서 네 식구가 먹고 살아가기에는 그리 군색치 않았다. 정 주사가 가끔 미두장의 하바판에서 돈 원씩 날리기도 하고, 오늘처럼 우동 한턱을 쓸 담보가 생긴 것도 알고 보면 다 그 덕이다.

권솔이 더구나 단출해서 좋다. 초봉이는 재작년 이맘때에 벌써 식구 중에서 떨어져나갔지만 작년 가을에는 계봉이를 제 형이 데려 올려갔다. 실상 형주도 그때 같이 올라갔을 것이지만, 그 애는 작년 사월에 이리 농림학교에 입학을 해서 통학을 하고 있기 때문에, 전학을 하느니 자리를 옮기느니 하면 번폐스럽기만32) 하겠은즉 그럭저럭 졸업이나 한 뒤에 상급 학교를 보내더라도 우선 다니던 데를 그대로 눌러 다니도록 두어둔 것이다.

이렇게 식구가 단출하게 넷으로 줄고 그 대신 다달이 사오십 원 씩 수입이 있으니, 유 씨의 억척에 다만 몇 원씩이라도 밀려 차차로 가게를 늘려가기도 하고 했을 것이지만, 부원군 팔자랍시고 정 주사가 속속들이 잔돈푼을 크게 낭비를 해서 병통이요, 그래서 전에 굶기를 먹듯 하고 지낼 때보다 집안의 풍파는 오히려 잦다. 더구나 유 씨는 시방 마침 단산기斷産期라, 히스테리가 가히 볼 만한 게 있다.

날도 훈훈하거니와, 오월 초생의 오후는 늘어지게 해가 길어 깜박깜박

---

32) 번폐스럽다: 보기에 번거롭고 폐가 되는 데가 있다.

졸음이 온다. 유 씨는 이태 전이나 다름없이 다리 부러진 돋보기를 코허리에다 걸치고 졸린 것을 참아가면서, 보물 재봉틀을 차고 앉아 바느질에 고부라졌다.

다르르, 연하게 구르는 재봉틀 소리가 달큼하니 졸음을 꼬인다. 졸리는 대로 한잠 자고는 싶으나, 바느질도 바느질이려니와 가게가 비어서 못한다.

남편 정 주사는 인제는 기다리지도 않는다. 아무 때고 들어왔지 별수가 없을 테고, 그저 들어오기만 오면, 어쨌든지 마구 냅다… 이렇게 꽁꽁 벼르고 있다.

올해 입학을 해서 일 학년이라, 항용 두 시면 돌아오는 병주도 오늘은 더디어 낮잠 한잠도 못 자게 하니 그것도 화가 난다.

동네 안노인이 아이를 업고 행똥행똥 가게 앞으로 오더니 한다는 소리가 남 속상하게,

"북엔 없나 보군?" 하면서 끼웃이 들여다본다. 유 씨는 일어서서 나오려고 하다가 고개만 쳐든다. 오늘 벌써 세 번째 못 파는 북어다. 부아가나는 깐으로는 물이라도 쩌얼쩔 끓여놓았다가 남편한테 들어서는 낯짝에다가 좌악 한 바가지 끼얹어주고 싶다.

"…북엔 없어. 저 너머까지 가야겠군!"

동네 노인은 혼잣말같이 쭝얼거리면서 돌아선다.

"인제 좀 있으문 이 애 아버지가 사가지구 올 텐데요…."

유 씨는 다섯 마리만 잡더라도 오 전은 벌이를 놓치는구나 생각하면서 다시금 남편 잡도리할 거리로 단단히 치부를 해둔다.

"걸 언제 기다려? 손님들이 술잔을 놓구 앉아서 안주 재촉인걸."

"그럼 건대구를 들여가시지?"

"건대구는 집에두 있는데 북에루다가 마른안주만 해드리라니 성화지!"

동네 노인이 가게 모퉁이로 돌아가자 마침 병주가 씨근벌떡하면서 달려든다. 콧물이 육장 코에가 잠겨서 질질 흐르기 때문에 입으로 숨을 쉬느라고 입술은 다물 겨를이 없고 밤낮 씨근거린다.

"엄마!"

한 번 불러놓고는 책보를 쾅 하니 방에다가 들이뜨리고 모자를 벗어 휙 내동댕이치면서, 우선 사탕 목판을 들여다본다. 아무 때고 하는 짓이라 저는 무심코 그러는 것인데, 돋보기 너머로 눈을 찢어지게 흘기고 있던 유 씨는,

"네 이놈!" 하고 소리를 버럭 지른다.

생각잖은 고함 소리에 병주는 움칫 놀라 모친한테로 얼굴을 돌린다.

"…어디 가서 무슨 못된 장난을 하다가 인제야 오구 있어?"

유 씨는 금시로 자쪽을 집어 들고 쫓아 나올 듯이 벼른다. 그는 시방 자식의 버릇을 가르치자고 나무라는 것이 아니라, 남편한테 할 화풀이야 낮잠 못 잔 화풀이야를, 애먼 어린아이한테 하느니라고는 생각도 않는다.

병주는 첫마디에 벌써 볼때기가 추욱 처지고 식식한다.

막내둥이라서 재미 삼아 온갖 응석과 어리광은 있는 대로 받아주던 아이다. 그놈이 인제는 품안에 안고 재롱을 보던 때와는 딴판이요, 전처럼 응석받이를 안 해주고 나무라면 이퉁[33]을 쓰고, 아무가 무어라고 해도 듣지도 않고 무서워하지도 않는다. 그래서 작년부터는 성가시니까 버릇을 가르친다고 회초리를 들기 시작했다. 그것도 유 씨뿐이요, 정 주사는 이따금 나무라기나 할 뿐이지, 나무라고서도 아이가 노염을 타서 울면 되레 빌기가 일쑤다.

병주로 당해서 보면 모든 것이 제 배짱과는 안 맞고, 저 하고 싶은 대로

---

33) 이퉁: 고집.

못 하게 하니까 심술이 난다. 대체 그렇게도 저 하자는 대로 다 해주고 이뻐만 하더니 어째 시방은 꾸지람을 하고 때리고 하는 게며, 또 학교에서 오는 것만 하더라도 여느 때는 아무 소리도 없으면서 오늘 같은 날은 불시로 늦게 왔다고 생야단을 치니 어째 그러는 게냔 말이다. 병주로서는 당연한 불평인 것이다.

"아 저놈이 그래두! …네 요놈, 그래누 이짐³⁴⁾만 쓰구 섰을 테냐?"

유 씨는 속이 지레 터지게 화가 나서 자쪽을 집어 들고 쫓아 나온다. 병주는 꿈쩍도 않고 곁눈질만 한다.

"이놈!"

따악 소리가 나게 자쪽으로 갈기니까 기다렸노라고 아앙 울음을 내놓는다. 필요 이상으로 울음소리가 큰 것은 부친의 역성을 청함이다.

"이 소리! 이 소리가 어디서 나와? 응? 이놈, 이 소릿!"

말 한마디에 매가 한 대씩이다. 병주는 악을 악을 쓰면서 가게 바닥 주저앉아 발버둥을 친다.

"이놈, 이 이퉁머리! 이마빡에 피두 안 마른 것이… 이놈, 이놈, 어린놈이 소갈머리 치레만 해가지구는… 이놈…."

사정없이 아무 데고 내리 조진다. 병주는 영 아프니까는 그제야 아이구 안 하게 소리가 나온다. 그러나 그것도 비는 게 아니고, 고래—고래 악을 쓰면서 일종의 반항이다.

병주는 매를 맞기 시작하면서 다급하면 안 하께라는 소리를 치는 것도 같이 배웠다. 그러나 때리면서 그렇게 빌라고 시켰으니까 하는 소리지 그 뜻은 알지를 못한다.

"다시두?"

---

34) 이짐: 고집이나 떼.

"안 하께!"

"다시두?"

"아야, 아아, 안 허께, 이잉."

유 씨는 겨우 매질을 멈추고 서서 가쁜 숨을 허얼헐 한다.

병주는 콧물이 배꼽이나 닿게 주욱 빠져 내린 채 히잉히잉 하고 섰다. 매는 맞았어도 이짐은 도리어 더 났다.

"이 소리가 어디시!"

유 씨는 방으로 들어가다 말고 돌아서면서 엄포를 한다. 병주는 히잉 소리를 조금만 작게 낸다.

"저 코, 풀지 못할 테냐?"

"히잉."

"아, 저놈이!"

"히잉."

"네에라 이!"

유 씨가 도로 쫓아오려고 하니까 병주는 손가락으로 코를 풀어서 한 가닥은 가게 바닥에 내동댕이치고 손은 옷에다가 쓰윽 씻는다.

"학교를 갔다 오믄 공부는 한 자두 않는 놈의 자식이 소갈머리만 생겨서 이짐이나 쓰구⋯."

"히잉."

"군것질이나 육장하러 들구⋯."

"히잉."

"공부를 잘해야 인제 자라서 벌어먹구 살지!"

"히잉."

"그따위로 공분 않구서 못된 버릇만 느는 놈이 무엇이 될 것이야!"

"히잉."

병주는 차차로 크게 히잉 소리를 낸다. 모친의 나무라는 말이 하나도 제 배짱에는 맞지도 않는 소리라서 심술로 도전하는 속이다.

"에미 애비가 백 년 사나? 아무리 어린 것이라두 고만 철은 나야지! 공부 못하믄 노가다 패나 되는 줄 몰라?"

"히잉."

"늙은 에미가 이렇게 애탄가탄 벌어멕이믄서 공부를 시키거들랑 그런 근경을 알아서, 이른 말두 잘 듣구 공부두 잘 해야지. 그래야 인제 자란 뒤에 잘 되구 돈두 많이 벌구 하지."

"히잉, 그래두 아버진 돈두 못 버는 거…히잉."

어린애가 하는 소리라도 곰곰이 새겨보면 가슴이 서늘할 것이지만, 유씨는 눈만 거듭 뜨고 사납게 흘긴다.

유 씨는 걸핏하면 남편 정 주사더러 공부는 많이 하고도 내 앞 하나를 가려나가지 못한단 말이냐고 정가[35]를 하곤 한다.

독서당을 앉히고 십오 년이나 공부를 했다는 것이, 또 신학문普通學校卒業까지 도저하게[36] 하고도 오죽하면 한 푼 생화 없이 눈 멀뚱멀뚱 뜨고 앉아서 처자식을 굶길까 보냐고, 의관을 했다면서 치마 두른 여편네만도 못하다고, 늘 이렇게 오금을 박던 소리다. 그것이 단순한 어린애의 머리에 그대로 소견이 되어, 우리 아버지는 공부를 했어도 '좋은 사람'이 안 되었다고 그래서 돈도 못 벌고, 그러니까 공부를 잘 한다거나, 좋은 사람이 된다거나 하는 것과 돈을 번다는 것과는 아무 상관도 없는 것이라고 병주는 알고 있고, 그것밖에는 모르니까 그게 옳던 것이다.

제 소견은 이러한데, 공부를 않는다고 육장 야단이니 대체 어떻게 하

---

35) 정가: 지나간 허물을 들추어 흉봄.

36) 도저하다: 썩 잘 되어 매우 좋게, 끝까지 이르러서 훌륭하게.

는 것이 공분지 그것도 알 수 없거니와, 암만 공부를 해도 우리 아버지처럼 '좋은 사람도 못 되고' 돈도 못 벌고 할 것을, 또 그러나마 좋은 말로 해도 모를 소린데 욕을 하고 때리고 하면서 그러니 그건 분명 제가 미우니까 괜시리 구박을 주느라고 그러는 것으로밖에는 생각할 수가 없고, 따라서 심술이 나고 제 뱃속에 들은 대로 앙알거리고 하던 것이다.

꼼짝 못 하고 되잡힌 속이지만, 그러니 가히 두려운 소리겠지만, 유 씨는 그러한 반성을 할 길이 없으니까, 어린것이 빌써부터 깜찍스럽기나 해보일 뿐이다.

"그래 요 못된 자식…!"

유 씨는 눈을 흘기면서 윽박질러 잡도리를 시작한다.

"…넌 그래, 세상에두 못난 느이 아버지 본만 볼 테냐? …사람 같잖은 것 같으니라구! 사람 되라구 경 읽듯 하믄 질질두 못 나구 의젓잖은 본이나 뜨을려들구… 요 못된 씨알머리!"

필경은 남편더러 귀먹은 푸념을 뇌사리면서 혀를 끌끌 차고 재봉틀 앞으로 다가앉는다. 그러자 마침 맞게 정 주사가 가게 안으로 처억 들어선다.

"웬일이야? 넌 또 왜 울구? …응? 어째서 큰소리가 나구 이러느냐?"

정 주사는 막내둥이의 아버지다운 상냥함과 한 집안의 가장다운 위엄을 반씩 반씩 갖추어가면서 장히 서슬 있게 서둔다.

정 주사한테는 바라지도 못한 좋은 트집거리다.

병주도 속으로는 옳다, 인제는 어디 보자고 기강이 나서 히잉히잉 소리를 더 크게 더 잦게 낸다.

유 씨는 돋보기 너머로 힐끔 한번 거듭떠보다가 아니꼽다고 낯놀림을 하면서 바느질을 붙잡는다.

"이 소리, 썩 근치지 못하느냐!"

정 주사는 목 가다듬기로 짐짓 병주를 머쓰려놓고는 유 씨게로 대고

준절히 책을 잡는 것이었다.

"…어째 그 조용조용 타이르지는 못하구서 노상 큰소리가 나게 한단 말이오?"

눈을 깜작깜작 노랑 수염을 거스르면서 졸연찮게 서두는 것이나, 유 씨는 심정이 상한 중에도 속으로,

'아이구 요런, 어디서 낯바닥하고는!' 하면서, 기가 막혀 말이 안 나온다는 듯이 눈만 흘깃흘깃 연신 고갯짓을 한다.

"…거 전과두 달라서 이렇게 길가트루 나앉었으니 좀 조심을 해야지… 게 무슨 모양이란 말이오? 무지막지한 상한37)의 집구석같이…."

"아따! 끔찍이두! …옛소, 체면… 흥! 체면!"

마침내 맞서고 대드는 유 씨의 음성은 버럭 높다. 정 주사도 지지 않고 언성을 거칠게,

"게 어째서 체면을 안 볼 것은 또 무어란 말이오?"

"큰소린 혼자 하려 들어! …모두 떼거지가 될 꼬락서니에 칙살스럽게38) 이거라두 채려놓구 앉어서 목구멍에 풀칠을 하니깐 조驕39)가 나서 그래요? …당신두 인전 나이 오십이니 정신을 채릴 때두 됐으면서 대체 어쩌자구 요 모양이우? 동녘이 버언하니깐 다아 내 세상으루 알고 그러슈? 복장이 뜨듯하니깐 생시가 꿈인 줄 알구 그러슈, 그리길…."

"아니, 건 또 무엇이 어쨌다구 당치두 않은 푸념을…."

"내가 푸념이오? 내가 푸념이야? …대체 그년의 북에는 대국으루 사러 갔더란 말이오? …서천 서역국으루 사러 갔더란 말이오? …그러구두 온

---

37) 상한: 상놈.

38) 칙살스럽다: 하는 짓이나 말 따위가 잘고 더러운 데가 있다.

39) 조(驕): 교만할 교. 오만하다.

종일 흥뗑거리구 돌아다니다가, 다아 저녁때야 맨손 내젓구 들어와선, 그래 무슨 얌체에 큰소리요? 큰소리가… 이게 나 혼자 먹구 살자는 노릇이란 말이오?"

"아—니 그건 그것이고 이건 이것이지, 그래 내가 북에 흥정을 안 해다 주어서 그래 여편네가 삼남대로 바닥에 앉아서 이 해게란 말이오? 어디서 생긴 행실머리람! 에잉, 고현지고!"

싸움은 바야흐로 익어간다. 조금 아까 딩도한 승재는 가게로 섬쁙 들어오지를 못하고 모퉁이에 비켜서서 주춤주춤한다.

승재는 이 집에서 가게를 내고 이만큼이라도 살아가게 된 그 돈 오백 원의 내력을 잘 알고 있다.

작년 가을 계봉이가 서울로 올라가더니, 제 형 초봉이의 지나간 이태 동안의 소경사와 생활을 대강 편지 내왕으로 알려주었던 것이다.

그것을 미루어 승재는, 초봉이가 박제호라는 사람의 첩 노릇을 한 것이나, 그자한테 버림을 받고 장형보라는 극히 불쾌한 인간과 살고 있는 것이나 죄다 친정을 돕기 위하여 그랬느니라고만 해석을 외곬으로 갖게 되었다. 그렇게 되고 보니 끝끝내 딸자식 하나를 희생시켜가면서 생활을 도모하고 있는 정 주사네한테 반감이 없을 수가 없었다.

승재는 이 정 주사네가 명님이네와도 또 달라, 낡았으나마 명색 교양이 있다는 사람으로 그따위 짓을 하는 것은 침을 배앝을 더러운 짓이라 했다. 그리하여 마침내 그는 교양이라는 것에 대하여 환멸을 느끼기까지 했다. 가난한 사람은 교양이 있어도 그것이 그네들을 선량하게 해주는 것이 못 되고 도리어 교양의 지혜를 이용하여 무지한 사람들보다도 더하게 간악한 짓을 하는 것이라 했다.

작년 가을 계봉이가 집에 없는 뒤로는 실상 만나 볼 사람도 없거니와, 겸하여 정 주사네한테 그러한 반감도 생기고 해서 승재는 그동안 발을 끊다시피 하고 다니지 않았었다. 그러다가 이번에 아주 군산을 떠나게 되기도 했거니와, 마침 또 계봉이한테서 형 초봉이가 자나 깨나 마음을 못 놓고 불안히 지내니 부디 저의 집에 들러서 장사하는 형편이 어떠한지 직접 자상하게 좀 보아다 달라는 편지가 왔기 때문에 그래 마지못해 내키지 않는 걸음을 한 것이다.

와서 보니 우환 중에 또 이런 싸움이라 오쟁이를 뜯는 것 같아 더욱 불쾌했다. 그러나 그렇다고 그대로 돌아설 수 없지만 부부 싸움을 하는데 불쑥 들어가기도 무엇하고, 해서 잠깐 기다리고 있노라니까 문득 옛 거지의 이야기가 생각이 났다.

― 산신당에서 거지 둘이 의좋게 살고 있었다. 그 둘이는 저희끼리도 의가 좋았거니와, 밥을 빌어오면 먼저 산신님께 공궤하기를 잊지 않았다. 그 덕에 산신님은 여러 해 동안 푸달진 바가지 밥이나마 달게 얻어 자시고 지냈는데, 하루는 산신님의 아낙이 산신님을 보고 거지들한테 무엇 보물 같은 것이라도 주어서 은공을 갚자고 권면을 했다.

산신님은 보물을 주어서는 도리어 그네들을 불행하게 한다고 아낙의 권을 듣지 않았다. 그래도 졸라싸니까, 자 그럼 이걸 두고 보라면서 좋은 구슬 한 개를 위패 앞에다가 내놓아주었다.

두 거지는 그것을 얻어가지고 좋아서 날뛰었다. 그리고 인제는 우리가 팔자를 고쳤다고, 그러니 우선 술을 사다가 산신님께 치하도 할 겸, 우리도 먹자고 그중 하나가 술을 사러 마을로 내려갔다.

남아 있던 한 거지는 그 구슬을 제가 혼자 독차지할 욕심이 났다. 그래서 그는 몽둥이를 마침 들고 섰다가 술을 사가지고 신당으로 들어서는 동무를 때려죽였다. 그리고는 좋다고 우선 술을 따라 먹었다. 그러나 술을 사러 갔던 자도 그 구슬을 저 혼자서 독차지할 욕심이었던지

라 술에다가 사약을 탔었다. 그래서 그 술을 마신 다른 한 자도 마저
죽었다.

　이 꼴을 보고 산신님은 아낙더러, 저걸 보라고, 그러니까 애여 내가
무어라더냐고 하여 그제야 산신님의 아낙도 고개를 끄덕거렸다.

　승재는 정 주사네 양주가 싸우는 것을 산신당의 두 거지한테 빗대놓고
생각을 하노라니까, 이네도 정말 서로 죽이지나 않는가 하는 망상이 들
어서 어쩐지 무시무시했다.

　싸움은 차차 더 커간다.

　"그래, 내 행실머린 다아 그렇게 상스럽다구… 그래…."

　유 씨는 와락 재봉틀을 밀어젖히면서 일어선다. 서슬에 와그르르 하고
받쳐놓았던 궤짝 얼러 재봉틀이 방바닥으로 나가동그라진다.

　유 씨는 홧김에 밀치기는 했어도, 설마 넘어지랴 했던 것인데, 이렇게
되고 보니 만약 부서지기나 했으면 어쩌나 싶어 화보다도 가슴이 뜨끔
했다. 재봉틀이래야 인장표도 아니요, 일백이십 원짜리 국산품 손틀기
이기는 하지만, 천하에도 없이 끔찍이 여기는 보배다. 유 씨는 늘 밉게
굴던 계봉이 같은 딸 하나쯤보다는 차라리 이 재봉틀이 더 소중하고 사
랑스러웠다. 그렇잖고 웬만큼 대단해하던 터라면, 남편이 얄밉고 부아
가 나는 깐으로야 번쩍 들어 내동댕이를 쳐서 바숴뜨리기라도 했지, 좀
밀쳤다고 넘어지는 것쯤 아무렇지도 않아 했을 것이었다.

　재봉틀이 넘어지느라고 갑자기 와그르르 떼그럭 요란한 소리가 나는
바람에 승재는 망설일 겨를도 없이 가게로 뛰어들었다.

　정 주사는 승재가 반갑다기보다, 물리는 싸움을 중판을 메게 된 것이
다행해서 얼른 낯빛을 풀어가지고, 흔감스럽게[40] 인사를 먼저 한다. 유
씨는 싸움이야 실컷 더 했어야 할 판이지만 재봉틀이 넘어지는데 가슴

이 더럭해서 잠깐 얼떨떨하고 섰는 참인데, 일변 반갑기도 하려니와, 어려움도 있어야 할 승재가 오고 보니 차마 더 기승은 떨 수가 없었다.

두 양주는 다 같이 어색한 대로 반색을 하면서 승재를 맞는다. 그래 싸움하던 것은 어느덧 싹 씻은 듯이 어디로 가고 이렇게 천연을 부리니 싱거운 건 승재다.

그냥 말로만 주거니 받거니 하는 틀거리가 아니고, 철그덕 따악 살림까지 처부수는 게 이 싸움 졸연찮은가 보다고 고만 엉겁결에 툭 튀어들었던 것인데, 이건 요술을 부렸는지 싹 씻은 듯이 하나도 그런 내색은 없고 둘이 다 흔연하게 인사를 하니 담뿍 긴장해서 납뛴 이편이 점직할 지경이다.

"거 어째 그리 볼 수가 없나? 이리 좀 앉게그려… 거 원…."

정 주사는 연방 흠선을 피운다는 양이나 끙끙거리고 쩔쩔맨다.

"좋습니다. 곧 가야 하겠어서… 형주랑 병주랑 그새 학교엔 잘 다니나요?"

승재는 이런 인사엣말을 하면서 정 주사네 양주와 가게 안을 둘러본다. 병주는 어느 새 눈깔사탕이나 두어 개 쥐어 넣었는지 가게에 없고 보이지 않는다.

"거 머 벌제위명41)이지, 공부라구 한다는 게… 그래, 그런데 참, 자넨 작년 가을에 무엇이냐 거, 의사에 합격이 됐다구? 참 경사로운 일일세!"

정 주사는 여전히 남의 사무실 고쓰까이같이 의표가 구지레한 승재를 위아래로 훑어보면서, 그런데 왜 이렇게 궁기가 흐르느냐고는 차마 박절히 묻지 못하고서 혼자 고개만 끄덕거리다가 좋게 둘러대느라고….

---

40) 흔감스럽다: 기쁘게 여기어 감동하는 태도가 있다.

41) 벌제위명(伐齊爲名): 어떤 일을 하는 체하고 속으로는 딴짓을 함.

"…그러면 자네두 거 인전 병원을 설시하구서 다아 그래야 할께 아닌 가?"

"네에, 그리잖어두 이번에 어쩌면…."

"응! 이번에? 병원을 설시하게 되나? 허! 참 장헌 노릇이네!"

"머어 된다구 해두 그리 변변찮습니다마는…."

"원 그럴 리가 있나! 다아 도저42)하겠지…. 그래 설시를 하게 된다면 이 군산이녓다? 그렇지?"

"군산이 아니구, 저어 서울서 어느 친구 하나가…."

"서울다가?"

"네에, 아현에 어느 친구가 실비병원을 하나 내겠다는데, 저더러 와서…."

"실비병원?"

정 주사는 실비병원이란 소리를 다뿍 시쁘게 되뇌인다. 그저 그렇지, 저 몰골에 제법 웅근 병원이라도 처억 차려놓을 잡이가 워너니 못 되더니라고 시들해하는 속이다.

"…실비병원이든 무엇이든 아무러나 잘됐네그려!"

"아이 참, 잘됐구려!"

유 씨가 남편한테 승재를 뺏기고서 말을 가로챌 기회를 여색이다가 얼핏 대꾸를 하고 나선다.

"…그럼 다아 그렇게 허기루 작정이 됐수?"

"아직 작정이구 무엇이구 없습니다. 그 사람이 자기는 시방 의사 면허가 없으니깐 같이 해나가는 양으로 와서 있어달라구 그런 기별만 왔어요. 그래서 내일이나 모레쯤 올라가서 잘 상월 한 뒤에 원 어떻게 하던

---

42) 도저하다: 학식이나 생각, 기술 따위가 아주 깊다.

지… 그래서 이번 올라가면 어쩌면 다시 내려오지 못할 것 같기두 하구, 그래서 인사두 여쭐 겸…."

"오온! 그래서 모초로옴 모초롬 이렇게 찾아왔구려! 잊지 않구서 찾아와주니 고맙수마는 떠난다니 섭섭해 어떡허우! …우리가 참, 남 서방 신세두 적잖이 지구, 참… 그러나저러나 이러구 섰을 게 아니라 일리루 좀 올라오우. 원 섭섭해서 어디… 방을 치우께시니 우선 거기라두…."

유 씨는 너스레를 떨면서 일변 방으로 들어가서 나가동그라진 재봉틀을 바로잡아 한편 구석에 치어놓느라 한참 분주하다. 승재는 거기 눈에 뜨이는 대로 석유상자 걸상에 가서 걸터앉고 정 주사는 승재 앞으로 빈지 문턱에 가서 바짝 쪼글트리고 앉아 팔로 볼을 괸다. 그는 시방 승재가 오늘 해가 지고 밤이 깊도록 있어서, 아까 중판맨 싸움이 그대로 흐지부지 했으면 한다. 이유는 달라도 승재를 잡아두고 싶기는 유 씨도 일반이다.

유 씨는 승재를 생각하면 초봉이를 또한 생각하고 자못 회심이 들지 않을 수가 없다. 더구나 승재가 이제는 버젓한 의사가 되어, 병원을 내려고 서울로 떠난다는 작별 인사를 하러 온 오늘 같은 날은, 일변 가슴을 부둥켜안고 싶게 지나간 일이 여러 가지로 안타깝다.

일찍이 초봉이가 승재한테로 뜻이 기우는 눈치였었고, 승재 또한 그렇게 부랴부랴 이사를 해가던 것을 보면 초봉이한테 마음이 깊었던 모양이고 했으니, 만약 저희 둘은 서로 배필을 정해주었더라면 초봉이의 팔자도 그렇게 그르치지 않을뿐더러 오늘날 이러한 승재를 제 남편으로 받들어 호강을 늘어지게 하고, 집안도 또한 이 사위의 덕을 보았을 것이다. 그런 것을 그 천하의 몹쓸 놈 고가한테 깜빡 속아가지고는 그런 끔찍스런 변을 다 당하고, 필경은 자식의 신세가 그 지경이 되었으니 열 번 발등을 찍어도 시원하지가 않다. 하기야 어찌 되었으나 그 덕을 보지 않는 것은 아니다. 혼인 전후에 돈을 적지 않게 얻어 쓴 것도 쓴 것이려니와, 초봉이가 서울로 올라가서 다달이 이십 원씩 보내주어 그걸로 큰 힘을 보았고, 작년 가을에는 한몫 오백 원이나 내려보낸 것으로 이만큼이라도 가게를 차려놓고서 그 끈에 연명을 하고 있으니, 그것이 결코 적다고는 할 수 없는 것이다. 그러나 딸의 일생을 버려준 것에 대면 말도 안 되게 이쪽이 크다. 그때에 그저 눈을 질끈 감고서 조금만 염량을 다르게 먹었다든지, 또 그 당장에서는 미워서 욕을 했어도, 계봉이가 말하던 대로 염탐이라도 좀 해보았든시 해설랑 고가의 청혼을 물리쳤더라면, 그새 한 이년 집안의 고생은 더 했을망정 오늘날 와서 제 팔자 남에게 부럽지 않았을 것이고, 집안도 떳떳이 사위의 덕을 볼 것이고, 그랬을 것이 아니더냐 말이다.

유 씨는 이렇게 후회를 하기는 하면서도 그러나 일변 재미스러운 궁리도 없진 않다.

유 씨가 승재를 애초에 초봉이의 배필로 유념을 했다가, 태수가 뛰어드는 판에 퇴짜를 놓고는, 다시 계봉이를 두고 마음에 염량을 해두었던 것은 벌써 이태 전이다. 그러한 딴속이 있었기 때문에 그동안 계봉이가, 유 씨의 말대로 하면, 말만한 계집애년이 홀아비로 지내는 총각놈 승재한테를 자주 놀러도 다니고 하면서 가까이 지내는 것을 알고도 모른 체 짐짓 눈치만 보아왔던 것이요, 그렇잖았으면야 단단히 잡도리를 해서 그걸 금했을 것은 여부도 없는 말이다. 그러다가 작년 가을 승재가 마지막 시험을 치른 결과 합격이 다 되어서 아주 옹근 의사 노릇을 하게 되었다는 소식을 듣고는 바싹 더 마음이 당겨 마침내 혼인을 서둘러볼 요량까지 했었다. 그런데 고년 계봉이가 못 가게 막는 것도 듣지 않고서 서울로 올라가버리고, 또 승재도 발길을 뚝 끊다시피 다니지를 않고 해서 유 씨는 적잖이 실망을 하고 있던 참이다. 그렇게 실망을 하고 있던 참인데 승재가 모처럼 찾아왔고, 찾아와서는 병원을 내기 위하여 서울로 간다고 하니 이는 진실로 일대의 서광이 아닐 수가 없던 것이다. 유 씨는 그리하여 시방 승재를 좀 붙잡아 앉히고 슬금슬금 제 눈치도 떠보려니와, 이편의 눈치도 보여주고 해서 이번에 서울로 올라가거든 계봉이와 저희끼리 그 소위 연애라든지 사랑이라든지 하는 것을 분명히 어울리도록 어쨌든 자주 상종도 하고 하게시리 마련을 해놀 요량인 것이다. 그래만 놓으면 일은 다 절로 술술 들어달 판이래서….

승재는 정 주사와 마주앉아서 지날말같이 인사옛말같이 가게의 세월은 어떠하며, 매삭 수입은 어떠하며, 집안 지내는 형편은 어떠하냐고 물어보고, 정 주사는 그저 큰 것을 더 바랄 수는 없어도 가게 수입이 쑬해서 암만은 되고, 또 재봉틀에서 들어오는 것이 있고 하니까 아무러나 지내는 간다고 별반 기일 것도 없이 대답을 해준다. 승재는 그럭저럭 하면 계봉이한테라도 들은 대로 본 대로 전할 거리는 되겠거니 했다.

이야기가 일단 끝나고 난 뒤에 정 주사는 혼자 하는 걱정같이, 그러나 저러나 간에 내가 나대로 무엇이고 소일거리도 마련을 해야지 원 갑갑해서… 이런 소리를 덧들인다. 이 말은 오늘 북어를 못 사오고, 미두장에 가서 있던 것도 다 할 일이 없고 해서 심심한 탓으로 그렇게 되는 것이라고 유 씨더러 알아듣고 양해를 하라는 발명이다. 그러나 승재는 이 위에 좀 더 딸의 덕을 볼 욕심으로 이번 서울로 올라가거든 초봉이한테 그런 전갈과 권념을 해달라는 속이거니 싶어 못생긴 얼굴이 다시금 물끄러미 건너다보였다.

유 씨는 승재를 방으로 모셔들일 요량으로 바느질 벌여놓았던 것을 죄다 걷어치우고 말끔하게 쓸어낸 뒤에 앞치마를 두르면서 내려선다. 아직 좀 이르기는 하지만 저녁밥을 지어 대접을 하자는 것이다.

"아 글쎄, 우리 작은 년은 말이우!"

유 씨는 부엌으로 나가려면서 우선 한 사설 늘어놓느라고,

"…그년이 공불 한답시구 쫓아 올라가더니, 웬걸 학곤 들잖구서 아따 무어라더냐, 나는 밤낮 듣구두 잊으니, 오, 참 백화점… 백화점엘 다닌다는구려! 그년이 무슨 재랄이야, 글쎄…."

승재는 다 알고 있는 소리지만 짐짓 몰랐던 체하는 표정을 한다.

"아 글쎄, 더 높은 학골 못 가서 육장 노래 부르듯 하던 년이, 그게 무슨 변덕이우? 머, 제 형이 뒤를 거둬주구 하니 공불 하자믄야 조음 좋수?"

"…."

승재는 무어라고 대꾸할 말이 없어 그냥 덤덤하고 있다.

"…그년이 까부느라구 그랬을 거야, 그년이… 그렇지만 그년이 까불긴 해두 재준 있다우, 또 제가 하려구두 들구… 그러니깐 싹수가 없진 않은데…. 그리구 허기야 까부는 것두 다아 철들면 괜찮을 테구 하지만…."

승재는 유 씨가 그 입으로 이렇게까지 계봉이를 추는 소리를 듣느니 처음이다.

"사람 못된 것 공분 더 시켜서 무얼 해! 제 형년 허패만 빠지지!"

정 주사가 옆에서 속도 모르고 중뿔난 소리를 한마디 거든다.

유 씨는 쓰다고 고갯짓을 하면서 입을 삐죽삐죽,

"그년이 왜 사람이 못돼? 그년이 속이 어떻게 찼다구! …다아들 그년만치만 속이 찼어보라지!" 하고 천접스럽게 꼬집어 뜯는다. 정 주사는 승재보기가 열적기는 하나 아까 싸움이 되벌어질까 봐서 더 대거리는 못하고 노랑 수염만 꼬아 붙인다.

"이건 참 긴한 부탁인데, 남 서방…."

유 씨는 낯꽃을 도로 푸느라고 이윽고 만에야 다시 근사속 있이….

"…이번에 올라가거들라컨 말이우, 그년더러 애여 그 짓 작파허구서 공부나 더 하라구 남 서방이 단단히 좀 나무래기라두 허구 타일르기두 허구 다아 그래주우. 남서방 하는 말이믄 곧잘 들을 테니깐…. 난 아주 남 서방만 믿수."

"글쎄올시다, 제가 머….."

"아니라우! 그년이 남 서방을 어떻게 따르구 했다구! 그러니 잘 좀 유념해서 등한하게 여기지 말구… 그러구 그년뿐 아니라 제 형두 서울루 떠난 지가 꼬박 이태나 됐어두 인해 어떻게 지내는지를 알 수가 없구려! 그러니 남 서방 같은이라누 서울 가서 있으믄서 오면 가면 뒤두 보살펴 주구 하믄, 즈이두 맘이 든든할 것이구, 에미 애비두 다아 맘이 뇌구 않겠수? …그러니 이번에 올라가거들랑 부디 좀… 아니 머 그럴 게 아니라 이렇게 허구려? 즈이 집 방을 하나 치이래서 같이 있어두 좋지? 그랬으믄야 머 참… 내 그럼 오늘이래두 미리서 편질 해두까?"

"아, 아니올시다. 머, 다아 번폐스럽게."

승재는 황망히 가로막는다.

승재가 짐작하기에는 이 수다스럽고 의뭉스런 마나님이 그렇게 어쩌고저쩌고해서 초봉이와 가까이 하게 해가지고는 다 이러쿵저러쿵 둘이를 도로 비끄러 매놓자는 수작이거니 싶었다. 그러나 승재로는 천만 당치도 않은 소리다.

미상불 승재는 그것이 젊은 첫사랑이었던 만큼 시방도 초봉이한테 아련한 회포가 없는 것은 아니다. 또 그렇기 때문에 초봉이의 말 아닌 운명을 매우 슬퍼했고, 그를 불쌍히 여겨 깊은 동정도 하기는 한다. 그러나 꿈에라도 그를 다시 찾아내어 옛정을 도로 누린다든가, 더욱이 그를 제 아내로 맞이한다든가 할 생각은 없었다. 그러하지, 지금 승재가 절박하게, 그리고 리얼하게 마음이 쏠리기는 차라리 계봉이한테다.

계봉이는 드디어 승재를 사로잡고 말았었다. 승재도 제 자신이 그렇게 된 줄을 몰랐다가, 작년 가을 계봉이가 서울로 뚝 떠난 뒤에야 제 몸뚱이가 통째로 없어진 것같이 허전한 것을 느끼고서 비로소 그것이 계봉이로 인한 탓인 줄을 알았었다. 그리하여 시방 승재를 끌어올려 가는 것도 사실은 실비병원의 경영보다 계봉이의 '머리터럭 한 오라기'의 인력이 크던 것이었다.

유 씨와 정 주사가 사뭇 부여잡다시피, 저녁을 먹고 가라고 만류하는 것을 뿌리치고, 승재는 콩나물 고개를 넘어 부랴부랴 S여학교의 야학으로 올라갔다. 벌써 다섯 시 반이니 오늘 새라 좀 더 일찍어 갔어야 할 야학 시간도 축하거니와, 일찌거니 명님이를 찾아봤어야 할 것을 쓸데없이 정 주사네게서 충그린 그것이 찝찝해 못 했다.

야학이라는 건 작년 늦은 봄부터 개복동과 둔뱀이의 몇몇 사람이 발론을 해가지고 S여학교의 교실을 오후와 밤에만 빌려서, 낮으로 일을 다닌다거나 놀면서도 보통학교에 다니지 못하는 아이들을 모아놓고 '기역 니은'이며, '일이삼사'며, '아이우에오' 같은 것이라도 가르치자고 시작을 한 것인데, 마침 발기한 사람 축에 승재와 안면 있는 사람이 있어서, 승재더러도 매일 산술 한 시간씩만 맡아보아 달라고 청을 했었다.

승재는 그때만 해도 계몽이라면 덮어놓고 큰 수가 나는 줄만 여길 적이라 첫마디에 승낙을 했고, 이내 일 년 넘겨 매일 꾸준히 시간을 보아주어는 왔었다.

승재가 학교 밑 언덕까지 당도하자 종치는 소리가 들렸고 다 올라갔을 때는 아이들은 벌써 교실에 모여 와자하니 떠들고 있었다. 승재는 직원실에는 들르지 않고 바로 교실로 들어갔다.

아이들은 선생님이 들어서는 것을 보고 참새 모인 대숲에 새매가 지나간 것처럼 재재거리던 소리를 뚝 그치고 제각기 천연스럽게 고개를 바로 갖는다. 아이들이래야 처음 시작할 때는 그것도 팔십 명이나 넘더니, 스실사실 다 떨어져나가고 시방은 열댓밖에 안 남아서 단출하다면 부적 단출하다.

승재는 급장 아이를 직원실로 보내서 출석부만 가져오게 하고는 모두 오도카니 고개를 쳐들고서 기다리는 아이들의 얼굴을 휘익 한번 둘러본다. 학과를 시작하기 바로 전이면 언제고 별 뜻 없이 한번 둘러보는 게 무심한 습관이었지만, 오늘은 이것이 너희들과도 마지막이니라 생각하면 그새같이 무심치가 않고, 아이들의 얼굴이 하나씩 똑똑하게 눈에 띄는 것 같았다.

새삼스럽게 모두 한심했다. 하기야 승재가 처음에 그다지 와락 당겨하던 것은 어디로 가고 명색이나마 이 야학에 흥미를 잃은 것은 어제 오늘 일이 아니다. 작년 겨울부터서 그는 계몽이니 혹은 교육이니 한다지만, 어느 경우에는 절름발이를 만드는 짓이고, 보아야 사실상 이익보다 독을 끼쳐주는 게 아니냐고, 지극히 좁은 현실에서 얻은 협착스런 결론으로다가 막연한 회의를 하기 시작했었고, 그러기 때문에 야학 맡아보아 주는 것도 신명이 떨어져서 도로 작파하고 싶은 생각이 없지 않았었다. 그렇지만 속은 어찌 되었든, 같은 교원이며 아이들한테고 떳떳하게 내세울 이유도 없이 그만두겠다는 말이 선뜻 나오지를 않아서 오늘날까지 미룸미룸 해왔던 것인데, 그러자 계제에 이번 서울로 멀리 떠나게 되었고, 그래서 할 수 없이 그만두게 되는 참이라 마음이야 어디로 갔든 겉으로는 그리 민망할 건 없었다. 그러나 소위 학문을 시킨다는 것은 흥미가 없었어도 아이들 그들한테 정은 적잖이 들었던 만큼, 더구나 저렇게 한심스러운 것들을 떼어놓고 떠나가자면은 자못 섭섭한 회포가 없지 못했다.

아이들의 모양새라는 것은 제각기 모두 밥을 한 사발씩 드북드북 배불리 먹고 났어도 도로 시장해 보일 얼굴들이다. 할끔한 놈, 샛노란 놈, 그 중에 그래도 새까만 놈은 영양이 좋은 편이다. 모가지와 손등과 귀밑에는 지나간 겨울에 트고 눌어붙고 한 때꼽재기가 아직도 가시잖은 놈이 거지반이다.

옷도 저희들 생김새와 잘 어울린다. 아직 솜바지 저고리를 입은 놈이 있는가 하면, 어느 놈은 솜 고의적삼을 서늑서늑 갈아입었고, 다 떨어진 고쿠라 양복은 제법 치렛감이다.

승재는 아이들의 가정을 한두 번씩, 혹은 병인이 있는 집은 치료를 해주느라고 드리없이 찾아다니곤 했기 때문에 그 형편들은 낱낱이 잘 알고 있고, 그래서 어느 아이고 얼굴을 바라보노라면 그 애의 집안의 꼴새까지 환히 머리에 떠오른다.

개개 지붕이 새고 토담벽이 무너진 오막살이요, 그나마 옹근 한 채가 아니고 방이 둘이면 두 가구, 셋이면 세 가구로 갈라 산다. 방문을 열면 악취가 코를 찌르는 어두컴컴한 속에서 얼굴이 오이꽃같이 노오란 여인네의 북통같은 배가 누워 있기 아니면, 또는 누룩처럼 꺼멓게 부장이 난 사내가 쿨룩쿨룩 기침을 하고 앉았다. 또 어느 집은 하릴없는 도야지 새끼처럼, 허리를 헌 띠 같은 것으로 동여매어 궤짝 자물쇠에다가 매달아놓은 아기가 눈물 콧물 뒤범벅이 되어 울고 있다. 이건 양주가 다 벌이를 나간 집이다. 그 반대로 남녀가 어린아이들과 방구석에 웅숭크리고 있는 집은 벌이가 없어 대개 하루나 이틀은 굶은 집이다.

승재는 모두 신산했지만, 더욱이 당장 굶고 앉았는 집을 찾아간 때면 차마 그대로 돌아서지를 못해, 지갑에 있는 대로 털어놓곤 했다. 마침 지닌 것이 없으면 뒤로 돈 원이라도 변통해 보내준다. 그뿐 아니라 온종일 굶고 있다가 추욱 처져가지고 명색 공부랍시고 하러 온 아이들한테 호떡이나 떡이나 사서 먹이는 게 학과보다도 훨씬 더 요긴한 일과였었다. 그러느라 작년 가을 의사 면허를 땄을 때 병원주인이 사십 원을 한목 올려주어 팔십 원이나 받는 월급이 약품 값으로 이십 원가량, 생활비로 십 원가량 들고는 그 나머지는 고스란히 그 구멍으로 빠져나가곤 했다. 그러나 전과 달라, 시방 와서는 그것을 기쁨과 만족으로 하지를 못하고, 하루하루 막막한 생각과 더불어 불만한 우울만 더해갔다.

승재가 가난한 사람의 병든 것을 쫓아다니면서, 돈도 받지 않고 치료를 해준다는 소문이 요새 와서는 좁다고 해도 인구가 육만 명이 넘는 이 군산 바닥에 구석구석 모르는 데 없이 고루 퍼졌고, 그래서 위급한데도 어찌하지 못하는 병자만 돌보아 주어도 항용 열씩은 더 된다.

그 밖에 종기야 가슴앓이야 하고 모여드는 사람은 이루 헤아릴 수가 없다. 큼직한 종합병원 하나를 차리고 앉았어도 그 사람들을 골고루 만족히 치료해줄 수는 없을 것 같았다. 그런 것을 낮에는 병원 일을 보아주고 나서 오후와 밤으로만 그 수응을 하자하니 도저히 승재의 힘으로는 감당해낼 재주가 없었다.

그건 그렇다고 하고, 다시 돈 그까짓 삼사십 원을 가지고 그 숱한 배고픈 사람들을 갈라 먹이자니 마치 시장한 판에 밥알이나 한 알갱이 입에 다 넣고 씹는 것 같아 간에도 차지 않았다.

대체 이 조그마한 군산 바닥이 이러한 바이면 조선 전체는 어떠할 것인가, 이것을 생각해보았을 때에 승재는 기가 딱 질렸다.

단지 눈에 띄는 남의 불행을 차마 보지 못해 제 힘 있는 껏 그를 도와주고 도와주고 하는 데서 만족하지를 않고, 그 불행한 사람들의 손재[43]라는 것을 인식하는 대로 눈을 돌리게 된 것은 승재로서 일단의 발육이라고 할 것이었었다. 그러나 그는 겨우 그 양으로 눈이 갔을 뿐이지, 질을 알아낼 시각엔 이르질 못했다. 따라서 가난과 병과 무지로 해서 불행한 사람이 많은 줄까지는 알았어도, 사람이 어째서 가난하고 무지하고 병에 지고 하느냐는 것은 아직도 알지를 못한다. 그렇기 때문에 소박한 휴머니즘밖에 없는 시방의 승재의 지금의 결론은 절망적이다. 그 숱해 많은

---

43) 손재: 재물을 잃어버림. 또는 그 재물.

불행한 사람을 약삭빨리 한두 사람이 구제할 수는 없는 일이다. 그리고 그래도 눈으로 보고서 차마 못 해 돈푼이나 들여서 구제니 또는 치료니 해주는 것은 결국 남을 위한다느니보다도, 우선 나 자신의 감정을 만족시키는 제 노릇에 지나지 못하는 일이다. 이러한 해석 끝에 그러면 어떻게 해야 옳으냐고 자연 반문을 하는데 거기서는 아무렇게도 할 수 없다는 대답밖에 나오지 않았다.

승재는 갑갑했다. 그러나 마침 계봉이로 해서 서울로만 가고 싶었다. 그런데 계제에 서울로 올라갈 기회가 생겼다. 그러니 결국 계봉이한테 끌려서, 또 한편으로는 예가 막막하니까 새로운 공기 속으로 도망을 가는 것이지만, 승재 제 요량에는 서울로 가기만 하면 좀 더 널리 그리고 좀 더 효과 있게 일을 할 수가 있겠지 하는 희망도 없진 않았었다.

"자아 오늘은…."

승재는 아이들을 내려다보던 얼굴을, 역시 별 의미 없이 두어 번 끄떡거리고 나서,

"…공분 고만두구, 느이허구 나허구 이야기를 한다구우."

"네에."

모두 좋아서 한꺼번에 대답을 한다. 내놓았던 공책이며 책을 걷어치우느라고 잠시 분주하다.

"내가 내일이면 저어 서울루 떠나는데… 그래서 느이허구도 인전 다시 못 만나게 됐는데 말이지…."

말이 떨어지자 아이들은 잠시 덤덤하더니, 이어 와 하고 제각기 한마디씩 지껄인다.

어째 서울로 가느냐고 짐짓 섭섭한 체하는 놈, 서울로 떠나지 말라는 놈, 언제 몇 시 차로 떠나느냐고 정거장에까지 배웅을 나가겠다는 놈, 저희들끼리 쑥덕거리는 놈 해서 한창 요란하다.

승재는 물끄러미 내려다보고 섰다가 교편으로 교탁을 따악 친다.

"고마안하구 조용해!"

아이들은 지껄이던 것을 한꺼번에 뚝 그치고 고개를 똑바로 쳐든다.

"…자아, 느이들 내가 부르는 대루 하나씩 하나씩 일어서서 내가 묻는 대루 다아 대답해보아?

응?"

"네에."

승재는 아이늘더러 이야기를 하자고는 했지만, 그래도 명색이 작별하는 마당인데, 여느 때처럼 토끼나 호랑이 이야기를 할 수는 없고 해서 어쩔꼬 망설이다가 문득 심심찮은 거리가 생각이 났던 것이다.

"저어 너, 창윤이….."

승재가 교편을 들어 가리키면서 이름을 부르는 대로 한가운데 줄에서 열댓 살이나 먹어 보이는 야물치게 생긴 놈이 대답을 하고 발딱 일어선다.

성한 데보다는 뚫어진 데가 더 많은 검정 고꾸라 양복바지에 얼숭덜숭 무늬가 박힌 융 셔츠를 입고 이마에 보기 흉한 흉터가 있는 아이다. 눈이 뚜렷뚜렷한 게 무척 약게 생겼다.

"…음, 창윤이 넌 이렇게 공불 해가지구서 인제 자라면 무얼 할 텐가?"

승재가 천천히 묻는 말을 받아 아이는 서슴지 않고 냉큼,

"전 선생님처럼 돼요." 한다.

"나처럼? 건 왜?"

"전 선생님이 좋아요."

승재는 속으로 예라끼 쥐 같은 놈이라고 웃었다.

"그다음, 넌?"

맨 뒷줄에서 제일 대가리 큰 놈이 우뚝 일어선다. 눈만 두리두리 퀭하지 얼굴이 맺힌 데가 없고 둔해 보인다.

"…넌? 넌 공부해서 무얼 할 테야?"

"네, 전 전, 조선총독부 될래요."

아이들이 해끗해끗 돌려다보고 그중 몇 놈은 빈들빈들 웃는다. 승재도 웃음이 나오려는 것을 겨우 참고서,

"그래 조선 총독이 돼선 무얼 할려구?"

"월급 많이 받게요."

"월급 일마나?"

"백 원… 아니 그보담 더 많이요."

"월급은 그리 많이 받아선 무얼 할 텐고?"

"마구 쓰구, 그리구…."

그다음은 종쇠라고 하는 열 두어 살이나 먹은 놈이 불려 일어섰다. 콧물이 흐르고 옷이라는 건 때가 누더기 않고 솜뭉치가 비어 나오는 핫옷이다.

"넌 공부해가지구 인제 자라면 무얼 할 텐가?"

아이는 고개를 들지 않고 곁눈질만 한다. 이 애는 늘 이렇게 침울한 아이인데, 오늘은 유난히 더해 보인다.

"자아 종쇠두 대답해봐."

"저어…."

"응."

"저어…."

"응."

"순사요."

"순? 사?"

뒷줄에서 두어 놈이 킥킥거리고 웃는다. 웃는 소리에 종쇠는 가뜩이나 주눅이 들어서 고개를 깊이 떨어뜨린다.

"그래, 순사가 되구 싶다?"

"네에."

"응, 순사가 되구 싶어…. 그런데 어째서…?"

"저어…."

"응."

"저어 우리 아버지가…."

종쇠는 그 뒷말을 다 하지 못하고 손가락을 문다.

"그래 느이 아버지가 널더러 순사 되라구 그러시던?"

"아뇨."

"그럼?"

"우리 아버지, 잡아가지 말게요."

승재는 황망하여, 아까보다 더 여러 놈이 웃는 것을 일변 나무라면서 일변 종쇠더러,

"종쇠, 너, 순사가 느이 아버지 붙잡어 가던? 응?"

"네에."

"온, 저걸!"

전서방이라고 살기는 '사쟁이'에서 살고, 선창에서 지게벌이로 겨우 먹고 사는데, 며칠 전에 다리를 삐었다고 승재한테 옥도정기까지 얻어간 사람이다. 그리고 집에는 아내와 종쇠를 맨 우두머리로 젖먹이까지 아이들이 넷이나 되는 것도 승재는 정하니 알고 있다.

"…그래, 언제 그랬니?"

승재는 종쇠 옆으로 내려와서 수그리고 섰는 아이의 얼굴을 들여다본다.

"어저께 저녁에요."

"으응! …그런데 왜? 어쩌다가?"

"저어…."

"응, 누구하구 싸웠나?"

"쌀 훔쳐다 먹었다구…."

승재는 아뿔싸! 여러 아이들이 듣는 데서 물을 말이 아닌 걸 그랬다고 뉘우쳤으나 이미 늦었다.

그는 저도 모르게 사나운 얼굴로 다른 아이들을 휘익 둘러본다. 선생님의 무서운 얼굴에 겁들이 나서 죄다 천연스럽게 앉아 있고 한 놈도 웃거나 저희끼리 소곤거리는 놈이 없다.

승재는 이윽고 안색을 눅이고 한숨을 내쉬면서 풀기 없이 교단으로 올라선다.

"그래, 종쇠야."

"네에?"

"넌 그래서 순사가 되겠단 말이지? …느이 아버지가 남의 쌀을 몰래 갖다 먹어두 넌 잡아가지 않겠단 말이지."

"네에."

"응… 그래, 느이 아버지를 잡아가지 말려구, 그럴려구 순사가 될 터란 말이었다?"

"네에."

"그럼 남의 쌀을 몰래 갖다 먹는 아버진 그랬어두 착한 아버지란 말이지?"

"아뇨."

"아냐?"

"네에."

"그럼 나쁜 아버진가? 종쇠랑 동생들이랑 배고파하니깐 밥해 먹으라구, 그래서 그랬는데,"

"그러니깐 난 아버지 붙잡아 안 가요."

승재는 슬픈 동화를 듣는 것 같아 눈가가 매워오고 목이 메어 더 말을 하지 못했다.

술이 얼근해가는 동행 제약사는 저 혼자 흥이 나서 승재의 몫으로 들어온 여자까지 둘 다 차지를 하고 앉아 재미를 본다. 색주가집이라고는 생전 처음으로 와보는 승재는, 술은커녕 다른 안주 조각도 매독이 무서워서 손도 대지 않았다.

여자들의 행동은 상상 이상으로 추악한 게 완연히 동물 이하여서 승재로는 차마 바로 볼 수가 없었다.

제약사는 두 여자를 양편에다 끼고 앉아서, 한 손으로는 유방을 떡 주무르듯 하고 한 손으로는… 그래도 두 여자는 어디 볼때기나 만지는 것처럼 심상, 심상이라니 도리어 시시덕거리면서

좋아한다. 승재는 차마 해괴해서 못 본 체 외면을 하고 앉았다.

"여보, 난상! 난상!"

제약사는 지쳤는지, 이번에는 여자 하나를 끼고 뒹굴다가 소리소리 승재를 부르면서 게슴츠레 풀린 눈으로 연신 눈짓을 한다. 그래도 승재가 못들은 체하고 있으니까,

"…아, 난상두 총각 아니우? 자구 갑시다, 자구… 아인(一圓)이믄 돼. 내 다아 당허께…." 하고 까놓고 떠들어대면서, 일변 짝 못 찾은 다른 한 여자더러 눈을 끔쩍끔쩍한다.

그 여자는 알아듣고서 얼른 승재게로 달려들더니 여부없이 목을 얼싸 안고 나가뒹군다. 승재는 질겁을 해서 버둥거려도 빠져나지를 못한다.

"이 양반이 분명 내신가 봐?"

여자는 조롱을 하다가, 어디 좀 보자고 손을 들이민다. 승재는 사정없이 여자를 떠다 밀치고 벌떡 일어서서 의관을 찾는다.

"가 가만, 잠깐만, 난상 난상… 정말 재미나는 구경이…."

제약사는 비틀거리고 일어서더니 지갑 속에서 오십 전짜리를 한 푼을 꺼내들고는 승재의 몫이던 여자더러,

"너 이거 알지?"

"피이! 오십 전!"

"얘 서양선 금전을 쓴다더라만, 조선서야 어디 금전이 있니? 그러니깐 아쉰 대루 이놈 은전으루, 응?"

"오십 선 바라군 못 하네!"

"그럼 이놈만… 면 일 원 한 장 더 준다!"

"정말?"

"너한테 거짓말하겠니? 염려 말구서… 기나 해라. 얘, 얘, 그렇지만 아랫두린 다아… 야 한다? 응?"

"그야 여부가 있수!"

"자아, 난상! 구경하시우. 이건 서양이나 가예지 보는 기라우. 그리구 더 놀다가… 허구 가요, 네?"

제약사는 성냥갑 위에다가 오십 전짜리 은전을 올려놓고 물러앉고, 재주를 한다던 여자는 별안간 입었던 치마부터… 기 시작한다. 승재는 누가 잡을 사이도 없이 문을 박차고 나와서 신발도 신는 둥 마는 둥 거리로 뛰어 나섰다. 그는 은전을… 다니까 혹시 입으로 무슨 재주를 부리는 줄만 알고서 잠자코 있었던 것이다. 모자도 못 쓰고, 외투도 못 입고, 혼자 떨면서 돌아오는 승재는 속이 메스꺼워 몇 번이고 욕질이 나는 것을 겨우 참았다.

이것이 작년 겨울 어느 날 밤에 약제사가 승재의 사처로 놀러 와서는 색시들 있는 데를 구경시켜주마고 꼬이는 바람에, 승재는 대체 어떻게 생긴 곳이며 생활과 풍토는 어떠한가 하는 호기심으로 슬며시 따라왔다가 혼띔이 나보던 경험이다.

승재는 전연 상상도 못 한 것이어서, 어쩌면 사람이(더욱이 여자가) 그 대도록 타락이 될까 보냐고 여간만 분개한 게 아니다. 그는 작년 겨울의 이 기억을 되씹으면서 온통 색주가집 모를 부은 개복동 아래 비탈 그중 의 개명옥이라는 집으로 시방 녕님이를 찾아온 길이다.

오늘 야학에서 일찍 여섯 시까지 시간을 끝내고, 교원 두 사람더러 내 일 밤차로 떠날 듯하다는 작별을 한 뒤에 이리로 이내 오는 참이다.

아직 해도 지기 전이라 손님은 들지 않았고, 이 방 저 방 색시들이 둘씩 셋씩 늘비하니 드러누워 콧노래도 부르고, 누구는 단속곳 바람으로 웃통 을 벗어젖히고서 세수를 하느라 시이시한다. 끼웃끼웃 내다보는 색시들 이 죄다 삐뚤어져 보이기도 하고, 볼때기나 이마빼기나 코허리가 썩어들 어 가는 것을 분으로 개칠을 했거니 싶기도 했다.

승재는 그의 말대로 하면, 이런 곳은 인류가 환장을 해서 동물로 역행 하는 구렁창이었었다. 환장을 않고서야 결단코 그렇게 파렴치가 될 이 치는 없다는 것이다.

결국 그러므로, 승재는 제 소위 '환장을 해서 동물로 역행을 하는' 여자 들을 그 허물이 전혀 그네들 자신에게 있는 줄만 알고 있는 게 되어서 그 들을 동정하고 싶은 생각보다는 더럽다고 침을 뱉고 싶어 하는 사람이다.

녕님이는 승재가 찾아온 음성을 알아듣고 반가워서 건넌방에 있다가 우르르 달려 나온다. 그러나 승재와 얼굴이 쭈빽 마주치자 해쭉 웃으려 다 말고 금시로 눈물이 글썽글썽하더니 몸을 확 돌이켜 쫓아 나오던 건 넌방으로 도로 들어가서는 울고 주저 앉는다.

녕님이는 실상 어째서 우는지도 저도 모르고 울던 것이다. 이런 집에 와서 있게 된 것이 언짢거나 슬프거나 한 줄을 아직 모르겠고 그저 덤덤 했다. 다만 안 된 것이 있다면, 어머니 아버지와 같이 있는 '우리 집'이 아 니어서 호젓한 것 그것 한 가지뿐이다. 그러니까 승재를 보고 운 것도,

차라리 반가운 한편, 어린애다운 농담으로 눈물이 나온 것일 것이다.

명님이가 눈물 글썽거리는 것을 보고서 승재도 눈물이 핑 돌았다. 그는 옳게 처량했다. 저렇게 애련하고 저렇게 순진하고 해 보이는 소녀를 이 구렁창에다 두어 '환장한 인간들로 더불어 동물로 역행'을 하게하다니 도저히 못할 노릇이라 생각하면 슬픈 것도 슬픈 것이려니와 그는 다시금 마음이 초조했다.

승재는 암만 동정이나 자선이란 제 자신의 감정을 위안시키기 위한 제 노릇에 지나지 못하는 것이라는 해석은 가지고 있어도, 시방 명님이를 구해주겠다는 이 형편에서는 그런 생각은 몽땅 어디로 가고 없다. 또 생각이 났다고 하더라도 그 힘이 이 행동을 막진 못할 것이었었다.

그새 사흘 동안 승재는 제 힘껏은 눈을 뒤집어쓰고 납뛰다시피 했었다. 물론 승재의 주변이니 별수가 없기는 했었지만, 아무려나 애는 무척 썼다.

사흘 전, 밤에 명님이가 찾아와서 몸값 이백 원에 팔렸다는 것이며, 내일 밝는 날이면 아주 이 집 개명옥으로 가게 되었다고, 그래서 작별을 온 줄로 이야기하는 말을 듣고는 펄쩍 뛰었었다. 그는 그동안 명님이네 부모 양 서방 내외더러 자식을 몹쓸 데다가 팔아먹어서야 쓰겠냐고, 그런 생각은 부디 먹지 말라고 만나는 족족 일러왔고, 양 서방네도 들을 만하고 있었기 때문에 일이 갑자기 이렇게 될 줄을 깜박 모르고 있었다.

그날 밤 승재는 당장 두 주먹을 불끈 쥐고 양 서방한테로 쫓아가려고 뛰쳐 일어섰으나 양 서방은 그 돈을 몸에 지니고 아침에 벌써 장사할 건어물을 사러 섬으로 들어갔다는 명님이의 말을 듣고 그만 떡심이 풀려 방바닥에 펄썬 주저앉았다.

밤새껏 승재는 두루두루 궁리를 한 후에 이튿날 새벽같이 병원 주인 오달식이더러 서울로 가는 걸 서너 달 미루고 더 있어줄 테니 돈 이백 원만 취해달라고 말을 해보았다. 그러나 병원 주인은 며칠 전에 승재가 서울로 가겠다고 말을 해놓고서 이태 동안만 더 있어달라고 졸라도 듣지 않았을 때에 속으로 꽁하니 노염이 났었고, 또 석 달이나 넉 달 더 있어주는 건 고마울 것도 없대서, 그래저래 심술을 피우느라고 한마디에 거절을 해버렸다.

승재는 십상 되겠거니 믿었던 것이 낭패가 되고 보니, 달리는 아무 변통수도 없고 해서 코가 석자나 빠졌다.

할 수 없이 책을 죄다 팔아버리려고 헌책사(헌책방) 사람을 데려다가 값을 놓게 해보았다. 그러나 그것 역시 이런 군산 바닥에서는 의학 서류며 자연과학에 관한 서적은 사놓는대도 팔리지를 않으니까 소용이 닿지 않는다고 다뿍 비쌘 뒤에, 그래도 정 팔겠다면 한 팔십 원에나 사겠다고 배를 튕겼다.

도통 사백 권에 정가대로 치자면 근 천 원어치도 넘는 책이다. 그래도 승재는 아깝지 않은 것은 아니나 그대로 팔십 원에 내놓았다. 그러고도 심지어 헌 책상 나부랭이며 자취하던 부둥가리까지 헌 옷벌까지 모조리 쓸어다가 팔 것 팔고, 잡힐 것 잡히고 한 것이 겨우 십오 원 남짓해서 서울 올라갈 차비 오 원 각수를 내놓으면, 도통 구십 원밖에는 변통이 못 되었다. 그다음에는 아무리 애를 써도 더 마련할 재주가 없었다. 그것도 사람이 좀 더 주변성이 있었다면, 가령 되다가 못 될 값에 이번에 병원을 같이 해나가자고 한다는 그 사람한테 전보라도 쳐서 구처를 해보려고 했을 것이지만, 도무지 남과 여수라는 것을 해보지 못한 샌님이라 놔서 거기까지는 생각이 미치지도 못했거니와, 또 생각이 났다 하더라도 병원 주인한테 한번 무렴을 본 다음이고 하여, 역시 안 되려니 단념을 하고 말았기가 십상일 것이었었다. 그러고서는 하도 속이 답답하니까, 그동안 다달이 몇 원씩이라도 저금이나 해두었더라면 하고, 아닌 후회나 했다.

할 수 없이 마음은 초조해오고 달리는 종시 가망이 없고 하여, 그놈 구십 원이나마 손에 쥐고 허허실수로, 또 오늘 일이 여의치 못하면 뒷일 당부도 할 겸, 명님이와 작별이라도 할 겸 이렇게 찾아온 것이다.

승재는 가뜩이나 낯이 선 터에 명님이를 따라 눈물이 비어지는 것을 억지로 억지로 참느라고 한참이나 두리번거리다가 겨우, 주인 양반을 좀 만나보겠다고 떼어놓고 통기를 했다.

주인은 내가 주인인데 하면서 웬 뚱뚱한 여자 하나가 아직 이른 대극선을 손에 들고 나서는 것도 승재한테는 의외거니와, 그의 뚱뚱한 것이며 차림새 혼란스런 데는 어쩌면 기가 탁 접질리는 것 같았다.

나이는 한 오십이나 됨직할까, 볼이 추욱 처지고 두 턱진 얼굴에 불과하니 화색이 도는 것이며, 윤이 자르르 흐르는 모시 진솔치마를 질질 끌면서 삼칸 마루가 사뭇 그들먹하게 나서는 양은 어느 팔자 좋은 부잣집 여인네가 나들이를 나온 길인 성싶게 후덕하고 점잖아 보였다. 다만 손가락마다 싯누런 금반지가 아니면, 백금반지야 돌 박힌 반지를 그득 낀 것은 몹시 조색스럽기도 하지만, 의젓한 그 몸집이나 옷 입음새에 얼리지 않고 쌍스러워 보였다.

주인이라는 여자는 위아래로 승재를 마슬러 보면서,

"누구시우? 왜 그러시우?" 하고 거푸 묻는다. 도금 비녀나 상호 없는 화장품 장수 대응하듯 하는 태도가 분명했다.

미상불 승재는 털면 먼지가 풀신풀신 날 듯, 구중중한 그 행색에 낡은 왕진 가방까지 안고 섰는 꼴이 성가시게 떠맡기려고 졸라댈 도금비녀 장수 같기도 십상이었다.

"저어, 쥔… 양반이십니까?"

승재는 안 물어도 좋을 말을 다시 물어놓는다.

"글쎄 내가 이 집 주인이란밖에요…. 사내 주인은 없단 말이오. 그러니

할 말 있거든 나더러 허시우…. 어디서 오셨수?"

"네, 그러면… 저어 명님이라는 아이가 여기 와서 있는데요….”

"명님이? 명님이?"

"저어, 그저께 새루… 저 요 우에 사는 양 서방네….”

승재는 방금 들어오면서 제 눈으로 본 아이를 생판 모르는 체하거니 하고 잠으로 부섭구나 했다. 그러나 이어 주인 여자의 대답을 듣고는 그런 게 아닌 줄은 알았고.

"네에, 양 서방네요! …있지요. 홍도 말씀이시군… 그래, 그 앨 만나러 오셨수? 일가 되시우?”

"일간 아니구요…. 그 애 일루 해서, 쥔 양반허구 무어 좀 상의할 일이 있어서요.”

"나허구 상월 하신다? 네에… 그럼 당신은 누구시우?"

"나는 저어 남승재라구 저기 금호병원….”

"네에! 아아 그러시우!"

주인 여자는 승재의 말이 미처 떨어지기도 전에 알아듣고는 반색을 하여 갑자기 흠선을 떨면서,

"…온, 그러신 줄은 몰랐지요! 좀 올라오십시오. 어여 절러루 좀 올라가십시다…. 나두 뵙긴 첨이지만 소문은 들어서, 다아 참 장허신 수고를 허신다는 양반인 줄은 알구 있답니다…. 어서 일러루….”

승재는 주인 여자의 흠감떨이에 낯이 점직해 어쩔 줄 몰라 하면서 청하는 대로 안방으로 들어가서 권하는 대로 모본단 방석을 깔고 앉았다.

주인 여자는, 손은 피우지도 않는 담배를 내놓는다, 재떨이를 비어오게 한다, 부산하게 서둘다가야 겨우 자리를 잡고 앉더니, 이번에는 입에서 침이 마르게 승재를 추앙을 해젖힌다. 필시 별 뜻은 없고, 구변 좋고 말 좋아하는 여자의 지날 인사가 그렇던 것이다.

아무려나 승재는 처음 생판 몰라주고서 쌩동쌩동할 때와는 달라, 이렇게 혼연대접을 해주니, 우신 제 소간사를 말 내놓기부터 수나로울 것 같았다.

"게, 그 앤 어찌…?"

주인 여자는 이윽고 그 수다스런 사설을 그만해두고 말머리를 돌려 승재더러 묻던 것이었다.

"…전버팀 알음이 있던가요? 혹시 같은 한 고향이리든지…."

승재는 비로소 제 이야기를 내놓을 기회를 얻었다. 처음 병을 고쳐주느라고 명님이를 알게 된 내력부터 시작하여, 이내 삼 년 동안이나 친누이동생같이 귀애하던 것이며, 그런데 뜻밖에 이런 데로 팔려왔다는 말을 듣고 마음이 언짢았다는 것이며, 그래 그대로 보고 있을 수가 없어 백방으로 주선을 해보았으나, 돈이 구십 원밖에 안 되었다는 것이며, 그러니 물론 경우가 아닌 줄 알지만, 그놈 구십 원만 우선 받아두고 그 애를 도로 물러줄 양이면 일간 서울로 올라가서 석 달 안에 실수 없이 나머지 처진 것을 보내주겠노라고, 이렇게 조곤조곤 정성을 들여 사정 설파를 늘어놓았다.

주인 여자는 이야기를 들으면서, 대문대문 그러냐고, 아 그러냐고, 맞장구만 연신 치고 있더니, 승재의 말이 다 끝나자 한참 만에,

"허허!" 하고 탄식인지 탄복인지 모르게 우선 한마디 해놓고는 새로 담배를 붙여 문다.

"참 대단 장허신 노릇입니다! …해두…."

주인 여자는 붙인 담배를 두어 모금 빨고 나서, 또 잠시 생각하는 체하다가,

"…건 좀… 다아 섭섭하시겠지만… 그래 디리기가 난처합니다, 네…."

어느 편이냐 하면, 허탕을 치기가 십상이려니 미리서 각오를 안 한 것

은 아니나, 막상 이렇게 되고 보매, 승재는 신명이 떨어져 고개를 푹 수
그리고 묵묵히 말이 없다.

"…다아 그래 디렸으면야 대접두 되구 하겠지만, 아 글쎄 좀 보시우?
나두 이게 좋으나 궂으나 영업이 아닌가요? 영업을 하자구 옹색한 돈을
들여서 영업자를 구해 온 게 아녜요?"

"…."

"그런 걸 영업두 미처 않구서 도루 물러주기가 억울한데 우환 중에 디
린 돈두 다아 찾질 못하구서 내놓는 대서야, 건 좀… 네? 그렇잖다구요?"

"네에."

승재는 마지못해 대답을 하면서 고개를 끄덕거린다.

"그러니 여보시우, 기왕 점잖으신 터에 말씀을 하신 그 대접으루다가
내가 디린 밑천만 한 번에 치러주시믄 두말없이 그때는 물러디리지요."

승재는 하도 막막해서 뒷일 상의와 부탁을 하자던 것도 잊고 덤덤히
앉아만 있다.

"그런데 여보시우?"

주인 여자는 뒤풀이가 미흡했든지, 또는 이야기가 더 하고 싶었든지
음성을 훨씬 풀어가지고 근경속 있게 다시 초를 잡는다. 승재는 무엇인
고 해서 고개를 쳐들고 말을 기다린다.

"…이런 건 나버텀두 다아 객쩍은 소리지만, 게 다아 쓸데없는 짓입넨
다. 다아 괜히 그러시지…."

"네에! …건 어째서?"

"허어 여보시우, 시방 당신님은 그 애가 불쌍하다구, 그래서 도루 빼주
시잔 요량이지요?"

"불쌍? …으음, 그렇지요!"

"그렇지요? 그런데에… 알구 보믄 이런 데라두 와서 있는 게 차라리 제

겐 낫습넨다! 나어요!"

"낫다구요? …오온!"

"낫지요, 낫구말구요!"

"낫다니 그게 어디….”

"허어! 모르시는 말씀….”

주인 여자는 볼때깃살이 털레털레하도록 고개를 흔들면서,

"사아, 당신님두 저 애니 형편을 잘 아시겠구료? 아시지요? 별수 없이
퍼언펀 굶지요? 아마 하루 한 끼 어려우리다? …그러니 아, 세상에 글쎄
배고픈 설움 위에 더한 설움이 어딨겠수? 꼬루룩 소리가 나다 못해 쓰라
린 창자를 틀켜쥐구 앉아서 눈 멀뚱멀뚱 뜨구 생배를 곯는 설움보다 더
한 설움이 있답니까? 고생하구는 제일가는 고생이구 그런 게 불쌍한 사
람이지 누가 불쌍허우…? 남의 무엇은 크다구 부지깽이루다가 찔르더란
푼수루다아 남이야 남의 시장한 창잣속 딜여다보는 게 아니니깐 배가
고픈지 어떤지 모르지요. 그렇지만 당하는 사람은 육장으루 생배 곯기
라께 진정 못 할 노릇입니다…. 못 할 노릇일 뿐 아니라….”

주인 여자의 언변은 차차 더 열이 올라 팔을 부르걷고 승재에게로 바
싹 다가앉는다.

"…게, 제엔장맞일, 사람 쳇것이, 그래 날아다니는 까막까치두 제 밥은
있는 법인데 그래 사람 명색이 생으루 굶어야 옳아요? 그버담 더한 천하
에 몹쓸 죄인두 가막소에서 밥은 얻어먹는데, 죽일 놈두 멕여 죽이는 법
인데, 그래 생사람이 굶어 죽어야 옳단 말씀이오? 네? 육신이 멀쩡한 사
람이 눈 멀거니 뜨구 앉아서 굶어 죽어야만 옳아요? 네?"

"그거야 누가 굶어 죽으라나요? 제가끔 다아, 저 거시키….”

승재가 잠깐 더듬는 것을 주인 여자는 바싹 따잡고 대들면서,

"그럼? 어떡허란 말이오? 두더쥐라구 흙이나 파 먹구 살아요?"

"두더쥐처럼 땅 파구, 개미처럼 짐지구 그렇게 일하면 먹을 거야 절루 생기지요."

승재는 대답은 해도 자신이 있어서 하는 소리는 아니다.

그동안 야학 아이들의 가정들을 보기 싫도록 다니면서 보아야 그들이 누구 없이 일을 하기 싫어 않는 사람은 하나도 없고, 개개 벌이가 없어서 놀고 있기가 아니면 병든 사람인 줄을 그는 역력히 알고 있었던 것이다. 그러니 그렇다면 시방 이 여자의 말이 옳다 해야 하겠는데, 승재는 결단코 항복을 않는다. 제 자신이 지닌 바 '인간의 기준'과 '사실'이 어그러진 다는 것이다. 그러난 실상인즉 그 '인간의 기준'이라면 제가 몸소 현실을 손으로 파헤치고서 캐낸 수확이 아니라, 남이 마련한 결론만 눈으로 모방해가지고는 그것이 바로 제 것인 양, 만능인 양, 든든히 믿고서 되돌려 다 볼 생각도 않는 '우상'일 따름인 것이다.

결국 승재는 그래서 시초 모를 결론만 떠받고 둔전거리는 셈이요, 그러니 저는 암만 큰소리를 해도 그게 무지無知지 별수 없는 것이었었다.

"말두 마시우!"

주인 여자는 결을 내어 떠든 것이 점직했던지 헤벌심 웃으면서 뒤로 물러앉는다.

"…다아 몹쓸 것들두 없잖어 있어 호강하자구 딸자식을 논다니루 내놓는 년놈두 있구, 아편을 하느라고 청루나 술집에다 팔아먹는 수두 있긴 합니다마는, 그래도 열에 아홉은 같이 앉어 굶다 못해 그 짓입넨다. 나는 이런 장사를 여러 해 한 덕에 그 속으루는 뚫어지게 알구 있다우. 배고픈 호랭이가 원님을 알아보나요? 굶어 죽기 아니면 도둑질인데… 아 참, 여보시우, 그래 당신님 생각에는 이런 데 와 있느니 도둑질이 낫다구 생각하시우?"

"그야!"

식욕의 방법론 **167**

승재는 도둑질과 그것과를 비교해서 어느 것이 좀 더 낫다는 판단을 선뜻 내리기가 어려웠다.

"거 보시우! 도둑질할 수 없지요? 그러니 그래두 앉아서 꼿꼿이 굶어 죽어요? …오온 인간 탈을 쓰구서 인간 세상에 참례를 했다가 생으루 굶어 죽다니? 그런 천하에 억울한 노릇이 있어요. 잘나나 못나나 한세상 보자구 생겨난 인생인걸. 그러니 살구 볼 말이지, 그래 사는 게 나뿌?"

승새는 뾰족하게 몰린 꼴새여서 대답을 못 하고 끄먹끄먹 앉아 있다.

"그리구 여보시우…."

주인 여자는 한참이나 승재를 두어두고 혼자 담배만 풀썩풀썩 피우다가 문득 긴한 목소리로 그러나 조용조용 건넌방을 주의하면서,

"장차… 어떻게 하실는지야 모르겠소마는, 저 앨 몸을 빼줘두 별수 없으리다!"

"네? …어째서?"

"또 팔아먹습니다요!"

"또오?"

"네, 인제 두구 보시우."

"그럴 리가!"

"아—니오! …나는 다아 한두 번이 아니구 여러 차례 겪음이 있어서 하는 소리랍니다! …아, 글쎄 그 사람네가 그까짓 것 돈 이백 원을 가지구 한평생을 살 줄 아시우? …장사? 흥? 단 일 년 지탱하든 오래가는 셈이지요. 그러구 나믄 그땐 첨두 아니었다, 한번 깻묵 맛을 딜였는 걸 오죽 잘 팔아먹어요? 시방이나 그때나 배고프기는 일반인데 무엇이 대껴서 안 팔아먹겠수? …두 번짼 굶어 죽더래두 안 팔아먹을 에미 애비라믄, 애여 처음 번에 벌써 팔아먹들 않는다우…. 생각해보시우? 이치가 그럴 게 아니우?"

"네에!"

승재는 미상불 그럴듯하다고 고개를 연신 끄덕거린다. 그러고 보니 인제 서울로 올라가서 돈을 보내서 몸을 빼놓아준다는 것도 생각할 문제일 것 같았다.

"보아서 촌 농가집으루 민며느리라두 주게 하든지…."

승재는 꼭 그러했다는 작정이라느니보다 어떻게 할까 두루두루 생각하면서 혼잣말같이 중얼거리는 것을 여자가 얼핏 내달아,

"것두 괜헌 소리지요!" 하면서 고개를 설레설레 흔든다.

"건 왜요?"

"여보시우, 당신님 저어기 촌 여편네들 거 팔자가 어떤지 아시우? 아마 잘 모르시나 보니 좀 들어보시우…. 그 사람네라께 여름 한철이나 겨우 시꺼면 꽁보리밥이나 배불리 얻어먹지, 여느 땐 펀펀 굶구 지내우. 옷이 어디 변변허우? 삼복에 무명것 친친 감구 살기, 동지섣달엔 맨발 벗구 홑고쟁이 입구 더얼덜 떨기… 일은 그리구서두 육 나오게 하지요! 머 말이나 소 같지요! 도무지 사람 꼴루 뵈들 않는걸! …그런 데다가 열이면 열 다아 시에미가 구박허구 걸핏하면 능장질을 하지요. 서방놈이 때리지요! 어디 개 팔자가 그렇게 기구허우? 차라리 개만두 못하지… 그러니 자아 생각을 해보시우. 그렇게두 못 얻어먹구 헐벗구 뼈가 휘게 일을 하구 그러구두 밤낮 방망이찜이나 받구, 응? …그리믄서 그 숭악한 농투성이한테 계집으루 한 사내 섬긴다는 것, 꼭 고것 한 가지, 그까짓 게 무슨 그리 큰 자랑이라구… 그까짓 게 무슨 그리 대단한 영화라구 그 노릇을 한단 말씀이오? 대체 춘향이는 이도령이 다아 잘나구, 또 제 정두 있구 해서 절개를 지킨다지만, 시방 여느 계집들이야 그까짓 일부종사가 하상 그리 대단하다구 촌 농투성이한테 매달려서 그 고생을 할게 무어란 말씀이오? 네? …당신님이 다아 귀여허구 그리신다니 저 애만 하더라두 내

가 시방 이야기한 대루 촌에 가서 그 팔자가 된다믄 당신님 생각에 좋겠수? 네? …나 같으믄 그리느니 차리리 예다 두지요!"

만일 농촌의 여자의 생활이 사실로 그렇다면 미상불 명님이더러 이 길에서 그 길로 옮아가라고 한다는 것도 결국 새빨간 남으로 앉아서 나만 옳은 줄 여겨 그걸 주장하는 것이 부끄럽지 않은가 싶었다. 그럴 뿐만 아니라 정으로 생각하더라도, 이 여자의 말마따나 승재로서는 명님이를 그런 데로 보내기가 사없어 차마 못 할 것이었다.

"그러면 저어, 이렇게 좀 해주실까요?"

오래오래 고개를 숙이고 앉아서 두루 궁리를 하던 승재가 겨우 얼굴을 쳐든다.

"어떻게? …무슨 좋은 도리가 있으시우?"

"내가 내일 밤차루 서울루 떠나는데요. 가서 속히 그 돈을 마련해서 보내드릴 테니깐…."

"글쎄, 그러신다믄 물르는 디리지만, 시방 말씀한 대루 즈이 부모가 다시 또…."

"아니, 그러니깐, 차비두 부처디릴 테니 즈이 집으루 보내지 말구서 바루 서울로 보내주시면…."

"아아, 네에 네! …그야 어렵잖지요. 그렇지만 즈이 부모네가 말이 없을까요."

"그건 내가 잘 말을 일러두지요. 머 못 한다군 못 할 테니까요."

"즈이 부모만 말이 없다믄야 좔 대루 해디리지요, 아직두 어린애구 허니깐, 내가 촉량해서 야속한 짓은 안 시키구 잘 맡아뒀다가 도루 내디릴 테니 다아 안심허시구 수히 조처나 허시두룩…."

승재는 주인 여자가 말이라도 그만큼 해주는 게 여간 마음 든든하지를 않았다. 그는 방금 앉아서 명님이를 서울로 데려다가 제 밑에 두어두고 간호부 견습을 시키든지, 또 형편이 웬만하면 공부라도 시킬 생각을 해냈던 것이다.

섬뻑 생각한 것이라도 더할 것 없이 무던했고, 진작 그런 마음을 먹었더라면 양 서방한테라도 미리서 말을 했었을 테니, 그네도 참고 기다렸지, 이렇게 갖다가 팔아먹던 않았을 것이고, 따라서 이러한 각다분한 일도 없었으려니 싶어 느긋이 후회도 들었다.

승재는 주인 여자더러 두 달 안으로는 돈을 보내줄 테니 부디 잘 좀 맡아두었다가 달라는 부탁을 한 뒤에 자리를 일어섰다.

주인 여자는 마루로 따라 나오면서 되도록 일을 쉽게 끝내 달라고, 실상 다른 사람이라면 그동안의 돈 이자하며 밥값까지도 쳐서 받겠지만 젊은이가 마음이 하도 어질어서 본금 이백 원만 받겠노라고, 하니 하루라도 빨리 조처를 해달라고 도리어 신신당부를 한다. 승재는 이 구혈의 이 여자가 그만큼 속이 트이고 인정까지 있는 것이 의외이어서 더욱 고마웠다.

명님이는 얼굴은 해죽 웃으면서 눈만 통통 부어가지고 승재를 따라 나온다. 대문간으로 나와서 명님이는 고개를 숙이고 섰고, 승재는 잠시 말없이 명님이를 바라다본다. 인제는 나이 그만해도 열다섯이라고 곱살한 게 제법 처녀꼴이 드러난다. 이렇게 처녀꼴이 박힌 명님이를 이곳에다가 두고 가는 일을 생각하면 두 달 동안이라 하더라도, 또 주인 여자가 다짐하듯 한 말이 있다고는 하더라도 결코 마음이 놓이는 건 아니었었다.

"명님아?"

승재의 음성은 한량없이 보드랍다. 명님 이는 대답 대신 고개를 쳐든다.

"너, 늘잡구 이 집에서 두 달만 참아라, 응? …그럼 그 안에 서울로 데려가 줄께."

"서울요?"

무척 반가운지 명님이의 음성은 명랑하다. 그러면서 눈에는 구슬이 어린다. 명님이는 눈물이 나게 반갑고 고마웠는데, 승재는 이 애가 슬퍼서 울거니 하고 저도 눈물이 글썽글썽하고 목이 잠긴다.

"응, 서울… 그러니깐 참구서 죄꼼만 기대리는 게야? 응?"

"네에."

"어머니 아버지한텐 내 말해두께시니, 이 집 쥔이 차표 사 주믄서 서울루 가라고 하거던 바루 오는 기야?"

"네에, 그렇지만 어떻게?"

"혼자 못 온단 말이지? …괜찮아… 이 집에 부탁해서 전보 쳐달라구 할 테니간, 전보 받구 내가 중간꺼정 마중 오지? 혹시 형편 보아서 내가 내려와두 좋구… 그러니깐 맘 놓구 그리구 울지않구 잘 있는 거야?"

"네에."

"아버지 오늘 오신댔지? 밤에 오신댔나?"

"밤인지 몰라두 오늘 꼭…."

"응… 그럼 내, 내일 떠나기 전에 한 번 더 들르마…. 무엇 가지구 싶은 것 없나? 내일 올 때 사다 주께…."

"없어요, 아무것두…."

"그럴 리가 있나? …가만있자, 내가 생각해봐서 내일 올 때 아무꺼구 하나 사다 주께…. 그럼 인젠 들어가."

"네에."

명님이는 대답은 하고도 그냥 서서 치마고름만 문다. 승재는 울지 말고 있으란 말을 다시 이르고 떨어지지 않는 발길을 겨우 돌린다.

근경이 어쩌면 두 정든 사람끼리 떠나기를 아끼는 것과 흡사하다.

어느 사이 옅은 황혼이 자욱이 내려, 두 그림자를 도리어 더 뚜렷이 드러내준다.

○ 탄력 있는 아침

계봉이는 제가 거처하는 건넌방에서 아침 출근 채비가 한창이다. 옷은 마악 갈아입었고, 그다음에는 언제고 하는 버릇으로 마지막, 거울에다가 바로 얼굴을 대고서, 이빨을 들여다본다. 그리 잘지도 않고, 고른 위아랫니가 박속같이 새하얗게 드러난다. 아무것도 없다. 잇염 밑에 빨간 고춧가루 딱지도 박히지 않고, 잇살에 밥찌꺼기도 끼지 않았다. 소매 끝에서 꺼내 쥐었던 손수건을 도로 집어넣고, 이번에는 방 안을 한 바퀴 휘휘 둘러본다. 방금 벗어 내던진 양말짝이야 치마야 속옷들이 여기저기 제멋대로 널려 있다.

셈든 계집아이가 몸담고 있는 방 뒤 꼬락서니 하고는 조행에 갑甲은 아깝다. 그러나 계봉이 저는 둘러보다가 만족하대서,

"노이에스 니히츠!" 하고 '아 베 체 데'도 모르는 주제에 독일말 토막을 쌔와린다.

미상불 뒤가 어수선한 품이 종시 그 대중이지 서부전선처럼 아무 이상이 없기는 하다. 그러나 계봉이 저는 나갈 채비에 미진한 게 없다는 뜻이요, 하니 오케이라고 했을 것이지만, 요새 그 오케이란 말이 자못 속되대서 이놈이 그럴싸한 대로 응용을 하던 것이다.

손목시계를 들여다본다. 여덟 시에서 십 분이 지났다. 지금 나서서 ×× 백화점까지 가자면 십 분이 걸리니, 여덟 시 반의 출근 정각보다 십 분은 이르다. 그놈 십 분은 동무들과 잡담으로 재미를 본다. 되었다.

"노이에스 니히츠!"

한마디 부르는 흥으로 또 한 번 외우면서, 샛문을 열고 마루로 나가려다 말고 문득 이끌리듯 환히 열어젖힌 앞문 문지방을 활개 벌려 짚고 서서 하늘을 내다본다. 꽃이 피느라, 핀 꽃이 지느라 사월 내내 터분하던 하늘이 인제는 말갛게 씻기고 한창 제철이다.

추녀 끝과 앞집 지붕 너머로 조금만 내다보이는 하늘이지만 언제 저랬던고 싶게 코발트 한 빛으로 맑아 있다. 빛이 흰 빛으로 푸르기만 하니 단조하여 싫증이 날 것 같아도 볼수록 정신이 들게 신선하여 끝없이 마음이 끌린다. 바람결이 또한 알맞다. 부는지 마는지 자리는 없어도 어디서 새로 싹튼 떡잎의 냄새 없는 향기를 함빡 머금었다가 풍기는 것 같다.

계봉이는 문지방을 짚고 선 채 정신이 팔린다. 하도 일기가 좋아서 아침에 일어나던 길로 이내 몇 번째 이렇게 내다보곤 하던 참이다. 옷도 오늘 일기처럼 명랑하게 갈아입었다. 어제 저녁에 형 초봉이가 바늘을 뽑기가 무섭게 부랴부랴 식모한테 한끝을 잡히고 싹 다려놓은 새 옷이다. 옅은 미색 생사 물겹저고리에 방금 내다뵈는 하늘을 한 폭 가위로 오려다가 허리 잡아 두른 듯이 시원한 물색 부사견 치마다. 옷도 이렇게 곱게 입었으니 침침한 매장보다도 저 하늘을 올려다보면서, 저 햇볕을 쪼이면서, 저 바람을 쐬면서 어디고 아무 데라도 새싹이 피어오른 숲이 있고, 풀이 자라고 찬 야외로 휘얼휘얼 돌아다니고 싶다. 곧 그러고 싶어서 오금이 우줄거린다.

마침 생각하니 오늘이 게다가 일요일이다. 그리고 공골시[44] 내일이 셋째 번 월요일! 쉬는 날이다. 그게 더 안 되었다. 훨씬 넌지시 한 주일이고 두 주일 후라면 마음이나 가라앉겠는데, 오늘이 일기가 이리 좋아도 못

---

44) 공골시: 공교롭게도.

놀면서 남 감질만 나게시리 바로 내일이 쉬는 날이라니 약을 올려주는 것 같아 밉광스럽다.

승재나 있었으면, 에라 모르겠다고 오늘 하루 비어 때리고서 잡아 앞장을 세우고 하다못해 창경원이라도 갔을 것을 하고 생각하니, 하마 올라왔기 쉬운데 어찌 소식이 없는가 해서 궁금하다.

"다─라라 다─라라."

'그루미 선데이'를, 그러나 침울한 게 아니고 명랑하게 부르면서 샛문을 열고 마루로 나선다.

"언니이, 나 다녀와요."

"오냐, 늦잖었니?"

대답을 하면서 초봉이가 안방 앞 미닫이를 열다가 황홀하여 눈을 홉뜬다.

"…아이구! 저 애가!"

"왜애? …하하하하, 좋잖우?"

계봉이는 한 손으로 치마폭을 가볍게 추켜잡고 리듬을 두어 빙그르르 돌아서 형이 문턱을 짚고 앉아 올려다보고 웃는 앞에 가 나풋 선다.

"…날이 하두 좋길래 호살 좀 하구 싶어서… 하하하, 좋지? 언니."

"좋다! 다아 잘 맞구 잘 쨌다."

초봉이도 흔연히 같이 좋아한다. 그러나 그 좋아 보이는 동생의 옷치장이며 무성한 몸매를 곰곰이 바라다보는 그의 얼굴에는 이윽고 한 가닥의 수심이 피어오른다.

계봉이는 본시 숙성하기도 하지만, 인제는 나이 벌써 열아홉이라 몸이 빈틈없이 골고루 다 발육이 되었다.

돌려세워 놓고 보면 팡파짐하니 둥근 골반 아래로 쪼옥쪽 곧은 두 다리가 비단 양말이 터질 듯 통통하다. 그 두 다리가 어떻게도 실하게 땅을 디디고 섰는지 등 뒤에서 느닷없이 칵 떼밀어야 꿈쩍도 안 할 것 같다.

어깨도 무슨 유도꾼처럼 네모가 진 것은 아니나 묵지근한 게 퍽 실팍해 뵌다. 안으로 옥지 않은 가슴은 유방이 차차 보풀어 오르느라고 알아보게 불룩하다. 키는 초봉이와 마주 서면 이마 위로 한 치는 솟는다. 그 키가 탐스런 제 체격에 잘 어울린다. 얼굴은 어렸을 때 양편 볼때기로 추욱 처졌던 군살이 다 가시고 전체로 균형이 잡혀서 두릿하다. 그러한 얼굴이 분이나 연지 기운이 없이 제 혈색 그대로요, 요새 봄볕에 약간 그을어 가무룻한 게 오히려 더 건강해 보인다. 눈은 타기가 없고 총명하나, 자라도 심술은 가시잖는다. 하하하, 마음 턱 놓고 웃는 입과 입속은 어렸을 적보다도 더 시원하다.

이 활달하니 개방적인 웃음과, 입이 아무고 무엇이고 다 용납을 하여 사람이 헤플 것 같으면서도 고집 센 콧대와 심술은 눈이 좀처럼 몸을 붙이기 어렵게시리 옹글지고 맺힌 데가 있어, 결국 그 두 가지의 상극된 품격을 조화를 시킨다.

아무튼 전체로 이렇게 건강하고 균형이 잡혀 휘언한 몸매라 그는 어느 구석 오밀조밀하니 예쁘장스럽다거나 그런 게 아니고 그저 좋고 탐지어 개중에도 여럿이 있는 데서 떼어놓고 보면은 선뜻 눈에 들곤 한다.

초봉이는 이렇게 탐스럽고 좋게 생긴 동생을 둔 것이, 보고 있노라면 볼수록 좋았다. 좋은데 겨워 혼자만 보기가 아깝고 남한테 두루 자랑을 하고 싶다. 그래서 언제든지 계봉이와 같이서 거리를 나가기를 좋아한다.

형보가 못 나가게 고시랑거리니까 자주 출입은 못 하지만, 간혹 계봉이도 놀고 하는 날 둘이서 나란히 거리를 걷노라면 젊은 사내들은 물론이요, 늙수그레한 여인네들도 곧잘 계봉이를 눈여겨보곤 한다. 그러다가 둘을 지나쳐놓고 나서,

"아이! 그 색시 좋게두 생겼다!"

이런 칭찬을 개개들 한다.

그럴라치면, 초봉이는 동생을 마구 들쳐 업고 우쭐거리고 싶게 기쁘고 자랑스러웠다. 그러나 동생이 그처럼 자랑스럽고 좋기 때문에 일변 걱정도 조만치가 않다.

　　초봉이가 보기에는 계봉이의 말하는 것이며, 생각하는 것이며 도무지 계집애다운 구석이 없고 방자스럽기만 했다. 언젠가도 아우형제가 앉아서 여자의 정조라는 것을 놓고 서로 우기는데, 초봉이는 요컨대 여자란 것은 정조가 생명과 같이 소중하고 그러니까 한 번 정조를 더럽히기 시작하면은 그 여자는 버려진 인생이라고 쓰디쓴 제 체험으로부터 우러난 소리를 하던 것이나, 계봉이는 그와 정반대의 의견이었다.

　　즉 정조는 생리의 한 수단이지 결단코 생명의 주재자가 아니요, 그러니까 정조의 순결성이란 건 상대적인 것이어서 한 여자가, 가령 열 번을 결혼했다고 하더라도 그 열 번이 번번이 다 '정조적'일 수가 있는 것이요, 그리고 설사 어떠한 여자가 생활의 과정상 불가항력이나 또는 본의가 아닌 기회에 정조를 온건히 하지 못한 적이 있다 하더라도 그것만으로 '인생의 실권失權'을 선고할 아무런 근거도 없다는 것이었다.

　　이것이 제 형을 연구 재료 삼아서 얻은 계봉이의 주장이었고, 그런데 초봉이는 동생의 그렇듯 외람한 소견을 그것이 바로 행동의 기준인가 하고는, 저 애가 저러다가 분명코 무슨 일을 저지르지 싶어 가슴이 더럭 했었다.

　　차라리 학교나 다녔으면, 그래도 덜 마음이 조이겠는데, 그렇게 하고 싶어 하던 공부면서 무슨 변덕으로 남자들이 득실득실한 백화점을 굳이 다니고 있으니 마치 어린아이가 우물가에서 놀고 있는 것처럼 위태해서 볼 수가 없다. 그런데다가 올 봄으로 접어들어 완구히 성숙한 계봉이의 몸뚱이를 버엉떼엥하면서 힐끗힐끗하는 형보의 눈길!

　　그 눈치를 알아챈 초봉이가 아무 철없이 어린애처럼 형보와 함부로 장난을 하고 농지거리를 하고 하는 것을 볼 때마다 사뭇 감수를 하게시리 가슴이 떨리곤 해서, 그래 근심이요 걱정이던 것이다.

계봉이가 마악 대뜰로 내려가려고 하는데 얼굴에다 밥알을 대래대래 쥐어바른 송희가 엄마를 밀어 젖히고,

"암마이!"

부르면서 께꾸― 하듯이 내다보고 좋아한다. 송희는 계봉이를 무척 따른다.

"어이구, 우리 송흰가!"

계봉이는 수선을 피우면서 우루루 달려들어 두 팔을 쩌억 벌린다.

"…아, 이건 무어야! 점잖은 사람이! 밥알을 사뭇….."

"암마이."

송희는 위로 두 개와 아래로 세 개가 뾰족하게 솟은 젖니를 하얗게 드러내면서 벙싯 웃고 계봉이한테 덥석 안긴다.

"애야, 저 새 옷 모두 드렌다!"

형이 반색을 해도 계봉이는 상관 않고,

"괜찮어요, 괜찮어요!" 하면서 경중경중 우줄거린다.

"그치? 송희야?"

"응."

송희는 좋아라고 같이서 우줄우줄 뛰고 계봉이는 쪼옥쪽 입을 맞춰준다.

"그까짓 옷이 젤인가? 우리 송희가 젤이지. 그치?"

"응."

"그런데 엄만 쾌앤히 시방 그러지?"

"응."

"하하하하, 이건 막둥인가? 대답만 응응 그러게….."

"응."

송희가 계봉이를 잘 따르고, 계봉이도 송희를 귀애할뿐더러 끔찍 소중히 하는 줄을 초봉이는 진작부터 몰랐던 것이 아니나, 시방 서로 둘이서 재미있게 노는 양을 곰곰이 보고 있노라니까, 어디선지 모르게 문득.

'내가 없더래도 너희끼리….'

이런 생각이 나던 것이다.

"애, 계봉아?"

"으응?"

계봉이는 해뜩 돌아서서 형 앞으로 오고, 송희는 '엄마이'가 시방 밖으로 나갈 참인 줄 알기 때문에 안고 나가 주지 않고 엄마한테 떼어놓을까 봐서 고개를 파묻고 달라붙는다.

"나 없어두 괜찮겠구나?"

초봉이는 속은 어떠한 감회로 용솟음이 쳐도 웃는 낯으로 지나는 말같이 묻는다.

"언니 없어두? 우리 송희 말이지?"

"응."

"그으럼!"

계봉이는 미처 형의 눈치를 못 알아채고서 연신 수선을 피우느라고,

"…그치? 송희야?"

"응."

"엄마 없어두 암마이허구 맘마 먹구, 코 하구, 잉?"

"응."

"하하하아, 이거 봐요. 글쎄…."

계봉이는 좋아라고 웃고 돌아서다가 아뿔싸! 속으로 혀를 찬다. 초봉이가 만족해 웃어도 형용할수 없이 암담한 빛이 얼굴에 가득 서렸음을 보았던 것이다. 그것은 나는 인제 고만하고 죽어도 뒷 근심은 없겠지, 이

런 단념의 슬픈 안심이었었다.

"어이구 언니두! …누가 정말루 그랬나 머… 우리 송희가 엄마가 없으믄 어떡허라구 그래!"

계봉이는 얼른 이렇게 둘러대면서 철이 없는 체 짐짓 송희와 장난을 한다.

"…그치? 송희야?"

"응."

"저어, 어디 놀러 가려믄 송희 데리구 같이 가예지?"

"응."

"이거 봐요! …그런데 괜히 엄마가 송흴 띠어놓구 혼자만 창경원 갈 양으로 그러지? 응? 송희야."

"응."

계봉이는 수선을 피우면서도, 일변 형의 기색을 살피느라고 애를 쓴다.

초봉이는 눈치 빠른 계봉이가 벌써 속을 알아차리고 황망하여 짐짓 저러거니 생각하면 동기간의 살뜰한 정이 새삼스럽게 가슴에 배어들어 눈가가 아리다.

쿠욱 캐액 가래를 들이켜고 내뱉고 하면서, 변소에 갔던 형보가 나오는 소리가 들린다.

이 형보가 막상 저렇게 멀쩡하게 살아 있음을 생각할 때 초봉이의 그 슬픈 안심은 그나마 여지없이 바스러지고 만다.

형보가 저렇게 살아 있는 이상, 가령 내가 죽고 없어진대야 죽은 나는 편할지 몰라도, 뒤에 남은 계봉이와 송희가 환을 보게 될 테니 그건 내 고생을 애먼 그 애들한테나 전장시키는 것밖에 아무것도 아니다. 계봉이는 아이가 똑똑하기도 하고, 또 경우가 좀 다르기는 하니까 나같이 문문하게[45] 형보의 손아귀에 옭혀들지 않는다고는 할지 모르지만, 형보란 위인이 엉뚱하게 음험하고 악독한 인간인 걸, 장차 어떻게 무슨 짓을 저지르라고 그 애들을 두어두고서 죽음의 길로 피해가다니 그건 무가내하(막무가내)로 안 될 말이다.

'그러니 나는 잘 살기는 고사하고, 죽자 해도 죽지도 못하는 인생인가!'

이렇게 생각하면 막막하여 절로 한숨이 터져 나온다.

"허어, 오늘은 어째 여왕님께서 이다지 늦장을…."

형보는 고의춤을 후뚜려 잡고 마룻전에 댈롱 걸터앉으면서 계봉이한테 농을 건넨다.

"시종무관은 무얼 하구 있는 거야? 여왕님 거동에 신발두 챙겨놀 줄 모르구서…."

계봉이가 형보의 툭 불거진 곱사등에다 대고 의젓이 나무라는 것을 형보는 굽신 받아,

"네에, 거저 죽을 때라 그랬습니다, 끙…." 하면서 저편께로 있는 계봉이의 굽 낮은 구두를 집어다가 디딤돌 위에 나란히 놓아준다.

"…자아 인전 어서 신읍시구 어서 거동합시지요?"

"거동이나마나 시종무관이거들랑 구둘 좀 닦아 놓는 게 아니라 저건 무어람!"

"허어! 그건 죽여두 못 해!"

"그럼 단박 면직이다!"

"얘야! 쓰잘디없이 지껄이지 말구 갈 디나 가거라! 괜히 씩둑꺽둑…."

초봉이가 이맛살을 찌푸리면서 음성을 무질게 동생더러 지천을 한다.

"네에 아, 온, 내. 여왕님을 이렇게 몰아셀 디가 있더람! 그치? 송희야."

"응."

---

45) 문문하다: 무르고 부드럽다.

"하하하하, 우리 송희가 젤이다! …아 글쎄 요것이…."

계봉이는 송희를 입을 쪼옥 맞추고는 형한테다 내려놓는다, 송희는 안 떨어지려고 납작 달라붙다가 그래도 어거지로 떼어놓으니까 발버둥을 치면서 떼를 쓴다. 계봉이는 못 잊어서 돌아다보고 얼러 주고 달래주고 하면서 겨우 대뜰로 내려선다.

"여왕님 호사가 혼란하긴 한데 안 된 게 하나 있군?"

형보가 구두를 신는 계봉이의 토웅동한 나리와 쩌진 허리 밑을 눈으로 더듬고 있다가 한마디 뚱기는 소리다.

"구두가 낡었단 말이지요?"

"알어맞히니 그건 용해!"

"그렇지만 걱정 말아요. 그렇게 안타깝게 구두가 신구 싶으믄 아무 때구 양화부에 가서 한 켤레 집어 신으믄 고만이니…."

"그러느니 내가 저기 일류 양화점에 가서 썩 '모던'으루 한 켤레 마춰주까?"

"흥! 시에미가 오래 살은 머? 자수물통에 빠져 죽는다구? …우리 아저씨 씨두 그런 소리가 나올 입이 있었나?"

계봉이는 형보더러 별로 아저씨라고 하는 법이 없고, 어쩌다가 비꼬아줄 때나 '씨'자 하나를 더 붙여서 '아저씨 씨'라고 한다.

계봉이가 아무리 그렇게 업신여기고 놀려주고 해도 형보는, 그러나 그저 속없는 놈처럼 허허 웃고 그대로 받아준다.

계봉이는 아무 때고 그저 어린 듯이, 철이 없는 듯이, 형보와 함부로 덤비고 시시덕거리고 장난을 하고 하기를 예사로 한다. 이것은 그를 형부로 대접한다거나 나이 어린 처제답게 허물없이 하고 따르고 하는 정이거나 그런 것은 물론 아니고, 계봉이는 단지 동물원에 가서 곰이나 원숭이를 집적거려주고 놀려주고 하는 것과 마찬가지로 이 형용부터 괴물로 생긴 형보를 재미 삼아 놀려먹고 장난을 하고 하던 것이다. 그를 지극히 경멸하며, 속으로 반감을 품은 것은 물론이지만.

가령, 그새까지는 그렇게 다니고 싶어 자발을 하던 기술 방면의 전문학교를 의학전문이고 약학전문이고 마음대로 다닐 기회를 만났으면서도, 또 그 목적으로다가 서울로 올라왔으면서도 그것을 아낌없이 밀어내던지고서 백화점의 월급 삼십 원짜리 '숍걸'로 나선 것만 하더라도, 그 지경이 된 형을 뜯어먹고, 그따위 인간 형보에게 빌붙어서 공부를 하는 게 창피했기 때문이다.

"여보시우, 우리 여왕 나리님….."

형보가 다시 지분덕거리는 것을, 계봉이는 구두를 신으면서….,

"여왕두 나린가? 무식한 백성 같으니라구…. 할 말 있거든 빨리해요."

"그러지 말구, 내가 처제 구두 한 켤레 못 해줄 사람인가? …이따가 글러루 갈 테니 같이 가서 썩 멋지게 한 켤레 맞춰 신어요."

"걱정 말래두! 내 일 내가 어련히 알아서 하까뵈?"

"하아따! 괜헌 고집 쓰지말구… 내 이따가 아홉 시 파할 때쯤 해서 갈 게잉?"

"어딜 와? …괜히 왔다간 봐라, 미친놈이라구 순살 안 불러대나."

"흐흐, 거 재미있지! 구두 사준다구 순사 불러대구… 그래 어디 모처럼 유치장이나 하룻밤 구경할까?"

"괜히 빈말루 알구서? …와서 얼찐거리구 말이나 붙이구 해봐? 단박….."

계봉이는 쏘아주면서 대문간으로 나가버린다. 초봉이는 울고 떼쓰는 송희도 달랠 생각을 잊고서, 둘이서 수작하는 양을 우두커니 보고 있다가 한숨을 쉬고 돌아앉는다.

형보는 그렇게 처음부터 끝까지 배포 있게 쭌득쭌득하는데, 계봉이는 그 떡심을 받아내다 못해 꼬장꼬장한 딴 성미를 부리고 마는 것이 그게 장차에 환을 볼 장본인 것만 같았다.

강강한[46] 놈과 눅진거리는[47] 놈이 마주 자꾸 부딪치면, 우선 보매는 강강한 놈이 이겨내는 것 같지만, 그러는 동안에 속으로 곯아 필경 끝장에 가서는 작신 부러지고, 그래서 눅진거리는 놈한테 잡치고 말 것이었다.

초봉이는 그게 걱정이다. 그러니 이왕 그럴 테거든 계봉이도 그 발딱하는 성미를 부리지 말고서 차라리 마주 끝까지 떡심 있게 바워내기나 했으면 한다.

구두를 사주마 하거든, 오냐 사다오, 말로라도 이렇게 받아넘기고, 백화점으로 찾아간다거든, 오냐 오너라, 우리 동무들한테 구경거리 한턱 쓰는 셈이니 기다릴게 제발 좀 오너라, 이렇게 받아넘기고 했으면, 그 당장 겉으로 보기에는 위태로워 조심스럽기는 하겠지만 그게 오히려 뒤가 든든할 것 같았다.

계봉이가 나가는 뒤태를, 입을 헤벌리고 앉아 멀거니 바라보던 형보는 이윽고 끙 하면서 고의춤을 움켜쥐고 안방으로 들어온다.

"히히, 히히, 참 좋게 생겼어, 히히."

초봉이는 그게 무슨 소린지 알아듣기는 했어도 짐짓 모르는 체 더 지껄이지 못하게 하느라고 식모를 불러들인다. 형보는 식모가 들어와서 밥자리를 훔치고 밥상을 들어내기가 바쁘게, 털썩 초봉이 앞에 주저앉아,

"히히히…." 하고 그 웃음을 그대로 웃는다. 초봉이는 잔뜩 눈을 흘기다가…,

---

46) 강강한: 기운이 단단한. 마음이 굳센.
47) 눅진거리는: 물체나 성질이 누긋하고 끈끈한.

"미쳤나! 이건 왜 이 모양새야? 꼴 보아줄 수 없네!"

"히히, 조오탄 말야! 응? 아주 아주…."

"무엇이 좋다구 시방 이 지랄이야?"

"꼬옥 잘 익은 수밀도야! 그렇지?"

"비껴나! 보기 싫은 게…."

"비어 물면 물이 주울줄 쏟아질 것 같구…."

형보는 싯 들이마시다가 침을 한 덤벙이 지르르 흘린다. 그놈을 손등으로 쓱 씻는 게 더 그럴 듯하다.

"…흐벅진 게! 아이구 흐흐, 열아홉 살! 마침 조올 때지!"

"아, 네가 저영 이러기냐?"

"헤엣다! 무얼 다아… 옛날에 요임금 같은 성현두 아황 여영 두 아우 형젤 데리구 살았다는데, 히히."

사납게 쏘아보고 있던 초봉이는 이를 악물면서 발끈 주먹을 쥐어 형보의 앙가슴을 미어지라고 내지른다.

"아이쿠!"

형보는 뒤로 나가동그라져 가슴을 우리다가 초봉이가 다시 달려들려고 벼르는 몸짓을 보고 대굴대굴 윗목으로 굴러 달아나서 오꼼 일어나 앉는다.

"헤헤헤헤."

형보는 그만 것에는 골을 내지 않는다.

초봉이는 무엇 집어던질 것을 찾느라고 휘휘 둘러본다.

"헤헤헤헤, 안 그래, 안 그래."

"다시두 그따위 소릴 할 테야?"

"아니 안 그께… 히히."

"다시두 그따위 소릴 했다만 봐라! 죽여버릴테니…."

무심코 초봉이는 이 말을 씹어뱉다가 제 말에 제가 혹해서 눈을 번쩍 뜬다. 죽일 생각이 나서 죽인다고 한 게 아닌데, 흔히 욕 끝에 나오는 소린데 막상 죽인다고 해놓고 들으니, 아닌 게 아니라 귀에 솔깃이 당기면서 정말 죽여버렸으면 싶은 생각이 솟아나던 것이다. 이것은 초봉이에게 대하여 일변 무서운, 그러나 퍽도 신기한 발견이었었다.

초봉이가 소피를 보러 가느라고 송희를 내려놓고 나가니까 아직도 떼가 덜 가라앉은 참이라 도로 와아 하고 울음을 내놓는다.

"조 배라먹을 께, 또 빼액 운다….."

형보는 눈을 흘기면서 혀를 찬다. 초봉이가 없는 새라 제 맘대로 미워해도 좋았던 것이다.

"…에이 듣기 싫어! 조 배라먹을 것 잡아가는 귀신은 없나?"

형보는 아이한테다 주먹질을 하면서 눈을 부릅뜬다. 무서워서 울음을 그치라는 것인데, 아이는 겁을 내어 더 자지러지게 운다.

"…조게 꼭 에미 년을 닮아서 소갈찌두 조 모양이야….."

형보는 휘휘 둘러보다가 마침 앞문 앞으로 내려다놓은 경대 위에 있는 빗솔을 집어서 아이한테 쥐어준다.

"…옜다. 요거나 처먹구 재랄이나 해라, 배라먹을 것아!"

송희는 미식미식 울음을 그치고 형보를 말긋말긋 올려다보다가 손에 쥔 빗솔을 슬머시 입으로 가지고 간다.

칫솔 쓰던 것을, 빗을 치고 살쩍을 쓸고 해서 터럭 틈새기에 비듬이야 기름때야 머리터럭들이 꼬작꼬작 들이 끼었는데, 그놈을 입에다가 넣고 빨았으니 맛이 고약할밖에.

송희는 오만상을 찌푸리면서도 그대로 입에 물고 야긋야긋 씹는다. 꼬장물이 시꺼멓게 넘쳐서 턱 아래로 질질 흘러내린다.

"…쌍통 묘오하다! 어이구 쌔원해라! 거저 빼액빼 울기나 좋아하구, 무엇이구 주둥아리에다가 틀어넣기나 좋아하구, 그러면 다아 그런 맛두 보는 법이니라!"

형보는 제 말대로 속이 시원해서 연신 욕을 씹어 뱉는다.

"…맛이 고수하냐? 천하 배라먹을 것! 허천백이 삼신이더냐? …대체 조게 어느 놈의 종잘꾸? 응? …뉘 놈의 종잘 생판 멕여 길르느라구 내가 요렇게 활활 화풀이두 못 하구 성활 먹는고? 기가 맥혀서, 내 원…."

욕을 먹을 줄 모르는 송희는 아무 상관없이 저만 재미가 나서 그 찝질한 빗솔을 연신 씹고 논다.

"…조게 뒤어만 졌으면 내가 춤을 한바탕 덩실덩실 추겠구만서두… 무어 소리 없이 흔적 없이 감쪽같이 멕여서 죽여버릴 약은 없나?"

초봉이가 마루로 올라서는 기척을 듣고 형보는 시침을 뚜욱 떼고 외면을 한다.

"아—니, 이 애가!"

초봉이는 방으로 들어서다가 질겁해서 빗을 와락 빼앗아 들더니 형보를 잔뜩 노려본다. 송희는 싫다고 떼를 쓰고 방바닥에 나가둥그라진다.

"…아이가 이런 걸 쥐어다가 빨아먹어두 못 본 체하구 있어?"

"뺏으면 또 울라구?"

"인정머리 없는 녀석!"

"아냐, 아이들이라건 그렇게 아무것이구 잘 먹어야 몸이 실한 법이야."

"듣기 싫어! 수언 도척48)이 같은 녀석아!"

"제기! 인전 자식이 성가신 게로군! …그렇거들랑 남이나 내줄 것이지, 저럴 일이 아닌데…."

---

48) 도척: 옛날의 큰 도적. 부하 9천 명을 거느리고 천하를 횡행했으며, 태산(泰山) 기슭에서 사람의 간을 회로 썰어 먹었다 함

"이 녀석아, 그게 내가 널더러 할 소리지 네가 할 소리더냐? 그 녀석이 술척스럽게 사람 여럿 굳히겠네!"

"괜히, 자식이 구찮을 양이면 아따, 염려 말게… 내가 동냥하러 온 중놈의 바랑 속에다가라두 집어넣어 주께시니."

"이 녀석아, 내가 네 속 모르는 줄 아느냐? …네 맘보짱이 어떤지 다아 알구 있단다…. 공중 나 안 놓칠려구 네 자식인 체하지? 흥! 소리 없이 죽여버리구 싶어두 날 놓칠까 봐서 못 하지? 네 뱃속을 내가 모르는 줄 알구?"

"알긴 개×× 알아? 아마 자네가 아직두 뉘 자식인지 똑똑히 모르니까는 자식이 원수 같은가 버이! 그렇지만 난 소중한 내 자식일세."

"얌체는 좋아!"

"세상에 모르쇠 자식의 에미라껀 저래 못 쓴다는 거야!"

"무엇이 어째?"

모르쇠 자식의 어미란 소리에, 초봉이는 분이 있는 대로 복받쳐 올라. 몸부림을 치면서 목청껏 외친다. 그러나 그다음 말은 가슴에서 칵 막히고 숨길만 가쁘다. 어느 결에 눈물이 촬촬 쏟아진다.

"이놈! 두구 보자!"

이것은 단순히 입에 붙은 엄포나 분한 끝에 발악만인 것이 아니라 마침내 형보를 죽이겠다는 결심이 뚜렷이 가슴속에 들어차기 시작한 표적이요, 그 선고라고 할 수가 있던 것이다.

사실 초봉이는 송희나 계봉이는 말고서 저 하나만 놓고 보더라도, 자살이 아니면 저절로 받아 죽었지 형보한테 끝끝내 배겨 낼 수가 없이 되고 만 형편이었었다.

초봉이는 작년 가을 형보와 같이 살기 시작한 그날부터서 마음의 안정과 평화를 잃어버린 것은 말할 것도 없거니와, 지칠 줄을 모르는 형보의 정력에 잡쳐 몸이 또한 말이 아니게 시들었다. 여느 때 예삿일로 다투게 되면은 형보는 기껏해야 빈정거리거나 하고 미운 소리나 하고 하지 웬만해서 그저 바보처럼 지고 만다. 발길로 걷어채고 등감을 질리고 하는 것쯤 아주 심상히 여기고 달게 받는다. 낮의 형보는 그리하여 늙은 수캐처럼 만만하고 순하다. 그러나 만일 초봉이가 드리없는[49] 그의 '밤의 요구'에 단 한 번이라도 불응을 하고보면, 단박 두 눈을 벌컥 뒤집어쓰고 성난 야수와 같이 날뛴다.

꼬집어 뜯고 물어 떼고 하는 건 예사요, 걸핏하면 옆에서 고이 자는 송희를 쥐어 박지르고 잡아 내동댕이를 치곤 한다. 그래도 안 들으면 칼을 뽑아 들고 송희게로 초봉이게로 겨누면서 희번덕거린다.

필경 초봉이는 지고 말아, 이를 갈면서도 항복을 한다. 이것은, 그런데 형보의 본디 성질만으로 그러던 것이 아니고, 따라서 처음부터 그러던 것도 아니고, 차라리 초봉이 제가 부지중 그런 버릇을 길러준 것이라 할 수가 있었다.

초봉이는 맨 처음 형보와 더불어 밤을 같이할 때부터 승강이를 하고 표독스럽게 굴고 했었고, 한데 그놈을 억지로 굴복시키자니 형보는 자연 '사나운 수캐'가 되지 않을 수 없었다.

초봉이는 물론 징그럽고 싫기도 했지만, 일변 그것을 형보한테 대한 앙갚음이거니 하고 우정 그러기도 했던 것인데, 그러나 그 결과가 어떠했느냐하면 필경 초봉이의 제 자신만 더 큰 해를 보고만 것이다.

흉포스런 완력다짐 끝에 따르는 계집의 굴복, 그것에서 형보는 차차로 한 개의 독립한 홍분을 즐겼고, 그것이 쌓여서 미구에는 일종의 '사디즘'이 되어버렸던 것이다.

---

49) 드리없는: 경우에 따라 변하여 일정하지 않는.

아무튼 그래서 초봉이는 절망이 마음을 잡쳐놓듯이 건강도 또한 말할 수 없이 쇠해졌다.

병 주고 약 주더란 푼수로, 형보는 간유 등속에 강장제하며 한약으로도 좋다는 보제는 골고루 지어다가 제 손수 달여서 먹이고 하기는 해도 종시 초봉이의 피로와 쇠약을 막아내지는 못했다.

불과 반년 남짓한 동안이나 초봉이는 아주 볼썽이 없이 바스러졌다. 볼은 깎아낸 듯 홀쭉하니 그늘이 시고 눈가로는 푸른 테가 드러났다. 실결은 기름기가 밭고 탄력이 빠져서 낡은 양피같이 시들부들 버슬버슬해졌다. 사지에 맥이 없어 노곤한 게 밤이고 낮이고 누울 자리만 본다.

이렇게 생명이 생리적으로 좀먹어들어 가는 줄을 초봉이는 저도 잘 알고 있으면서, 그러나 어찌할 바를 몰랐다. 하다가 못 할 값에 형보의 손아귀에서 벗어나도록 부스대볼 생각은 아예 먹지도 않는다. 근거도 없는 단념을, 돌이켜 캐보려고는 않고 운명이거니 하고서 내던져두던 것이다.

작년 겨울, 그날 밤에 형보더러 두고 보자고 무슨 큰 앙갚음이나 할 듯이 웅글진 소리를 하기는 했지만, 그것도 그 소리를 하던 그 당장에 벌써 별수 없거니 하고 단념부터 했었은즉 말할 것도 없다.

결국은 두루 절망뿐이다. 절망 가운데서 빤히 내다보이는 얼마 안남은 목숨을 지탱하고 있기는 괴롭고 지루했다. 그러니 차라리 일찌감치 죽어버리고나 싶었다. 죽어만 버리면 만사가 다 편할 것이었다. 그러나 그러면서도 와락 죽지 못한 것은 송희 때문이다. 소중한 송희를 혼자 두고 나만 편하자고 죽어버리다니 안 될 말인 것이다. 그래 막막하여 어쩔 바를 몰랐는데, 계제에 문득 동생 계봉이에게다 송희를 맡기면 내나 다름없이 잘 가축하여 기르겠거니, 따라서 나는 마음을 놓고 죽을 수가 있겠거니 하는 '슬픈 안심'을 해보았던 것이다. 그러나 그것도 순간이요, 형보가 멀쩡하게 살아 있는 이상 역시 못 할 노릇이라고 그 '슬픈 안심'

조차 단념을 할 수밖에 없었다. 그러자 거기서 또 마침 한 줄기의 희망은 뻗치어, 형보를 죽이고서(죽여버리고서) 내가 죽으면 후환도 없으려니와 나도 편안하리라는 '만족한 계획'이 얻어졌던 것이다. 물론 형보를 죽인다면야 제가 죽자던 이유가 절로 소멸되는 것이니까, 가령 형벌을 받는다든지 도망을 간다든지 이러기로 생각을 돌리는 게 당연한 조리겠지만, 그러나 초봉이는 그처럼 둘러 생각을 할 줄은 모른다. 그저 기왕 죽는 길이니 후환마저 없으려고, 형보를 죽이고서 죽는다는 것뿐이다.

형보는 그리하여 잠자코 있어도 초봉이의 손에 죽을 신순데, 게다가 입을 모질게 놀려 분까지 돋우어주었으니, 만약 오늘이라도 어떠한 거조가 난다면 그건 제가 지레 명을 재촉한 노릇이라 하겠다.

××백화점 맨 아래층의 화장품 매장이다.

위와 안팎이 환히 들여다보이는 유리 진열장을 뒤쪽 한편만 벽을 의지 삼고 좌우와 앞으로 빙 둘러 쌓아놓은 게 우선 시원하고 정갈스러워 눈에 선뜻 뜨인다.

진열장 속과 위로는 형상이 모두 각각이요, 색채가 아롱이다롱이기는 하지만 제각기 용기의 본새랄지 곽의 의장이랄지가 어느 것 할 것 없이 섬세하고 아담한 게 여자의 감각을 곧잘 모방한 화장품들이 좀 칙칙하다 하리만치 그득 들이 쌓였다.

두 평은 됨 직한 진열장 둘레 안에는 그들이 팔고 있는 화장품 못지않게 맵시 말쑥말쑥한 '숍걸'이 넷, 모두 그 또래 그 또래들이다.

계봉이가 있고, 얼굴 둥그스름하니 예쁘장스럽게 생긴 싱글로 깎아 올린 단발쟁이가 있고, 코가 오뚝하니 눈도 오꼼 입도 오꼼한 오꼼이가 있고, 얇디얇은 얼굴에다가 주근깨를 과히 발라놓은 레지가 찰그랑거리고 앉았고….

이 가운데 양복 깨끗하게 입고 얼굴 거무튀튀 함부로 우툴두툴한 사내꼭지가 한 놈, 감히 들어앉아 있음은 매우 참월하다 하겠다. 그러나 남은 화초밭의 괴석이라고 시새움에 밉게 볼는지는 몰라도, 당자는 검인의 스탬프를 손에 쥐고, 물건 싸개지의 봉인 딱지에다가 주임이라는 제 권위를 꾸욱꾹 찍느라 버티고 있는 맥이다.

아침 아홉 시가 조금 지났고 문을 방금 연 참이라 손님이라고는 뒷짐 지고 이리 끼웃 저리 어릿, 구경 온 시골 사람 몇이 혜성혜성하다.

약속한 건 아니지만 손님이 없으니까 모두 레지 앞으로 모여 선다.

"계봉이 이따가 씨네마 안 갈늬?"

영화를 아직까지는 연애보다도 더 좋다고 주장하는 오꼼이가 계봉이를 꾀던 것이다.

"글쎄… 썩 좋은 거라믄…."

계봉이는 싫지도 않지만 내키지도 않아서 그쯤 대답을 하는데 오꼼이가 무어라고 말을 하려고 하는 것을 레지의 주근깨가 냉큼 내달아,

"저 계집앤 영화라믄 왜 저렇게 죽구 못 살까?" 하고 미운 소리를 한다.

"남 참견은! 이년아, 누가 너처럼 밤낮 고리타분하게 소설만 읽구 있더냐?"

"흥! 소설 읽는 취미를 갖는 건 버젓한 교양이란다!"

"헌데 좀 저급해!"

계봉이가 도로 나서서 주근깨를 찝쩍이던 것이다.

"어째서 이년아, 소설 읽는 게 저급하다냐?"

"소설 읽는 게 저급하다나? 이 사람 오핼세!"

"그럼 무엇이 저급하니?"

"읽는 소설이…."

"어쩌니 내가 읽는 소설이 저급하니?"

"국지관이 소설이 저급하잖구? 「×××」이 저급하잖구? …그런 것두

예술 축에 끼나?"

"예술은 다아 무엇 말라비틀어진 게야? 소설이믄 거저 소설이지…."

"하하하하, 옳아, 네 말이 옳다. 그래두 「추월색」이나 「유충렬전」을 안 읽으니 그건 신통하다!"

"저년이 버르장이 없이 사람 막 놀려!"

"그게 신통해서, 네 교양 점수 육십 점은 주마. 낙제나 면하라구, 응? …그리구 너는…."

계봉이는 오꼼이를 손으로 찔벅거리면서 남자 어른들 음성을 흉내 내어…,

"…거 아무리 근대적 감각을 향락하기 위해서 그런다구 하더래두 계집아이가 영활 너무 보러 다니면 뒤통수에 불자不字가 붙는 법이다. 응? 알았어? 불량소녀…."

"걱정 마라, 이 계집애야!"

"요놈!"

깩 지르는 소리가 무심결에 너무 커서 주임이 주의하라는 뜻으로 빙긋 웃으니까 계봉이는 돌아서서 입을 막는다. 오꼼이와 주근깨가 쌔원한 김에 재그르르 웃는다.

"무얼들 그래?"

물건을 파느라고 이야기 참여를 못했던 단발쟁이가 이리로 오면서, 혹시 제가 웃음거리가 된 것인가 하고, 뚜렛뚜렛한다.

"그리구 참, 넌 무어냐?"

계봉이가 또 나서서 단발쟁이의 팔을 잡아끈다.

"무어라니?"

"저 애들 둘은, 하난 문학소녀구, 또 하난 영화광이구, 그런데 넌 무어냔 말이다? …연애? 그렇지?"

"내 온! …넌 무어냐? …너버틈 말해봐라!"

"그래그래."

"옳아, 제가 먼점 말해예지."

오꼼이와 주근깨가 한꺼번에 들고 나서고, 단발쟁이가 계봉이를 붙잡으면서 따진다.

"네가 옳게 연애하지? …연애편지가 마구 쏟아지구…."

"여드름바가시가 있구…."

"소장 변호사 영감 게시구…."

"하쿠라이 귀공자가 있구…."

"대답해라!"

"그중 누구냐?"

"아무튼 연애파는 연애파 갈데없지?"

오꼼이와 주근깨와 단발쟁이가 서로가람 계봉이를 말대답도 못 하게 몰아대는 것이다.

"여드름바가지가 오늘두 하마 올 시간인데…."

"소장 변호사 영감께선 그새 또 몇 장이나 왔디?"

"하하, 편지 첫끝에다가 연애법 제 몇 조라군 안 썼던?"

"가만있어, 내 말을 들어…."

계봉이는 겨우 손을 저어 제지를 시켜놓고는,

"…난 피해자야, 피해자…."

모두 무슨 소린지 못 알아듣고 뚜렛뚜렛한다. 계봉이는 다시 남자 어른 목소리로,

"땅 진 날 밖엘 나오지 않느냐? 자동차가 옆으루 지나가질 않았냐? 흙탕물을 끼얹질 않느냐? 옷에 흙탕물이 묻었겠다? …그와 마찬가지루 헴헴, 여드름바가지나 변호사 나리나 하쿠라이 귀공자나 그 축들이 어쩌

구저쩌구 해서 내가 제군들한테 연애파라구 중상을 받는 것두 즉 말하면 그런 피해란 말야, 응? …나는 아무 상관두 없는데 자동차가 흙탕물을 끼얹어 옷을 버려준 것처럼 그게 모두 여드름바가지니 변호사니 하쿠라이 귀공자니 하는 것들이 무어냐 하면은, 땅 진 날 남의 새 옷에다가 흙탕물을 끼얹고 달아나는 '처벌할 수 없는' 깽들이란 말이야. 그러니깐 제군들두 조심을 해! 잘못하면 약간 흙탕물이 아니라 바루 바퀴에 치여서 죽거나 병신이 되거나 하기 쉬우니깐… 알아들어? 아는 사람 손들엇!"

계봉이 저까지 해서 모두 재그르르 웃는다. 주임도 무어라고 간섭을 못하고 히죽히죽 웃는다.

"그럼 대체 넌 무엇이냐? …말을 그렇게 능청맞게 잘하니, 약장수냐?"

"구세군 전도반?"

"무성영화 변사?"

"나? 난 본시 행동파시다, 행동파…."

"행동파라니?"

계봉이의 말에 주근깨가 먼저 따들고 나선다.

"행동파 몰라? 사람이 행동하는 거 몰라? 소설은 많이 읽어서 현대적인 체하믄서두 깜깜하구나!"

"아, 이년아, 그럼 누군 행동하잖구서 밤낮 우두커니 앉었기만 한다더냐?"

"이 사람, 행동이라니깐 머, 밥먹구 '더블유시' 다니구 하품하구, 그런 행동인 줄 아나?"

"그럼 그런 행동 아니구 지랄이더냐?"

"그런 건 개나 도야지나 그런 짐승들두 할 줄 안다네."

마침 주임이 계봉이의 전화를 받아서 넘겨준다.

계봉이는 전화통에 입을 대면서 바로,

"언니우?" 한다. 어쩌다가 형 초봉이가 전화를 거는 이외에는 통히 전화라고는 오는 데가 없기 때문에 계봉이는 언제고 그러던 것이다. 그런데 오늘은 뜻밖에,

"나야, 나…." 하면서 우렁우렁한 사내의 음성이 들려왔다.

승재가 전화를 걸던 것인데, 계봉이는 승재와는 전화가 처음이라 목소리를 분간하지 못했었다.

"나라니, 내가 누구예요?"

"남 서방이야!"

"아이머니! …난 누구란다구!"

계봉이가 깜짝 반가워서 주위를 꺼리지 많고 반색을 한다. 등 뒤에서 오꼼이, 주근깨 단발쟁이가 서로 치어다보고 웃으면서 눈짓을 한다.

"…언제 왔수?"

"오긴 그저께 아침에 당도했는데…."

"그러구서 여태 시침을 뚜욱 따구 있었어? 내, 온!"

"미안허우. 좀 어수선해서… 그런데 내가 글러루 찾아가두 좋겠지만…."

"아냐, 내가 가께. 어디? 아현?"

"응 저어…."

승재는 마포 가는 전차를 타고 오다가 아현고개 정류장에서 내려서 신촌 나가는 길로 한참 오노라면 바른편 길옆으로 낡은 이층집이 있고 '아현실비의원'이라는 간판이 붙었다고 노순路順을 자세하게 가르쳐준다.

여섯 시 반이나 일곱 시까지 대 가마고 하고서 전화를 끊고 돌아서는데 마침 대기하고 섰던 세 동무가 일제히 공격을 한다.

"또 하나 생겼구나?"

"누구냐?"

"그건 자동차 아니냐? 흙탕물 끼얹는….."

마지막의 단발쟁이의 말에 모두 자지러져 웃고, 계봉이도 같이서 웃는다.

스무 살 안팎의 한창 피어나는 계집아이들이 넷이나 한데 모여 재깔거리고, 그러다가는 탄력 있는 웃음이 대그르르 맑게 구르고, 침침해도 명랑하기란 바깥에 가득 내리는 오월의 햇빛과도 바꾸지 않겠다.

이윽고 웃음이 그치자 여럿은 계봉이를 몰아댄다.

"애 이년아, 그러구서두 입때 시침을 따구 있어?"

"누구냐? 대라!"

"저년이 뚱딴지같은 년이 의뭉해서….."

"그게 행동파가 하는 짓이냐?"

"개나 도야지두 연애를 하기는 한다더라?"

"웃구 섰지만 말구서 바른 대루 대라!"

"인전 제가 할 말이 있어야지!"

"아니 여보게들….."

공격이 너끔한 틈에 계봉이는 비로소 말대꾸를 하고 나선다.

"…대체 그 사람이 누군 줄 알구서 그러나?"

"누군 무얼 누구야? 네년의 리베지."

주근깨가 윽박질러주는 말이다.

"리베?"

"그럼!"

"우리 산지기다, 헴….."

또 모두들 허리를 잡고 웃는다.

"대체 어떻게 생긴 동물이냐? 구경이나 한번 시키렴?"

단발쟁이가 웃음엣말같이 하기는 해도 퍽 궁금한 눈치다.

"구경했다간 느이들 뒤로 벌떡 나가동그라진다!"

"그렇게 잘났니?"

"아―니, 안팎이 모두 고색이 창연해서."

"망할 계집애! 누가 태클할까 봐?"

"너 가질늬?"

"일없어!"

"행동파 연앤 다르구나? 리베를 키네마 입장권 한 장 선사하듯 동무한 테 내주군…. 그게 행동파 특색이냐?"

오꼼이가 그것도 영화에 절은 버릇이라서 비유를 한다는 게 역시 거기 근리한 말을 쓴다.

"지당한 말일세! 궐씨厥氏가 너무 행동이 낡구두 분명치가 못해서…."

"그럼 그 사람이 사람이 아니구서 네 말대루 하믄 그치가 도야진가 보 구나?"

"가깝지!"

"저년 보게! …내 인제 일를걸?"

"파쇼라두 좋구 또 하다못해 너처럼 영광이래두, 아무튼 현대적 호흡 이 통한 행동이 있어야 말이지! 거저 밥이나 먹구, 매달려서 로봇처럼 일 이나 허구, 생식生殖[50]이나 허구, 그러군 혹시 한다는 게 고색이 창연한 짓이나 하구 있구…."

"어느 회사 사무원인 게루구나?"

"명색이 의사라네!"

"하주? 여드름바가지나 변호사나 하쿠라이 귀공잘 눈두 안 떠볼 만하 구나!"

---

50) 생식(生殖): 자기와 닮은 개체를 만들어 종족을 유지함.

"얘들아! 호랭이두 제 말하믄 온다더니, 왔다 왔다, 저기….."

주근깨가 뙹기는 소리에 모두 문간을 돌려다본다. 아닌 게 아니라 여드름바가지가 어릿어릿 이편으로 걸어오고 있다. 얼굴에 여드름이 다닥다닥 솟았대서 생긴 별명이다. 모표를 보면 ××고보 학생인데 학교 갈 시간에 백화점으로 연애(?)를 하러오는 걸 보면 온전치 못한 것은 분명하다. 나이는 다직해야 열아홉 아니면 그 아래다. 어린 애 푼수다.

그는 지나간 삼월에 '아몬 파파야'를 한 번 사가더니 그날부터 아침 아홉 시 반을 정각 삼아 이내 일참을 해내려 왔다. 그것도 처음에는 그런 줄 저런 줄 몰랐다가 얼마 후에야 단발쟁이가 비로소 발견을 했었고, 다시 며칠을 지나서는 계봉이가 과녁인 것까지 드러났다.

그는 화장품 매장 앞에 서서 얼찐거리다가 계봉이가 대응을 해주면 무엇이고 한 가지 사가지고 가되, 혹시 다른 여자가 나서면 이것저것 뒤지다가는 그냥 돌아서버리곤 하던 것이다. 그래 그 눈치를 안 뒤로부터 다른 여자들은 우정 피하고서 계봉이한테다가 민다.

계봉이는 역시 마다고 않고 처어척 대응을 하면서(대응이라야 물론 지극히 간단한 것이지만) 슬금슬금 구슬려주곤 하기도 한다. 그 덕에 여드름바가지는 화장품 매장에다가 적지 않은 심심파적과 이야깃거리를 매일같이 끼쳐주던 것이다.

"어서 오십시오!"

계봉이는 웃던 끝이라 얌전을 내느라고 한참 만에 진열장 앞으로 다가가면서 여점원답게 상냥하게 마중을 한다.

여드름바가지는 아까 들어올 때 벌써 반은 붉었던 얼굴을 드디어 완전히 빨갛게 달궈가지고 힐끔 계봉이를 올려다보더니 이내 도로 숙인다. 여기까지는 그새와 같고 아무 이상이 없다. 그다음 그는 양복 포켓 속에다가 한 손을 넣고서 이상스럽게 전보다 더 어물어물한다.

이윽고 포켓에 손을 꿴 채 어릿어릿하면서, 진열장 속을 들여다보면서 천천히 돌아가기 시작한다.

계봉이는 그가 돌아가는 대로 안에서 따라 돌고 있고, 나머지 세 여자는 대체 오늘은 무엇을 사는가 재미 삼아 기다린다.

여드름바가지는 이 귀퉁이까지 한 바퀴를 다아 돌고 나더니 되짚어 가운데께로 올 듯하다가 말고서 손가락으로 진열장 유리 위를 짚어 보인다. 으레 입 대신 손가락질을 하는 게 맨 처음 오던 날부터 하던 버릇이다.

계봉이가 그가 짚은 대로 들여다보니 이십오 원이나 하는 '코티'의 향수다. 계봉이는 이 도련님 아무거나 되는 대로 짚은 것이 멋 몰랐습니다고 우스워 죽겠는 것을 참아가면서 향수를 꺼내준다. 여드름바가지는 바르르 떨리는 손으로 받아들고 한참 서서 레테르를 읽는 체하다가 계봉이를 치어다본다. 이건 값이 얼마냔 뜻이다.

"이십오 원입니다."

여드름바가지는 움칫하더니 그래도 부스럭부스럭 십 원짜리 석장을 꺼내어 향수병에다가 얹혀 내민다. 언제든지 십 전짜리 비누 한 개를 사도 빳빳한 십 원짜리만 내놓은 터라 그놈이 석 장이 나왔다고 의아할 것은 없다.

"고맙습니다!"

계봉이는 향수와 돈을 받아들고 레지로 오면서 눈을 찌긋째긋한다. 동무들 모두 웃고 싶어서 옴츠러진다.

계봉이는 향수를 제 곽에 담고 싸고 해서 검인을 맡아 주근깨가 주는 거스름돈과 표를 얹어다가 내주면서,

"고맙습니다!" 하고 한 번 더 고개를 까딱한다.

여드름바가지는 먼저보다 더 떨리는 손을 내밀어 덥석 받아들고 이내 돌아선다.

"안녕히 가십시오!"

계봉이는 등 뒤에다가 인사를 하면서 동무들한테 웃음이 터져 나오려
는 얼굴을 돌린다. 그러자 마침 단발쟁이가 기다렸다는 듯이 오르르 달
려오더니 여드름바가지가 서서 있던 진열장 위로 또 한층 올려놓은 진
열대 밑에서 조그마해도 볼록한 꽃봉투 하나를 쑥 뽑아들고 돌아선다.
나머지 두 여자는 손뼉이라도 칠 체세다.

계봉이는 그것이 여드름바가지가 저한테 주는 양으로 거기다가 놓고
간 편진 줄을 생각할 것도 없이 대번 알아챘다.

와락, 단발쟁이의 손에서 편지를 빼앗아 쥔 계봉이는 이어 몸을 돌이
키면서 여드름바가지를 찾는다.

"여보세요? 여보세요, 학생!"

부르는 소리에 방금 댓 걸음밖에 안 간 상류사회는 흠칫하고 그대로
멈춰 선다.

"학생, 날 좀 보세요!"

보란다고 정말 보기만 하라는 것은 아니겠지만 여드름바가지는 겨우
몸을 돌리고 서서 어릿어릿한다.

"일러루 좀 오세요."

계봉이는 아무렇지도 않게 천연덕스런 얼굴로 손을 까분다. 여드름바
가지는 비실비실 진열장 앞으로 가까이 와서 고개를 숙이고 선다.

"이 편지 우체통에다가 넣어디리까요?"

계봉이는 뒤로 감추어가지고 있던 편지를 내밀어 보인다. 앞뒤에 아무
것도 쓰이지 않은 것을 계봉이도 비로소 보았다.

여드름바가지는 학교에서 선생님께 꾸지람을 들을 때처럼 두 발을 모
으고 고개를 깊이 떨어뜨리고 서서 꼼짝도 않는다. 두 귀밑때기가 유난
이 더 새빨갛다.

"우표딱지야 한 장 빌려디려두 좋지만, 주소두 안 쓰구 성명두 없구 그래서요….."

계봉이는 한 팔을 진열장 위에다 집어 오도카니 턱을 괴고 편지를 앞뒤로 되작되작 이상하담 하듯 한다. 등 뒤에서 동무들이 터져 나오는 웃음을 삼키느라고 킥킥거린다.

"자아, 이거 갖다가 주소 성명 잘 쓰구, 우표딱진 사서 요기다가 똑바루 붙이구, 그래가지구서 우체동에다가 사알 집어넣으세요, 네?"

여드름바가지는 편지를 주는 줄 알고 손을 쳐들다가 오끌뜨린다.

"아, 이런 데다가 내버리구 가시믄 편지가 마요이코[51]가 되서 저 혼자 울잖어요?"

이번에는 편지를 내밀어주어도 모르고 섰다.

"자요, 이거 가지구 가세요."

코앞에다가 바싹 들이대주니까 채듯 받아 옹크러 쥐고 씽하니 달아나 버린다. 맘껏 소리를 내어 대굴대굴 굴러가면서라도 웃을 걸 차마 조심을 하느라 모두 애를 쓴다.

---

51) 마요이코: 길을 잃다. 헤매다.

☪ 노동老童 훈련일기訓戀日記

　　종일 마음이 들떴던 계봉이는 여섯 시가 되자 주임을 엎어삶아서 쉽사리 수유[52]를 타가지고 이내 백화점을 나섰다. 시방 가면 아무래도 제 시간까지 돌아오게 되지는 못할 테라고 지레 시간이 새로워서, 그러자니 형 초봉이가 걱정하고 기다릴 것이 민망은 했으나, 집에 잠깐 들렀다가 도로 나오기보다 승재에게로 갈 마음이 더 급했다. 승재가 일러준 대로 짐작대고 간 것이 미상불 수월하게 찾아낼 수가 있었다.

　　계봉이는 급한 마음을 누르는 재미에 집을 둘러보고 하면서 우정 천천히 서두른다.

　　명색 병원이라면서 생철지붕에다가 낡은 목제 이층인 것이 계봉이가 생각하던 병원의 위풍과 아주 딴판이고, 우선 집 생김새부터 궁상이 질질 흘렀다. 그러나 막상 당하여보고서 예상 어그러진 것이 섭섭하기보다도, 여느 혼란스런 병원집이 아니요, 역시 승재 그 사람인 듯이 이런 낡고 빈약한 집이던 것이 그의 체취가 스미는 것 같아 오히려 정답고 구수했다.

　　'십오 일부터 병을 보아드립니다.'

　　대단 장황스런 설명을, 분명 승재의 필적으로 굵다랗게 양지에다가 써서 붙인 것을 계봉이는 곰곰 바라보면서 승재다운 곰상이라고 혼자 미

---

52) 수유: 직업에 매인 사람이 다른 일로 말미암아 얻는 겨를.

소를 했다.

사개[53] 틀린 유리 밀창을 드르릉 열기가 바쁘게 클로로 냄새가 함뿍 풍기는 게, 겨우 그래도 병원인가 싶었다. 현관 안에 들어서니 바로 왼쪽으로 변죽 달린 반창이 있고 그 앞에다가 '진찰 무료'라고 쓴 목패를 비스듬히 세워놓았다. 거기가 수부受付다.

복도 하나가 짤막하게 뻗어 들어가다가 그 끝은 좁다란 층계를 타고 이 층으로 올라갔다. 복도 중산께로 바른편에 가서 간유리창이 닫혔고, 그 위에는 '진찰실'이라고 거기 역시 아직 먹자국이 싱싱한 팻조각이 가로로 붙었다. 겉은 하잘 것 없어도 내부는 둘러볼수록 페인트며 벽의 양회며 모두 새것이고 깨끔했다.

아무 인기척이 없고 괴괴했다. 수부의 창구멍을 똑똑 쳐보아도 대응이 없다.

무어라고 찾아야 할까 싶어서 망설이고 섰는데 진찰실의 문이 야단스럽게 열리더니 고개 하나가 나온다. 승재다.

계봉이가 온 것을 본 승재는 히죽 얼굴을 흩뜨리고,

"으응! 왔구먼!" 하면서 이 사람으로서는 격에 맞지 않게 급히 달려 나온다. 마음이 다뿍 죄었던 판이라 반가움에 겨워, 저도 모르게 그래졌던 것이겠다.

승재는 맞닥뜨리 싶게 계봉이게로 바로 달려들더니 쭈적 멈춰 서서는 그다음에는 어쩔 바를 몰라 하다가 요행 계봉이가 내밀어주는 손을 덥석 잡는다.

둘이는 다 같이 정열이 가슴속에서 용솟음쳐 두근거리는 채 눈과 눈이 서로 맞는다. 말은 없고, 또 필요치도 않다. 숨소리만 높다.

---

53) 사개: 상자 같은 것의 네 모퉁이를 들쭉날쭉하게 만들어 맞추게 된 부분.

이윽고 더 참지 못한 계봉이가 상큼 마룻전으로 올라서면서 승재의 가슴을 안고 안겨든다. 그것이 봄의 암사슴같이 발랄한 몸짓이라면 마주 덥쑥 어깨를 그러안고 지그시 죄는 승재는 우직한 곰이라 하겠다.

　드디어, 그러나 곧 두 입술과 입술은 빈틈도 없이 맞닿는다.

　심장과 심장으로부터 야생의 말과 같이 거칠게 뛰고 솟치던 정열은, 그리하여 흐를 바를 찾음으로써 순간에 포근히 순화가 된다. 병아리는 알에서 까놓으면 바로 모이를 쫄 줄 안다. 미리서 배운 것은 아니다. 승재 같은 숫보기54)가 다들리면 포옹을 할 줄 알고 키스를 할 줄 아는 것도 언제 구경인들 했을까마는, 그러니 알에서 갓 나온 병아리가 이내 모이를 쪼아 먹는 재주와 다름이 없는 그런 재줄 게다. 안에는 물론 저희 둘 외에 아무도 없으니까 단출해서 좋다 하겠지만, 혹시 밖에서 누가 문이나 드르릉 열고 들어서든지 했으면 피차 무색할 노릇이다. 하기야 계봉이의 모친 유 씨가 이것을 목도했다면 대단히 만족을 했을 것이다. 병원이라는 게 어찌 꼬락서니가 이러냐고 장히 못마땅해서 이맛살을 찌푸리기는 했겠지만…. 그리고 또, 초봉이가 보았더라도 기뻐했을 것이다. 가령 둘이 모르게 돌아서서 저 혼자 눈물을 흘릴 값에, 동생 계봉이가 승재 그 사람을 사랑하게 된 것을, 또 승재 그 사람이 동생 계봉이를 사랑하게 된 것을 진정으로 기뻐하지 않질 못했을 것이고, 부랴부랴 서둘러서 결혼예식을 치르도록 두루 마련도 했을 것이다.

　암만해도 계집아이란 다른 겐지, 계봉이는 모로 비스듬히 외면을 하고 서서 저고리 고름을 야긋야긋 씹는다. 귀밑때기가 아직도 알아보게 붉다. 오히려 사내꼭지래서 승재가 부끄럼을 타지 않는다.

　"절러루 들어가지? 응?"

---

54) 숫보기: 순진하고 어리숙한 사람을 비유적으로 이르는 말.

"몰랏!"

"저거!"

승재는 신발장 안에 새로 그득히 사둔 끌신을 한 켤레 꺼내다가 계봉이 앞에 놓아주고서 어깨를 가만히 짚는다.

"자아, 구두 벗구 이거 신구서….."

"몰라 몰라! 난 갈래!"

"저거! 누가 메랬나?"

"해해해."

계봉이는 구두를 마룻바닥에다가 홀렁홀렁 벗어 내던지고는 끌신을 꿰는 둥 마는 둥, 쪼르르 복도를 달려 진찰실 앞에 가 서더니 해뜩 돌려다보면서,

"여기?" 한다.

"응."

"궁상맞게 눈을 끔쩍 고개를 꾸뻑, 그렇다고 대답을 하면서 승재는 계봉이가 야단스럽게 벗어 내던진 구두를 집어 한편으로 가지런히 놓는다.

계봉이는 진찰실로 들어서다가 천천히 따라오고 있는 승재를 또 해뜩 돌려다보더니 문을 타악 닫아버린다. 승재가 문을 열래도 안에서 계봉이가 꼭 잡고 안 놓는다.

"문 열어요, 잉? 나두 들어가게…."

"안 돼, 못 들온다누!"

"거 야단났게? 그럼 어떡허나?"

"잘못했다구 그래예지."

"잘못?"

"응."

"무얼 잘못했나?"

"저어…."

"응."

"저어, 몰라 몰라!"

"저거! 그럼 자, 잘못했―습―니―다―."

"하하하하!"

승재는 문이 열리는 대로 진찰실 안으로 들어선다. 네댓 평이나 됨직한 방인데, 차리기는 다 제대로 차려놓았다. 검정 양탄자를 덮은 진찰 침대, 책장, 기구장, 치료탁, 문서탁, 세면대, 가스, 다 제자리에 놓이고, 아직 손도 대지 않은 새것들이다.

계봉이는 문서탁 앞에 의사 몫으로 놓인 회전의자에 걸터앉아 두발을 대롱대롱한다. 승재는 멀찍이 있는 걸상을 끌고 와서 탁자 모서리로 계봉이 옆에 다가앉는다.

둘이는 서로 말끄러미 들여다본다. 무엇이 우스운지 제 자신들도 모르면서 자꾸 싱긋벙긋 웃는다.

"그래…."

"응!"

둘이는 아무 뜻도 없는 말을 이윽고 한마디씩 하고 나서는 또 마주 보고 웃는다.

"보지 말아요! 자꾸만…."

저도 보면서 계봉이는 예쁜 지천을 한다.

"보믄 못쓰나?"

"응."

"거 야단났게? …헤!"

"하하하!"

"좀 점잖어진 줄 알았더니 입때두 장난꾸레기루구먼?"

"몰랏!"

"인전 쬐꼼 점잖어야지?"

"왜?"

"어른이 될 테니깐…."

"어른이?"

"응, 오늘 절반은 됐구…."

"하하하… 그리구?"

"그리구 인제, 응?"

"응."

"그리구 인제, 우리 저어…."

더듬으면서 승재는 탁자 위에서 철필대를 가지고 노는 계봉이의 손을 꼬옥 덮어 쥔다.

"…인제 결혼하믄, 헤에…."

"겨얼혼?"

말을 그대로 받아 되뇌면서 잡힌 손을 슬며시 잡아당기는 계봉이의 얼굴은 더 장난꾸러기같이 빈들빈들하기는 해도 결코 장난이 아닌 만만찮은 기색이 완연히 드러난다.

"…누가 결혼한댔수?"

승재의 눈 끄먹거리는 얼굴을 빠아꼼 들여다보고 있다가 지성으로 묻는 것이다. 승재는 그만 뒤통수를 긁고 싶은 상호다.

"그럼 이게, 오늘 아까… 장난으루 그랬나?"

승재가 비슬비슬55) 떠듬떠듬하는 것을, 계봉이는 냉큼 받아,

"장난? 누가 또 장난이랬수?"

---

55) 비슬비슬: 힘없이 자꾸 비틀거리는 모양.

그러나 그럴수록 어쩐 영문인지를 몰라 얼떨떨한 건 승재다. 결혼이라
니까 펄쩍 뛰더니, 그럼 시방 이게 연애가 장난이냐니까 더 야단이다. 그
런 법도 있나? 결혼 안 할 연애가 장난 아니라? 장난이 아니라 연애를 하
면서 결혼은 안 한다?

승재는 암만 눈을 끔쩍거리고 머리를 흔들고 해도 모를 소리요, 도깨
비한테 홀린 것 같아 종작을 할 수가 없다.

"나 좀 봐요, 응?"

이번에는 계봉이가 저라서 승재의 손을 끌어다가 두 손으로 꽈악 쥐고
조물조물한다. 말소리도 은근하다.

"…남 서방두, 아이 참, 남 서방이라구 해선 못 쓰지! 뭐라고 하나? …
남 선생?"

"선생은 무슨 선생! 그냥 그대루 남 서방 좋지."

"그래두우…오 참, 못써 안 돼, 하하하하… 정말 산지기 같아서 안 돼?"

"산지기?"

"하하하! …아따, 아까 아침에 절러루 전화를 걸잖었수?"

"응."

"동무들한테 들켰다우. 그래 누구냐길래 우리 산지기라구 그랬더니,
하하하하…."

"거 좋군, 산지기… 허허허."

"가만있자… 아이이, 무어라고 불루? 응?"

"승재…."

"승? 재? …승재 씨, 그래? …건 더 어색한 걸?"

"아따, 부르는 거야 좀 아무러믄 어떻나? 되는대로 할 꺼지, 그렇잖어?"

"그럼 인제 좋은 말 알아낼 때까지만 그대루 남 서방이라구 부르께?
응?"

"응."

"그거 그러구 자아, 내 이야기 자세 들우? 응?"

"응."

"저어 남 서방이 말이지 날 좋아하지요?"

"좋아―하느냐구?"

"응, 아따 저어 사―랑―하는 거."

"으응, 그래서…?"

"글쎄, 남 서방 날 사랑하지요?"

"건 물어 뭘 하나! 새삼스럽게…."

"그렇지? …응, 그리구 나두 남 서방 사랑허구… 나, 남 서방 사랑하는 줄 알지요?"

"응."

"그렇지? …그럼 고만 아니우? 남 서방이 날 사랑하구, 내가 남 서방 사랑하구, 그게 연애 아니우?"

"응."

"그러니깐 그러믄 충분하구, 충분하니깐 만족해야 않어우? …결혼은 달라요!"

"어떻게?"

"연앤 정열허구 정열허구가 만나서 하는 게임이구, 그러니깐 연앤 아마추어인 셈이구…. 그런데 결혼은 프로페셔널, 직업인 셈이구…."

"그럴까! 온…."

"그러니깐 이를테면 학문허구 직업허구처럼 다르지…. 누가 꼭 취직하자구만 공불 허우?"

승재는 모를 소리요, 결혼이 약속 안 되는 정열은 암만해도 불안코 미흡한 것이었었다. 앞으로 승재의 소견이 어느 만치 트일는지 그것은 미지수이나, 또 계봉이가 장차 어떻게 해서 둘 사이의 이 '세기의 차이'를 조화라도 시켜낼는지야 또한 기약하기 어려운 일이나, 시방 당장 보기에는 승재의 주제에 계봉이 같은 계집아이란 게 도시 과분한가 싶다.

흥이 떨어져가지고 앉아 있는 승재를 방긋 들여다보고 있던 계봉이는 의자에서 발딱 일어서더니 뒤로 돌아가서 두 손을 승재의 어깨너머로 얹고 등에다 몸을 싣는다.

승재는 양편으로 계봉이의 손을 끌어다가 제 가슴에 포개 잡고 다독다독 다독거린다.

"남 서바앙?"

바로 귓바퀴에서 정다운 억양이 소곤거린다.

"응?"

"노였수?"

"아—니."

"왜 지레 낙심을 해가지군 이럴까? 응? 남 서방… 대답 좀 해봐요!"

"응."

"내가 언제 결혼을 않는다구 그랬나? …결혼한단 말은 안 했다구만 그랬지."

"…."

"그러니깐 시방은 이렇게…."

보드라운 볼이 수염 끝 비죽비죽 솟은 승재의 볼을 비비면서, 음성은 항상 콧소리다.

"이렇게 꼬옥 좋아하구, 좋아하니깐 좋잖우? 그리구 결혼은 인제 두구 봐서, 응? 이 말 잘 들어요. 연애란 건 원칙적으룬 결혼이란 목적지루 발전해나가는 본능을 가졌으니깐…. 그러니깐 우리두 무사하게 목적지까지 당도하믄 결혼이 되는 거구, 또 중간에 고장이 생기던지 하는 날이믄 결혼을 못하는 거구…. 그렇잖우?"

"그거야 물론…."

"거 봐요, 글쎄, 아 내가 낼이라두 갑자기 죽어버리든지 하믄 그것도 결혼 못하게 되는 거 아니우?"

"숭헌 소릴!"

"하하하… 그리구 또 이담에라두 내가 남 서방이 싫여나믄? …꼭 싫여나지 말란 법은 없잖우? 응?"

"글쎄…."

"글쎄가 아냐! 글쎄가 아니구, 그러니깐 싫여나믄 결혼 못 하는 거 아니우? 둘 중에 하나가 싫여두 결혼을 하나?"

"그야 안 되겠지…."

"거 봐요! …그렇지? 그리구 또…."

"또오?"

승재는 고개를 뒤로 젖히고 눈이 밝게 웃는다. 시무룩했던 것이 적이 가셨다. 실상 알고 보니 그리 대단스런 조건도 아니던 것이다.

서편 유리창 위께로 다 넘은 저녁 햇살이 가물가물 들이비친다. 변화라고 하자면 오직 그것뿐, 방안은 두 사람을 위해 종시 단출하고 조용하다.

계봉이는 승재가 무엇이 또 있느냐고 고개를 돌려 재우쳐 묻는 눈만 탐탁하여 들여다보다가 웃고 대답을 않는다. 노상 오늘 처음은 아니라도 사심 없고 산중의 깊은 호수 같아 만년 파문이 일지 않으리 싶게 고요한 눈이다.

이 눈이 소중하여, 계봉이는 장차 남 서방도 마음이 변해서 나를 마다고 하지 말란 법이 어디 있느냐는 말을 하기가, 실상 또 아무 상관도 없는 것이지만, 하갓 아름다운 것에 대하여 계집아이 티를 하느라 로맨스런 본능이랄까, 차마 그 말을 하기가 아까웠던 것이다. 그러했지, 눈이 좋대서 사랑이 영원하리라고 믿는 것도 아니요, 그뿐더러 아직은 영원한 사랑을 투정할 마음도 준비되어 있질 않다.

"아이 참, 그런데 말이우…."

계봉이는 도로 제자리로 와서 앉으면서 다른 말로 이야기를 돌린다.

"…그새 좀 발육이 된 줄 알았더니 이내 그 대중이우?"

"무엇이?"

승재는 언뜻 알아듣지 못하고 끄먹끄먹한다.

"이 짓 말이우, 이 병원… 글쎄 아무 소용없대두 무슨 고집일꾸?"

"소용이 없는 줄은 나두 알긴 아는데….."

"알아요? 어이꾸 마구 제법이구려? 하하하… 그래서 어떻게 그런 걸 다 아 알았수? 나한테 강의를 좀 해봐요."

"별것 있나? 가난한 사람두 하두 많구, 병든 사람두 많구 해서, 머….."

"안 되겠단 말이지요?"

"응… 세상의 인간이 통째루 가난병이 든 것 같아! 그놈 가난병 때문에 모두 환장들을 해서 사방에서 더러운 농이 질질 흐르구… 에이, 모두 추악하구….."

"그렇지만 가난한 사람이 가난한 게 어디 그 사람네 죈가 머….."

"죄?"

"누가 글쎄 가난허구 싶어서 가난하냔 말이우!"

"가난한 거야 제가 가난한 건데 어떡허나?"

"글쎄 제가 가난허구 싶어서 가난한 사람이 어딨수?"

"그거야 사람마다 제가끔 부자루 살구 싶긴 하겠지….."

"부자루 사는 건 몰라두 시방 가난한 사람네가 그다지 가난하던 않을 텐데 분배가 공평털 않아서 그렇다우."

"분배? 분배가 공평털 않다구?"

승재는 그 말의 촉감이 선뜻 그럴싸하니 감칠맛이 있어서 연신 고개를 꺄웃꺄웃 입으로 거푸 본다. 그러나 지금의 승재로는 책을 표제만 보는 것 같아 그놈이 가진 매력에 구미는 잔뜩 당겨도 읽지 않은 책인지라 그 표제에 알맞은 내용을 오붓이 입에 삼키기 좋도록 알아내는 수는 없었다. 사전에서 떨어져 나온 몇 장의 책장처럼 두서도 없고 빈약한 계봉이의 '분배론'은 승재를 입맛이나 나게 했지 머리로 들어간 것은 없고 혼란만 했다.

"선생님이 있어야겠수, 하하하."

계봉이는 그 이상 깊이 들어가서 완전히 설명을 할 자신이 없어 이내 동곳을 빼고56) 만다.

"선생님? 글쎄… 난 이런 생각을 하구 있는데….

"무얼? 어떻게?"

"큰 화학실험실을 하나 가지구서…."

"그건 무얼 하게?"

"연구….

"연구?"

"공기 속에 무진장으루 들어 있는 원소를 잡아가지구….

"응."

"아주 값이 헐한 영양물이라든지 옷감이라든지 무엇이구 사람이 생활하는 데 필요한 건 다아 맨들어내는 그런….

"내, 온! …아, 인조견이 암만 헐해두 헐벗는 사람이 수두룩한 건 못 보우?"

"시방보다 더 헐하게… 옷 한 벌에 일 전이나 이 전씩 받을 껄루 맨들

---

56) 동곳을 빼다: 힘이 모자라서 복종하다.

어내지!"

"그건 공상 이상이니깐 고만둬요! 고만두구 자아 이것이 소용없는 줄 알았으믄서 왜 또 시작은 해요?"

"그래두 눈으루 보군 차마 그냥 있을 수가 있어야지, 별반 소용이 없구 기껏해야 내 맘 하나 즐겁자는 노릇인 줄 알긴 알면서두…."

"난 몰라요! 결혼하자믄서 무얼루 맥여 살릴 텐구? …쫄쫄 가난하게 사는 거 나 싫어! 나두 몰라! 머…."

계봉이는 응석하듯 쌀쌀 어깨를 내두른다. 승재는 그게 굴져서 히죽이 웃으면서…,

"괜찮어. 이 병원만 가지구두 그리고 인심 써가면서라두 돈은 벌자면 벌 수 있으니깐 머, 넉넉해."

"난 몰라! 저 거시키, 우리 집 못 봐요? 가난 핑계 대구서 얌체 없이 자식이나 팔아먹구, 파렴치!"

계봉이는 입에 소태를 문듯이 쓰게 내뱉는다.

승재는 마침 생각이 나서 올라오던 그 전날 계봉이네 집 가게에 잠깐 들렀었다고(정 주사 내외가 싸움질하던 것은 빼놓고) 본대로 들은 대로 대강 이야기를 했다. 그리고 그럭저럭하면 먹고 살아는 가겠더라고 제 의견도 붙여 말했다.

그러나 계봉이는 형의 소청으로 제가 부탁 편지를 하기는 했지만, 실상 제 소위 '파렴치'한 저의 집과는 이미 마음으로 절연을 했던 터라, 그네가 잘산다건 못산다건 아무 주의도 흥미도 끌리지를 않았고, 제 형 초봉이한테 전갈이나 해줄 거리로 뒷결에 대강 들어두기나 한다.

계봉이한테는 차라리, 명님이를 몸값 감아주고서 데려다가 간호부 견습을 시키겠다고 하는 그 간호부란 소리에 귀가 솔깃하여, 나도 좀 하는 샘이 가만히 났다. 이것은 그러나 승재 옆에 명님이라는 계집아이가 있게 되는 것을 노상 텃세하고 시새워하고 해서만 그러는 것은 아니지만.

집안과 이미 그래서 마음으로 절연을 한 계봉이는, 그네가 못 살아가고 있으면 말할 것도 없거니와, 설혹 잘 살아간다고 하더라도 장차에 그네와 생활의 교섭을 갖는다거나 더욱이 결혼 전에 장성한 계집아이로서의 몸 의탁을 한다거나 할 의사는 조금도 갖고 있지를 않았다. 그러고보니 비록 총명도 하고 다부져 독립 자행할 자신과 자긍을 가진 계집아이기는 해도, 때로는 고아답게 몸의 허전함과 그 몸의 허전한 네서 우러나오는 명일의 불안을 느끼지 않을 수가 없었다. 물론 그런 것을 가지고 비관을 하거나 하지를 않고 늘 무엇이 어때서 그럴까보냐고 싹싹 뭉시려버리고 무시를 하기는 하지만, 그러나 제 자신 주의를 하고 않는 여부 없이, 이십 안팎의 계집아이로 결혼 생활에 대한 명일에의 불안이 노상 없다는 것은 오히려 빈말일 것이다. 하기야 형 초봉이가 동기간의 살뜰한 우애로 끔찍이 위해주기는 하나, 초봉이 제 자신부터 앞일을 기약할 수 없는 처지니 거기다가 어떠한 기대를 두어 둘 형편도 못 되거니와 되고 안 되고 간에 아예 그리할 생각조차 먹질 않는다. 학교를 다니지 않는 것은 고사하고 그대로 몸을 의탁해서 있는 것도 결백치 않다 하여 제 먹을 벌이를 제가 하느라 직업을 가지기까지 한 터이니…. 그런데 지금 직업이라는 게 그다지 투철해서 다 자란 계집아이 하나의 앞뒷일을 안심코 보장할 수 있는 것이냐 하면 그렇지를 못하고 기껏해야 소일거리 푼수밖에는 안 되는 것이다. 그러니 남과도 달라, 일반으로 남들이 그러하듯이 결혼이라는 가장 안전해 보이는 '직업'을 바꿔 일찌감치 몸 감장을 할 유념이나 할 것이지만, 승재가 결혼 소리를 내놓는다고 오히려 지천을 하던 것이 아니냐.

계봉이는 결단코, 지레 결혼에로 도피도 하지 않고, 가정이나 남한테 구구히 의탁도 하지 않고, 다만 혼자서 젊은 기쁨을 자유롭게 생활하고 싫고, 그것을 변하려고도 않는다. 그러므로 그것의 한 방편으로서 직업을 실하게 갖자니까 기술이 그립던 것이다.

"나두 간호부, 응?"

계봉이는 숫제 손바닥을 내밀고 사탕이라도 조르듯 한다.

"간호부?"

승재는 계봉이가 바륵바륵 웃으면서 그러는 것이 장난엣말인 줄 알고 저도 웃기만 한다.

"왜? 난 못쓰우?"

"못쓸 건 없지만….'"

"그런데 왜?"

"하필 간호부꼬?"

"해해… 그럼 약제사? 또오 의사? 더 좋지 머? …낼버틈이라두 오께시니 배워줘요, 응?"

"안 돼, 소용없어."

"왜?"

"인제 얼마 안 있어서 시험이 없어지는데 머… 그래두….'"

"어쩌나!"

"그래두 우리 계봉인 걱정 없어."

"정말?"

"그으럼!"

"어떻게?"

"어느 의학전문이나 또오, 약학전문이나 들어갈 시험 준빌 하라구."

계봉이는 좋아서 금세 입이 벌어지다가 말고 한참 승재를 바라보더니,

"싫다누!" 해버린다.

"싫다니?"

"싫여!"

"내가 공부시켜줘두 챙피한가? 액색한가?"

"그건 아니지만…."

"그런데 왜? …응?"

"싫여!"

"대체 왜 싫대누?"

"공부시켜주는 의리가 연애나 결혼을 간섭할 테니깐…."

계봉이는 여전히 웃으면서 승재의 낯꽃을 본다.

승재는 어처구니가 없다고 실소를 하려다가 도리어 입이 뚜우 나온다.

"쓰잘디없는 소리 말아요. 아무런들 내가 머 그만 공부 못 시켜줄 사람인가? 내가 공부 좀 시켜준 값으루 결혼 억지루 하쟀까? …오온!"

"남 서방은 다아 그렇다지만, 내가 그렇덜 못하믄 어떡허나? 결혼은 할 수가 없는데 결혼으루라두 갚어야 할 의리라믄."

"혼동할 필요는 없어."

"필요가 없는 줄 알지만 이론보다두 실지가 더 명령적인 걸 어떡허나?"

마침 전등이 힘없이 들어와서 켜진다. 아직 긴치 않는 광선이다. 그래도 승재는 생각이 들어 벌떡 일어선다.

"자, 그건 숙제루 둬두구서… 나허구 여기서 우선 저녁이나 먹더라구?"

"글쎄…."

"무얼 대접하나? 이런 아가씰 상밥집으루 모시구 갈 순 없구, 헤!"

"상밥? 여관두 안 정했수?"

"여관은 별것 있나! 더 지저분하지… 병원 뒤루 조선집이 한 채 따른 게 있어서 자취를 할까허구 아직 상밥을 먹구 있지."

"그 궁상 좀 이전 고만둬요! 자취 무어구 상밥은 무어야!"

"그렇거들랑 계봉이가 좀 와서 있어주지?"

"그럴까보다? 재밌을걸!"

"식모나 하나 두구서… 오래잖어 명님이두 올라오구 할 테니깐 동무 삼아서…."

"하하하! 누가 보믄 결혼했다구 그러게?"

"헤, 괜찮어, 누이라구 그러지?"

"누이라구 했다가 결혼은 어떡허나?"

"어떻나? …그런데 웃음엣말이 아니라, 언니 집에 있다가 마땅찮다면서 낼이라두 오게 하지?"

"언니 떼어놓구서 나 혼자 나오던 못 해요. 그러기루 들었으믄야 벌써 하숙이라두 잡구 있었게?"

계봉이는 형 초봉이를 곰곰 생각하고 얼굴을 흐린다.

승재 역시 초봉이라면 한 가닥 감회가 없지 못한 터라 묵묵히 뒷짐을 지고서 계봉이가 앉았는 등 뒤로 뚜벅뚜벅 거닌다.

계봉이는 이윽고 있다가 몸을 돌리면서 승재의 가운 자락을 잡고 끈다.

"저어어, 언니두 데리구 같이 오라구 하믄 오지만…."

"언니두 데리구?"

"왜? 못써?"

"아아니 못쓴다는 게 아니라…."

"그런데 왜?"

"아냐, 난 아무래도 괜찮지만…."

"날 공부시켜주느니 차라리 그렇게 해줬으믄 착한 남 서방이지?"

"그런 교환 조건이야 머…."

건성으로 중얼거리면서, 승재는 딴생각을 하느라고 도로 마루청을 오락가락한다. 승재는 초봉이가 그새 경난해 내려온 사정의 곡절이랄지, 더구나 시방 생사조차 임의로 할 수 없게끔 절박한 사세인 줄까지는 아직 모르고 있다.

계봉이가 한번 서신으로 대강 경과를 적어 보내주기는 했었으나 지극히 간단한 줄거리뿐이어서 그걸로 깊은 정상을 짐작할 재료는 되지 못했었다. 그래서 그저 막연하게 불행하거니 해서, 안되었다고, 종차 기회를 보아 달리 새로운 생애를 개척하도록 권면도 하고 두루 주선도 해주고 하려니, 역시 막연은 하나마 준비된 성의가 없던 것은 아니다. 그런데 막상 이날에 계봉이와 드디어 마음을 허하여 서로 낯터놓고 시내게 된 계제이자, 공교롭다할는지, 동시에 가서 초봉이를 저희들의 사랑의 울타리 안으로 불러들인다는 문제가 생기고 본즉 승재로서는 더욱 불길스런 생각이 들지 않질 못했다.

만약 셋이서 그렇듯 그룹을 이루었다가 서로서로 새에 어떤 새로운 감정의 파문이 일어나가지고, 그로 하여 필경 착잡한 알력이 생기든지 하고 보면 어떻게 할 것이냐. 그럴 날이면, 결국은 가서 일껏 구해주었다는 초봉이한테 도리어 새로운 슬픔과 불행을 갖다가 전장시키게 될 것이 아니냐.

미상불 그러했다. 그러나 좀 더 깊이 캐고 보면, 그것도 그것이지만, 그와 같은 감정의 알력으로 해서 승재 저와 계봉이와의 사이에 파탈이 생기지나 않을까 하는 게 보다 더 절박한 불안이었던 것이다. 그러나 거기서 한 번 더 그 밑을 헤치고 본다면, 또다시 미묘한 심경의, 약한 이기심의 갈등이 얽히어 있음을 볼 수가 있었다.

승재는 초봉이에게 대한 첫사랑의 기억을 완전히 씻어버리지는 못한 자다. 물론 그것은 욕망도 없고 미련도 아닌 한날 가슴에 찍혀져 있는 영상일 따름이기는 하다. 하지만 소위 첫사랑의 자취라면 마치 어려서 치른 마맛자국 같아 좀처럼 가시질 않는 흠집이다. 흠집일 뿐만 아니라, 가령 몸과 마음은 당장 이글이글 달구어진 새 정열의 도가니 속에서 다 같이 녹고 있으면서도 일변 첫사랑의 자취에서는 연연한 옛 회포가 제 홀로 한가로운 소요를 하는 수가 없지 않다.

결국 촌 가장자리에 유령이 나와서 배회하듯 '사랑의 유령'이지 별수 없는 것이다. 그러나 어쨌든 승재는 아직도 망부 아닌 그 사랑의 유령을 가끔 만나 햄릿의 제자 노릇을 일쑤 하곤 했었다. 그럴뿐더러 그는 제 마음을 미루어, 초봉이도 응당 그러하려니 짐작하고 있다. 이렇듯 제 자신이 저편을 완전히 잊지 못하고 있고, 저편에서도 그러한 줄로 여기고 있기 때문에, 만약 초봉이와 한 울안에서 조석 상대의 밀접한 생활을 하고 보면, 정이 서로 다시 얽혀 마침내 가장 불쾌한 결과를 보고라야 말게 되지나 않을까 이것이다. 즉, 제 자신의 약점을 위험 앞에 들어내 놓기가 조심이 되어 뒤를 내던 것이다.

승재는 전에도 시방도 그리고 앞으로도 초봉이에게 대한 동정은 잃지 않을 생각이다. 그러나 이미 뭇 남자의 손에 치어 정조적으로 순결성을 잃어버린 여자, 초봉이를 갖다가 결혼의 상대로 삼을 의사는 꿈에도 없을 소리다. 하물며 계봉이를 두어두고서야… 사내 쳐놓고 고만한 결벽이야 누구는 없을까마는 승재는 가뜩이나 그게 더한데다가 일변 소심하기 또한 다시없어, 이를테면 시방 해변가의 놀란 조개처럼 다뿍 조가비를 오므리는 양이다.

계봉이는 종시 오락가락 서성거리는 승재를 잡다가 제자리에 앉혀 놓고 안존히 이야기를 시작한다.

"그때 언니가 서울 올라오다가 종로서 박제호를 만나가지구…." 이렇게 거기서부터 시초를 내어….

초봉이는 제가 치르던 전후 풍파를 그동안 여러 차례 두고 동생한테 설파를 했었고, 그래서 계봉이는 그것을 다 그대로 승재에게다 되옮겨 들려주었다. 그리고 작년 가을부터는 직접 제 눈으로 보아온 터라, 장형보의 인물이며, 그와 초봉이와의 부자연한 관계며, 송희에게 대한 초봉이의 지나친 애정이며, 또 요즈음 들어서는 바싹 더 절망이 되어 사선에서 헤매는 정상이며, 그의 심경, 그의 건강, 그리고 송희를 두고 느끼는 형보의 위협과 해독, 이런 것을 차라리 초봉이 자신이 이야기할 수 있는 이상으로 세밀하게, 그러나 요령 있게 잘 설명을 할 수가 있었다.

한 시간이나 거진 이야기는 길었다. 그리고 맨 마지막에 가서,

"그러니깐 암만 보아도 눈치가, 송흴 갖다가 장가 녀석의 위협이며 해독에서 구해낼 겸, 그 앤 내게다 맽기구서 자긴 죽어버릴 생각인가 봐!"
하고 끝을 맺는다.

승재는 마침내 크게 격동이 되지 않질 못했다. 견우코 미견양[57]의 그 양을 본 심경이라 할는지, 좌우간 해변가의 소심한 조개는 바스티유 함락같이 형세 일변했다. 이야기를 듣는 동안 승재의 거동은 요란스러웠다. 얼굴이 붉으락푸르락했다가 절절히 감동을 했다가 주먹을 부르쥐고 코를 벌씸벌씸했다가 마루가 꺼져라 한숨을 내쉬었다가…. 그러하다가 마침내 초봉이가 헐수할수없이 자결이라도 하지 않지 못하게 되었다는 대문에 이르러서는 그만 참지 못해,

"빌어먹을 놈의!"

볼먹은 소리를 버럭 지르더니 금시로 굵다란 눈물방울이 뚝뚝 떨어져 내린다. 그놈을 커다란 주먹으로 꾹꾹 씻으면서 두런두런,

"그런 놈을 갖다가 그냥 두구 본담! 마구 죽여놓든지…."

계봉이는 같이서 흥분하기보다도 승재의 흥분하는 양이 우스워서, 미소를 드러내고 바라보다가 문득 고개를 가로 흔든다.

---

57) 견우코 미견양(見牛未見羊): 소는 보고 양은 보지 않았다는 뜻으로, 무엇이나 보지 않은 것보다는 직접 눈으로 보고들은 것에 대하여 한층 더 생각하게 된다는 말.

"그래두 육법전서가 다 보호를 해주잖우? 생명을 보호해주구, 또 재산두 보호해주구… 수형법이라더냐 그런 게 있어서, 고리대금을 해먹두룩 마련이구… 머, 당당한 시민인걸! 천하 악당이라두…."

승재는 두 팔을 탁자 위에 세워 턱을 괴고 앉아서 앞을 끄윽 바라다본다. 얼굴은 골똘한 생각에 잠겨, 양미간으로 주름이 세 개 굵다랗게 팬다. 육법전서가 보호를 해준다고 한 계봉이의 그 말이 방금 승재한테 신선한 자극을 주었던 것이다. 그것이 비록 '라 마르세유'처럼 분하진 못해도 마치 박하를 들이킨 것 같아 아프리만큼 시원했다.

승재는 머릿속이 그놈 박하 기운으로 온통 어얼얼, 화아해서 시원하기는 하나, 어디가 어떻다고 꼭 집어낼 수가 없었다. 시방 이맛살을 찌푸려가면서 생각하기는 그의 중심을 찾아내자는 것이다.

계봉이는 무얼 저리 생각하는가 싶어 그대로 두어두고서 저 혼자 손끝으로 탁자 복판을 똑똑, 박자 맞추어 몸을 앞뒤로 가볍게 흔든다.

이윽고 침묵이 계속된 뒤다. 갑갑했던지 계봉이가 승재의 팔을 잡아당긴다.

"응?"

승재는 움칫 놀라다가 비로소 정신이 들어 거기 계봉이가 있음을 웃고 반긴다.

"…무얼 그렇게 생각해요?"

"머어, 별것 아냐… 헌데에, 자아 언닐 우선 일러루라도 데려오는 게 좋겠군?"

누가 만만히 놓아준대서까마는 그런 건 상관없고 승재의 말소리며 얼굴은 자못 강경하다. 가슴에 붙은 불이 아직 그를 바르게 어거해나갈 '의사'가 트이지 않아, 종잇조각 투구에 동강난 나무칼을 휘두르면서 비루먹은 당나귀를 몰아 풍차로 돌격하는 체세이기는 하나, 초봉이를 뺏어내어 괴물 장형보를 퇴치시킴으로써 육법전서에게 분풀이를 할 요량인 것만은, 승재로서는 제법한 발육이 아닐 수 없었다.

"정말? 아이 고마워라!"

계봉이는 좋아라고 냉큼 일어서더니 아까처럼 승재의 등 뒤로 가서 목을 싸안는다.

"…우리 착한 되련님, 하하하."

"저어 어떻게 하더라구?"

"응, 어떻게?"

"우선 언니더러 그렇게 하자구 상일 하구서…."

"좋아서 얼른 대답할 거 머… 다른 사람두 아니구 남 서방이 들어서 다아 그래 준다는데야…. 아이 참! 이거 봐요…. 언니가아 시방두우, 응? 남 서방을 못 잊겠나봐!"

"괜헌 소릴!"

"아냐, 더러 말말끝에 남 서방 이야기가 나오구, 그럴 때믄 낯꽃이 여간만 다르질 않아요, 정말…."

"그럴 리가 있나!"

승재는 그렇다면 필경 야단이 아니냐고 잊었던 제 걱정이 도로 도져서 혼자 땅이 꺼진다. 그러자 계봉이가 별안간,

"오오, 참…." 하면서 승재의 어깨를 쌀쌀 잡아 흔든다.

"…그렇다구 괘애니, 언니허구 둘이서 어쩌구저쩌구해가지굴랑, 날 골탕멕였다만 봐? …머, 난 몰라 몰라! 머…."

"뭘! 계봉인 나허구 결혼도 할는지 말는지 그렇다면서?"

"뭐어라구?"

보풀스럴 것까지는 없어도 방금 응석하던 음성은 아니다.

계봉이는 승재의 가슴에 드리웠던 팔을 거두고 제자리로 와서 앉는다.

승재는 이건 잘못 건드렸나보다고, 무색해서 히죽히죽 웃는다. 그러나 승재를 빠끔히 들여다보고 있는 계봉이의 얼굴은 하나도 성난 자리는 없다. 장난꾸러기 같은, 또 어떻게 보면 시뻐하는 것 같은 미소가 입가로 드러날 뿐 아주 천연스럽다.

"정말이우?"

"아냐, 아나. 오해하시 말라구, 헤헤."

"내, 시방이라두 집에 가서 언니 보내주리까?"

"아냐! 난 계봉이가 무어래나 보느라구 그랬어."

"이거 봐요, 남 서방! …머 이건 내가 괜히 지덕을 쓰는 것두 아니구 아주 진정으로 하는 말인데… 난 죄꼼두 거리낄라 말구서 그렇게 해요! … 언닌 아직까지 남 서방을 못 잊는 게 분명하니깐 남 서방두 언니한테 옛 맘이 남았거들랑 다 그렇게 하는 게 좋아요…. 머 아무 걱정두 할라 말구서…."

"아니래두 자꾸만!"

"글쎄, 아니구 무어구는 두구 봐야 하지만, 아무튼지 내 이야긴 참고 삼아서라두 들어봐요. 응? …난 왜 그런고 하니 '오올 오어 낫싱', 전부가 아니믄 전무, 응? 사랑을 전부 차지하지 못하느니 조각은 그것마저두 일 없다는 거, 알지요? …그렇다구 내가 언닐 두구 질투를 하느냐믄 털끝만 치두 그런 맘은 없어요. 사실 이건 질투 이전이니깐. 난, 난 말이지, 여러 군디루 분열된 사랑에서 한몫만 얻느니 치사스러 차라리 하나두 안 받구 말아요…. 사랑일 테거들랑 올 하나두 빗나가지 않은 채루 옹근 사랑, 이거래야만 만족할 수 있는 거지, 그렇잖군 아무것두 다아 의의意義가 없어요. 전체의 주장, 이건 자랑스런 타산이라우, 애정의 타산…."

붙임성 없이 쌀쌀한 것도 아니요, 또 격해서 쏟쳐 오르는 폭백暴白[58]도 아니요, 열정은 혀 밑에 넌지시 가누고 고삐를 늦추지 않아 차분하니 마침 듣기 좋은, 그래서 오히려 어떤 재미있는 담화 같다.

승재는 인제는 마음이 흐뭇해서 넓죽한 코를 연신 벌씸벌씸 입이 절로 자꾸만 히죽히죽 벌어진다. 건드려는 놓고도 이 엉뚱스런 정열이 되레 흡족했던 것이다.

계봉이는 이내 꿈을 꾸는 듯 그 포즈대로 곰곰이 앉아 말을 잇는다.

"…삼 년! 아니 그 안해 겨울부터니깐 그리구 내 나이 열여섯 살이었으니깐 햇수로는 사 년이겠지…. 히긴 그때야 철두 안 든 어린앤 걸 무엇이 무엇인지 알기나 했나! 거저 따르기나 했지. 그것이 나두 몰래, 남 서방두 모르구, 우린 씨앗 하나를 뿌렸던 게 아니우? …그런 뒤루 사 년, 내 키가 자라나구 지각이 들어가구 그렇듯이 그 씨앗두 차차루 자라서 싹이 트구 떡잎이 벌어지구 속잎이 솟아오르구 그래서 뿌리가 백히구 가지가 뻗구 한 것이 시방은 한 그루 뚜렷한 남구가 됐구… 그걸 가만히 생각하믄 퍽 희안스럽기두 허구… 통하잖아요?"

실상 동의를 구하는 말끝도 아닌 걸, 승재는 제 신에 겨워 흥흥, 연신 고개를 끄덕거린다.

"…그런데 말이지요. 애정이라껀 '에르네기 불멸'두 아니구, 또 '불가입성'두 아니니깐… 그샛동안, 내가 남 서방을 잊어버린다든지, 혹 잊어버리던 않었더래두 달리 한 자리 애정을 길른다든지 그럴 기회가 없으란 법이 없는 것이지만… 머 그랬다구 하더래두 그게 배덕의 짓두 아니구… 그래 아무튼지, 내가 시방 남 서방을 온전히 사랑을 하긴 하나 본데, 또 그렇다 해서 그걸 갖다가 무슨 자랑거리루 유세를 하는 건 절대루 아니구, 더구나 빚을 준 것이 아닌 걸 갚아달라구 부등부등 조를 머리가 있어요? 졸라서 받는 건 사랑이 아니라 동정이니깐…."

---

58) 폭백(暴白): 성을 내어 말함.

"자알 알았습니다…."

승재는 슬며시 쥐고 주무르던 계봉이의 손을 다독다독 다독거려주면서,

"…그리구 나두 시방은 계봉이처럼, 응? 저어 거시키…."

헤벌씸 웃는 승재의 얼굴을 짯짯이 보고 있던 계봉이는 딴생각이 나서 입술을 빙긋한다. 역시 기교가 무대요 사람이 진국인 데는 틀림이 없으나, 그 인면 근육의 움직이는 양이 어떻게도 눈한지 바보스럽기 다시없어 보였다. 그러니 그저 사범과 출신으로 시골 보통학교에서 십 년만 속을 썩인 메주같이 생긴 올드미스가 이 사람한테는 꼬옥 마침감이요, 그런 자리에서다가 중매나 세워 눈 딱 감고 장가나 들 잡이지 도시의 연애란 과한 부담이겠다고, 이런 생각을 해보면서 혼자 웃던 것이다.

계봉이는 신경도 제 건강과 한가지로 건실하다. 그렇기 때문에 그는 현대적인 지혜를 실한 신경으로 휘고 새기고 해서 총명을 길러간다. 만약 그렇지 않고서 시혜에 좀먹힌 말초 신경적인 폐결핵 타입의 영양이었다면(하기야 그렇게 생긴 계집애는 아직은 없고 이 고장의 '지드'나 '발레리'의 종자들이 쓰는 소설 가운데서 더러 구경을 할 따름이지만, 그러므로 가사 말이다.) 그렇듯 우둔하고 바보스런 승재의 안면 근육은 아예 그만한 풍자나 비판으로는 결말이 나질 않았을 것이다.

분명코 그 아가씨는 템씨나, 또 동물원의 하마 같은 걸 구경할 때처럼 승재에게서도 병든 신경의 괴상한 흥분을 맛보았기 아니면, 야만이라고 싫증을 내어 대문 밖으로 몰아내기가 십상이었을 것이다. 그러나 그렇다고 또, 계봉이는 그러면 마치 엊그제 갓 시집온 촌색시가 중학교에 다니는 까까중이 새서방의 다 떨어진 고쿠라 양복을 비단치마와 한 가지로 양복장 속에다가 소중히 걸어놓듯 그렇게 촌스럽게 승재를 위하고 그가 하는 일은 방귀도 단내가 나고 이럴 지경이냐 하면 그건 아니다.

그런 둔한 떠받이도 아니요, 또 말초신경적인 병적 감상도 아니요, 계

봉이는 극히 노멀하게 비판해서 승재의 부족한 곳을 다 알고 있다.

안팎이 모두 고색이 창연하고, 우물우물하고 굼뜨고, 무르고, 주변성 없고, 궁상스럽고, 유치하고 그리고 또 연애라니까 단박 결혼 청첩이라도 박으러 나설 쑥이고… 등속이다. 이러해서 저와는 세기가 다른 줄까지도 계봉이는 모르는 게 아니다. 그렇건만 계집아이에 첫사랑이라는 게(첫사랑이 풋사랑이라면서) 그게 수월찮이 맹랑하여 길목버선에 비단 스타킹 격의 무서운 아베크를 창조해놓았던 것이요, 그놈이 그래도 아직은(남들이야 흉을 보거나 말거나) 저희는 좋아서 희희낙락 대단히 유쾌하니 할 말이 없는 것이다.

초봉이의 일 상의를 하느라 이야기는 다시 길어서, 여덟 시가 지난 뒤에야 둘이는 같이 종로까지 나가기로 하고 자리를 일어섰다. 근처에서 매식이 변변칠 못하니 종로로 나가서 저녁도 먹을 겸, 저녁을 먹고는 그 길로 초봉이를 만나러 가기로….

초봉이와는 셋이 앉아, 미리 당자의 의견도 듣고 상의도 하고 그런 뒤에 형편을 보아, 그 당장이고, 혹은 내일이고, 승재가 형보를 대면하여 우선 온건하게 담판을 할 것, 그래서 요행 순리로 들면 좋고, 안 들으면 그때는 달리 무슨 방도를 구처할 것, 이렇게 얼추 이야기가 되었던 것이다. 무릎하기란 다시없는 소리요, 그뿐 아니라 온건히 담판을 하겠다고 승재가 형보한테 선을 뵈다니 긴치 않은 짓이다. 형보가 누구라고 온건한 담판은 말고 백날 제 앞에 꿇어앉아 비선을 해도 들어줄 리 없는 걸, 그리고 완력 다짐을 한댔자 별반 잇속이 없을 것인즉, 그다음에는 몰래 빼다가 숨겨두는 것뿐인데, 그렇다면 승재까지 낯알음을 주어서 장차에 눈 뒤집어쓰고 찾아다닐 형보에게 들킬 위험만 덧들이다니….

이 계책은 대체로 계봉이의 의견을 승재가 멋모르고 동의한 것이나. 계봉이는 물론 승재보다야 실물적으로 형보라는 인물을 잘 알기 때문에 좀 더 진중하고도 다구진 첫 잡도리를 하고 싶기는 했으나, 섬뻑 좋은 꾀가 생각이 나지를 않았었다. 그래서 할 수 없이 우선 그렇게 해보되 약차하면 기운 센 승재가 주먹이라도 해대려니 하는 애기 같은 안심이었던 것이다.

어깨가 자꾸만 우쭐거려지는 것을 진득이 누르고, 승재는 가운을 벗고서 양복저고리를 바꿔 입는다. 갈 데 없는 검정 사지의 쓰메에리 양복 그놈이다.

계봉이는 바라보고 섰다가 빙긋 웃는다. 승재도 그 속을 알고 히죽 웃는다.

"저 주젤 언제나 좀 면허우?"

"응, 가만있어. 다아 수가 있으니⋯."

계봉이는 그의 어깨에 가 매달리면서⋯,

"수는 무슨 수가 있다구! ⋯그러지 말구, 응? 이거 봐요."

"응."

"선생님 됐으니깐 나한테 턱을 한탁 해요!"

"턱을 하라구? ⋯하지, 머."

"꼬옥?"

"아무렴!"

"내가 시키는 대루?"

"응."

"옳지 됐어⋯. 인제 시방 나간 길에 양복점에 들러서 갈라 붙인 새 양복 한 벌 맞춰요, 응?"

"아, 그거? ⋯건 글쎄 한 벌 생겼어."

"생겼어? 저어거! ⋯그런데 왜 안 입우?"

"아직 더얼 돼서⋯ 여기 강 씨가, 이거 병원 같이하는 강 씨가 고쓰가

이 같다구 못쓰겠다구, 헤에… 그래 축하 겸 자차 한 벌 선사한다나? 헤!"

"오옳아… 나두 그럼 무어 선살 해야지? 무얼허나? 넥타이? 와이샤쓰?"

"괜찮아. 계봉인 아무것두 선사 안 해두 좋아."

"어이구 왜 그래!"

"그럼 꼭 해야 하나? 그렇거들랑 아무 거구 값 헐한 걸루다가 한 가지…."

"넥타일 할 테야, 아주 휘언한 놈으루… 하하하하, 넥타이 매구 갈라 붙인 양복 입구, 아이 그렇게 채리구 나선 거 어서 좀 봤으믄! 응? 언제 돼요? 양복."

"내일 아침 일찍 가져온다구 했는데…."

"낼 아침? 아이 좋아!"

계봉이는 애기처럼 우줄거린다. 승재는 나갈 채비로 유리창을 이놈 저놈 단속하고 다닌다.

"그럼 이거 봐요, 낼, 낼이 마침 나두 쉬는 날이구 허니깐, 응?"

"놀러 가자구?"

"응… 새 양복 싸악 갈아입구, 저어기…."

"저어기가 어딘가?"

"저어기 아무 디나 시외루…."

"거, 좋지!"

"하하, 새 양복 입구 '아미'데리구, 오월 달 날 좋은 날 시외루 놀러 가구, 하하 남 서방 큰일 났네!"

"큰일? 거 참 큰일이군…. 그리구저러구 내일 그렇게 놀러 나가게 될는지 모르겠군."

"왜?"

"오늘 낼이라두 언니 일을 서둘게 되면…."

"그거야 일이 생기믄 못 가는 거지만… 그러니깐 봐서 낼 아무 일두 없 겠으믄 말이지… 옳아 참, 언니두 데리구 송희두, 송흰 남 서방이 업구 가구, 하하하하."

계봉이는 허리를 잡고 웃고, 승재도 소처럼 웃는다. 조금만 우스워도 많이 웃을 때들이기야 하다.

승재는 진찰실 문을 밖으로 삼그느라고 한참 꾸물거리다가 겨우 돌아 선다.

"내가 애길 업구 간다? …건 정말루 고쓰가이 같으라구? 헤헤."

사실은 그렇게 하고 나서면 고쓰가이가 아니라, 짜장 초봉이와 짝이 된 아비의 시늉이려니 해서, 불길스런 압박감이 드는 것을 제 딴에는 농 담으로 눙치던 것이다. 이렇게 소심하고 인색스런 데다 대면 계봉이는 오히려 대범하여, 그런 좀스런 걱정은 않고 노염도 인제는 타지 않는다. 그러기 때문에 승재의 그 말을 받아 얼핏,

"고쓰가이 같은가? 머, 애기 아버지 같을 테지, 하하하." 하면서 이죽인 다. 계봉이가 이렇게 털어놓는 바람에 승재도 할 수 없이 파탈이 되어,

"애기 아버지면 더 야단나게? 누구 울라구?" 하고 짐짓 한술 더 뜬다. 그러나 되레 되잡혀…,

"날 울리믄 요옹태지! …난 차라리 우리 송희가 남 서방같이 착한 파파 라두 생겼으믄 좋겠어!"

"연앨 갖다가 게임이라더니 암만 해두 장난을 하나 봐!"

승재는 구두를 꺼내면서 혼자 두런거리고, 계봉이는 지성으로 얼굴을 들여다보면서,

"왜? 소내기 맞었수? 무얼 자꾸만 쏭얼쏭얼허우?"

"장난하긴 아냐!"

"네에, 단연코 장난이 아닙니다아요! 되렌님."

"그럼 무어구?"

"칼모틴 형이나 수도원 형이 아닐 뿐이지요. 칼모틴 형 알아요? 실연허구서 칼모틴 신세지는 거… 또 수도원 형은 수녀살이 가는 거."

"대체 알기두 잘은 알구, 말두 묘하게 만들어댄다! 원 어디서 모두 그렇게 배웠누?"

승재는 어이가 없다고 뻐언히 서서 웃는다.

"하하… 그런데 그건 그거구, 따루 말이우, 따루 말인데, 우리 송희가 남 서방 같은 좋은 파파가 있다믄 정말 좋을 거야! 인제 이따가라두 보우마는 고놈이 어떻게 이쁘다구!"

"그런가!"

"인제 가서 봐요! 남 서방도 단박 이뻐서 마구…."

"계봉이두 그 앨 그렇게 이뻐허나?"

"이뻐하기만! …아 고놈이 글쎄 생기기두 이쁘디이쁘게 생긴 놈이 게다가 이쁜 짓만 골고루 하는 걸, 안 이뻐허구 어떡허우!"

"그럼 이쁘게두 생기덜 않구 이쁜 짓두 않구 그랬으면 미워하겠네?"

"그거야 묻잖어두 이쁘게 생기구 이쁜 짓을 허구하니깐 이뻐하는 거지, 머… 우리 병주 총각 못 보우? 생긴 게 찌락소 같은 되련님이 그 값 하느라구 세상 미운 짓은 다아 허구 다니구… 그러니깐 내가 그 앤 어디 이뻐해요?"

"그건 좀 박절하잖나! 동기간에…."

"딴청을 하네! 동기간의 정은 또 다른 거 아니우? 미워해두 동기간의 정은 있는 거구, 남의 집 아이면 정은 없어두 이뻐할 순 있는 것이구…."

"그럼 그 앤? 머, 이름이 송희?"

"응, 송희… 송흰 내가 이뻐두 허구, 정두 들었구, 누 가지두 나아… 그러니깐 글쎄 그걸 알구서 언니가 그 앨 나만 믿구, 자기는 죽는다는 거 아니우?"

"허어!"

승재는 새삼스럽게 감동을 하면서, 우두커니 섰다가 혼잣말하듯…,

"쯧쯧! …그래 필경은 그 애를 자식을 위해선 내 생명까지두 아깝덜 않다! 목숨을 버려가면서두 자식을! 응 응… 거 원, 모성애라께 그렇게두 철두철미하구 골똘하단 말인가!"

"우리 언니 사정이 특수하기두 하지만 그런데 참…."

계봉이는 문득 다른 생각이 나서,

"세상에 부모가, 그중에서두 어머니가, 어머니라두 우리 어머닌 예외지만… 항용 어머니가 자식을 사랑하는 거란 퍽두 끔찍한 건데, 그런데 말이지, 그런 소중한 모성애가 이 세상의 일반 인간들한테 과분한 것 같어! 도야지한테 진주랄까?"

"건 또 웬 소리?"

승재는 문을 열다가 돌아서서, 계봉이를 찬찬히 들여다본다. 대체 너는 어쩌면 그렇게 당돌한 소리만 골라가면서 하고 있느냔 얼굴이다.

"어서 나가요! 가믄서 이 얘긴 못 하나?"

계봉이는 제가 문을 드르릉 열고 승재를 밀어낸다. 집 안보다도 훨씬 훈훈하여 안김새 그럴싸한 밤이 바로 문밖에서 잡답한 거리로 더불어 두 사람을 맞는다.

이 거리는, 이 거리를 끼고서 좌우로 오막살이집이 총총 박힌 애오개 땅 백성들의 바쁘기만 하지 지지리 가난한 생활을 그대로 드러내느라고, 박절스럽게도 좁은 길목이 메워질 듯 들이 비빈다.

승재와 계봉이는 단둘이만 조용한 방 안에서 흥분해 있다가 갑자기 분잡한 거리로 나와서 그런지 기분이 헤식어 한동안 말이 없이 걷기만 한다.

"그런데 저어 거시키…."

이윽고 승재가 말을 내더니 그나마 떠듬, 떠듬,

"…저어 우리 이 얘길, 걸, 어떡헐꼬?"

"무얼."

"이따가 집에 가서 말야….

"언니더러 말이지요? 우리 이 얘기 말 아니우?"

"응."

"너무 부전스럽잖어? 더 큰일이 앞챘는데…."

"글쎄….

승재도 그걸 생각하던 터라 우기지는 못하고 속만 걸려 한다.

초봉이가 요행 이런 눈치 저런 눈치 몰랐다 하더라도 승재를 마음에 두거나 꺼림이 없이 오로지 장형보의 손아귀를 벗어져 나올 그 일념만 가지고서 계봉이와 승재 저희들의 권면과 계획을 좇아 거사를 한다면은 물론 아무것도 뒤돌아볼 일은 없을 것이다. 그러나 만약 초봉이가 저희들 승재와 계봉이와의 오늘의 이 사실을 몰랐기 때문에 일변 승재의 단순한 호의를 잘못 해석을 하고서 그에게 어떤 분명한 마음의 포즈를 덧들여 갖든지 하고 볼 양이면, 사실 또 그러하기도 십상일 것이고 하니, 그건 부질없이 희망을 주어놓고서 이내 다시 낙방을 시키는 잔인스런 노릇이 아닐 수 없대서, 그래 승재는 아까와 달리 제 걱정 제 사폐[59]는 초탈하고 순전히 초봉이만 여겨서의 원념을 놓지 못하던 것이다.

덩치 큰 나그네, 자동차 한 대가 염치도 없이 이 좁은 길목으로 비비 뚫고 부둥부둥 들어오는 바람에 승재와 계봉이는 다른 행인들과 같이 가게의 처마 밑으로 길을 비켜서서 아닌 경의를 표한다. 문명한 자동차도 분명코 이 거리에서만은 야만스런 폭한이 아닐 수가 없었다.

---

59) 사폐: 일의 폐단.

자동차를 비켜 보내고 마악 도로 나서려니까, 이번에는 상점의 꼬마둥인지 조그마한 아이놈이 사람 붐빈 틈을 서커스 하듯 자전거를 타고 달려오다가 휘파람을 쟁그랍게 휘익,

"좋구나!"

소리를 치면서 해뜩해뜩 달아나고 있다.

승재는 히죽 웃고, 계봉이는 고놈이 괘씸하다고 눈을 흘기면서,

"저런 것두 '독초'감이야!" 하다가 그결에 아까 중판멘 이야기 끝이 생각이 나서,

"아까 참, 모성애 그 이야기하다가 말았겠다? …이거 월사금 단단히 받아야지 안 되겠수! 하하."

"그래 학설을 들어봐서…."

"하하, 학설은 좀 황송합니다마는… 아무튼 그런데, 그 모성애라께 퍽 참 거북허구, 그래서 애정 가운데선 으뜸가는 거 아니우?"

"그렇지…."

"그렇지요? …그런데, 가령 아무나 이 세상 인간을 하나 잡아다가 놓구 보거든요? 손쉽게 장형보가 좋겠지… 그래, 이 장형보를 놓구 보는데, 그 사람두 어려서는 저이 어머니의 사랑을 받구 자랐을 게 아니우? …자식이 암만 병신 천치라두 남의 어머닌 대개 제 자식은 사랑하구 소중해하구 하잖아요? 되려 병신일수록 애차랍다구서 더 사랑을 하는 법이 아니우?"

"그건 사실이야…."

"그러니깐 장형보두 저희 어머니의 살뜰한 사랑을 받았을 건 분명허잖우? 그런데 그 장형보라는 인간이 시방 무어냐 하문 천하 악인이요, 아무 짝에두 쓸데가 없구 그러니 독초, 독초라구 할 것밖에 더 있수? 독초… 큰 공력에 좋은 비료를 빨아먹구 자란 독초…. 그런데 글쎄 이 세상

에 장형보 말구두 그런 독초가 얼마나 많수? 그러니 가만히 생각하문 소중한 모성애가 아깝잖어요? …이건 참 죄루 갈 소리지만 우리 언니가 그렇게두 사랑하는 송희, 생명까지 바치자구 드는 송희 그 애가 아널 말루 인제 자라서 어떤 독초가 안 된다구는 누가 장담을 허우?"

"계봉인 단명하겠어!"

승재는 말을 더 못하게 곁지르면서 어느 새 당도한 전차 안전지대로 올라선다. 그건 그러나 애기더러 끔찍스런 입을 놀린대서 지천이지, 그의 '육법전서' 연구에 돌연 광명을 던져주는 새 어휘(형보 같은 인물을 '독초'라고 지적한), 그 어휘를 나무란 것은 아니다.

승재와 계봉이는 종로 네거리에서 전차를 내려, 바로 빌딩의 식당으로 올라갔다.

계봉이도 시장은 했지만, 배가 고프다 못해 허리가 꼬부라졌다.

모처럼 둘이 마주 앉아서 먹는 저녁이다. 둘 다 다 같이 군산 있을 적에 계봉이가 승재를 찾아와서 밥을 지어준다는 게 생쌀밥을 해놓고, 그래도 그 밥이 맛이 있다고 다꾸앙 쪽을 반찬 삼아 달게 먹곤 하던 뒤로는 반년 넘겨 오늘 밤 처음이다. 그런 이야기를 해가면서 둘이는 저녁밥을, 한 끼의 저녁밥이기보다 생활의 즐거운 한 토막을 누리었다.

둘이 다 건강한 몸에 시장한 끝이요, 근심 없이 유쾌한 시간이라 많이 먹었다. 승재는 분명 두 사람 몫은 실히 되게 먹었다. 그리 급히 서두를 것도 없고 천천히 저녁을 마친 뒤에, 또 천천히 거리로 나섰다. 배도 불렀다. 연애도 바깥의 트인 대기에 이제는 낯가림을 않는다. 거리도 야속하게만 마음을 바쁘게 하는 애오개는 아니다.

훈훈하되 시원할 필요가 없고 마악 좋은 오월의 밤이라 밤이 또한 좋다. 아홉 시가 좀 지났다고는 하나 해가 긴 절기라 아직 초저녁이어서 더욱 좋다. 승재와 계봉이는 저편의 빡빡한 야시를 피해 이짝 화신 앞으로 건너서서 동관을 바라보고 한가히 걷는다.

　제법 박력 있게 창공으로 검게 솟는 빌딩의 압기를 즐기면서, 레일을 으깨는 철의 포효와 도시다운 온갖 소음으로 정신 아득한 거리를 유유히 걷고 있는 '연애'는 외계가 그처럼 무겁고 요란하면 할수록 오히려 더 마음 아늑했다. 더구나 불빛 드리운 포도 위로 앞에도 뒤에도 오는 사람과 가는 사람으로 늘비하여 번거롭다면 더 할 수 없이 번거롭지만 마음이 취한 두 사람에게는 어느 전설의 땅을 온 것처럼 꿈속 같았다. 그랬기 때문에 승재나 계봉이나 다 같이 남은 남녀가 쌍 지어 나섰으면 둘이의 차림새에 그다지 층이 지지 않아 보이는 걸, 저희 둘이는 승재의 그 어설픈 그 몰골로 해서 장히 어울리지 않는 콤비라는 것도 모르고 시방 큰길을 어엿이 걷고 있는 것이다. 항차 남의 눈에 선뜻 뜨이는 계봉이를 데리고 말이다.

　동관 파주개에서 북으로 꺾여 올라가다가 집 문 앞 골목까지 다 와서 계봉이가 손목시계를 들여다 보았을 때는 아홉 시 하고 마침 반이었었다.

　계봉이가 앞을 서서 골목 안으로 쑥 들어서는데 외등 환한 대문 앞에 식모와 옆집 행랑 사람 내외와 맞은편 집 마누라와 이렇게 넷이 고개를 모으고 심상찮이 수군거리고 있는 양이 얼른 눈에 띄었다.

　남의 집 드난살이나 행랑 사람들이란 개개 저희끼리 모여 서서 잡담과 주인네 흉아작을 하는 걸로 낙을 삼고 지내고, 그래서 이 집 식모도 그 유에 빠지질 않으니까 그리 괴이타 할 게 없다면 없기도 하다. 그러나 이 집 식모는 낮으로는 몰라도, 밤에는 영 어쩔 수 없는 주인네 심부름이나 아니고는 이렇게 한가한 법이 없다.

　저녁밥을 치르고 뒷설거지를 하고나서, 그러니까 여덟시 그 무렵이면 벌써 제 방인 행랑방에서 코를 골고 떨어져 세상모른다. 역시 심부름을 시키느라고 두드려 깨기 전에는 제 신명으로 밖에 나와서 이다지 늦게까지 이야기를 하고 논다는 건 전고에 없는 일이다.

계봉이는 그래 선뜻 의아해서 주춤 멈춰 서는데, 인기척을 듣고 모여 섰던 네 사람이 죄다 고개를 돌린다.

과연 기색들이 다르고, 식모는 당황한 얼굴로 일변 반겨하면서 일변 달려오면서 목소리를 짓죽여,

"아이! 작은아씨!" 하는 게 마구 울상이다.

"응! 왜 그래!"

계봉이는 어떤 불길한 예감이 번개같이 머릿속을 스치면서, 그대로 뛰어 들어가려다가 말고 한 번 더 눈으로 식모를 재촉한다. 사뭇 몸을 이리 둘렀다 저리 둘렀다 어쩔 줄을 몰라 한다. 원체 다급하면 뛰지를 못하고 펄신 주저앉아서 엉덩이만 들썩거린다는 것도 근린한 말이다.

계봉이는 정녕코 형 초봉이가 죽었거니, 이 짐작이다.

"아이! 어서 좀 들어가 보세유! 안에서 야단이 났나 베유!"

계봉이는 식모가 하는 소리에 집어 내던지듯 우당퉁탕 어느새 대문간을 한걸음에 안마당으로 뛰어드는데, 그런데 또 의외다.

"언니!"

어떻게도 반갑던지 그만 눈물이 쏟아지면서 엎드러지듯, 건넌방으로 쫓아 들어간다. 꼭 죽어 누웠으려니 했던 형이, 저렇게 머리 곱게 빗고 새 옷 깨끗이 입고, 열어놓은 건넌방 앞문 문지방을 짚고 나서지를 않느냔 말이다. 또 송희도 아랫목 한편으로 뉜 채 고이 자고 있고….

"왜? 누가 어쨌나요?"

승재는 계봉이의 뒤를 따라 들어가다가 말고, 잠깐 거기 모여 섰는 사람들더러 뉘게라 없이 떼어 놓고 묻던 것이다. 계봉이와 마찬가지로 승재도 초봉이에게 대한 불길한 예감이 들기는 했으나 그러고도 현장으로 덮어놓고 달려 들어가지 않고서 우선 밖에서 정황을 물어보고 하는 것

이 제법 계봉이보다 침착하게 군 소치더냐 하면 노상 그런 것도 아니요, 오히려 더 당황하여 두서를 차리지 못한 때문이었다.

식모가 나서서 말대답을 했어야 할 것이지만, 이 낯선 사내 사람을 경계하느라 비실비실 몸을 사린다.

승재는 그만두고 이내 대문 안으로 들어서려는데 그들 중의 단 하나인 사내로 옆집 행랑 사람이 그래도 사내라서 텃세하듯,

"당신은 누구슈?" 하고 나선다. 그들은 시방 이 변이 생긴 집에 다시 전에 못 보던 인물이 나타난 것이 새로운 흥미기도 하던 것이다.

승재는 실상 여기서 물어보고 무엇하고 할 게 없는 걸 그랬느니라고 생각이 든 참이라 이제는 대거리하고도 오히려 긴찮아 겨우 고개만 돌린다.

"혹시 관청에서 오시나요?"

그 사내는 가까이 오면서 먼저 같은 시비조가 아니고 말과 음성이 공손해서 묻는다.

관청에서 왔느냐 말은 순사냐는 그네들의 일종 존댓말이다. 검정 양복에 아무튼 민 거나마 누렁 단추를 달았고, 하니 칼만 풀어놓고 정모 대신 어느 사포를 쓴 순사거니, 혹시 별순검인지도 몰라, 이렇게 여긴대도 그들은 저희들이 방금 길 복판에다가 구루마를 놓았다거나, 술 취해 야료를 부렸다거나 하지 않는 이상 순사 아닌 사람을 순사로 에누리해보았던들, 하나도 본전 밑질 흥정은 아닌 것이다.

승재는 관청 운운의 그 어휘는 몰랐어도, 아무려나 면서기도 채 아닌 것은 사실인지라, 아니라면서 고개를 흔든다.

"네에! 그럼 이 집허구 알음이 있으슈?"

그 사내는 뒷짐을 지고 서면서 제법 점잖이 이야기를 하잔다.

"네, 한 고향이구…."

"네에, 그렇거들랑 어서 들어가 보슈… 아마 이 집에서 사람이 상했나 봅디다!"

"예? 사람이? 사람이 상했어요?"

승재는 맨 처음 제가 짐작했던 것은 어디다 두고, 뒤삐어지게 후닥닥 놀라서 들이 허둥지둥 야단이 난다. 단걸음에 안으로 뛰어 들어가야 하겠는데 뛰어 들어갈 생각은 생각대로 급한데, 그러자 비로소 제가 의사라는 걸, 의사기는 하되 정진기 한 개 갖지 못한 걸 깨닫고 놀라, 자, 이걸 어떡할까, 병원으로 자동차를 몰고 가서 채비를 차려가지고 와야지, 아아니 상한 사람은 그새 동안 어떡허라구, 그러면 그대로 들어가 보아야겠군, 아아니 사람더러 아무 병원이라도 달려가서 아무 의사든지 청해 오게 할까, 아아니 그럴 게 아니라 가만있자 어떡허나, 어떡헐꼬…. 이렇게 당황해서 얼른 이러지도 못하고 둘레둘레 허겁지겁 사뭇 액체라도 지릴 듯이 쩔쩔매기만 하고 있다. 그리고 시방 사람이 상했다고 한 그 상했단 소리는 말뜻대로만 해석해 부상인 줄만 알고 있던 것이다.

그 사내는 남의 속도 몰라주고 늘어지게,

"네에, 분명 상했어요, 분명…." 하다가 식모를 힐끔 돌아보면서,

"…이 집 바깥양반이 아마 분명…."

"네, 바깥양반이, 그이 부인을, 말이지요?"

승재는 숨 가쁘게 묻는 말을 그 사내는 천천히 고개를 흔들면서,

"아 아니죠! …이 집 아낙네가 이 집 바깥양반을…."

"네에!"

"바깥양반을 굳혔어요!"

"어!"

짧게 지르는 소리도 다 못 맺고 긴장이 타악 풀어지면서, 승재는 마치 선잠 깬 사람처럼 입안엣말로 중얼거리듯,

"…다친 게 아니구? 응… 이 집 부인이 다친 게 아니구…바깥양반이…죽 죽었…?"

"네! 아마 그랬나 봐요! 자센 몰라두 분명 그런가 봅니다….."

승재는 멀거니 눈만 끄먹거리고 섰다. 가령 초봉이가 자살을 했다든지, 또 처음 알아들은 대로 장형보한테 초봉이가 다쳤든지 그랬다면 놀라운 중에도 일변 있음 직한 일이라서 한편으로 고개가 끄덕거려질 수도 있을 노릇이다. 그러나 천만 뜻밖이지, 초봉이가 장형보를 죽이다니, 도무지 영문을 모를 소리던 것이다.

잠깐 만에 승재가 정신을 차려 안으로 달려 들어가자 바깥에 모인 세 남녀는 하품을 씹으면서 다시금 귀를 긴장시킨다.

☼ 내보살 외야차 內菩薩外夜叉

조금 돌이켜 여덟 시가 되어서다.

초봉이는 송희가 잠든 새를 타서 잠깐 저자에 다녀오려고, 여러 날째 손도 안 댄 머리를 빗는다, 나들이옷을 갈아입는다 하고 있었다.

윗목 책상 앞으로 앉아 수형조각을 뒤적거리던 형보가 아까부터 힐끔힐끔 곁눈질이 잦더니 마침내

"어디 출입이 이대지 바쁘신구?" 하면서 참견을 하잔다. 제가 없는 틈에 나다니는 것은 못 막지만, 눈으로 보면 으레 말썽을 하려고 들고, 더욱이 밤출입이라면 생 비상으로 싫어한다.

"여편네라껀 밤이슬을 자주 맞어선 못쓰는 법인데! 끙."

형보는 초봉이가 대거리를 안 해주니깐 영락없이 그놈 뱀 모가지를 쳐들어 비위를 긁는다.

초봉이는 뒤저릴 일이 없지 않아 처음은 속이 뜨끔했으나 새치임한 채, 종시 거들떠보지도 않고, 마악 나갈 차비로 송희를 한 번 더 싸주고 다독거려 주고 나서 돌아선다.

형보는 뽀르르 앞문 앞으로 가로막고 앉아, 고개를 발딱 젖히고 올려다보면서,

"어디 가? 어디?"

"살 게 있어서 나가는데 어쨌다구 안달이야? 안달이."

"인 줘, 내가 사다 주께!"

형보는 제가 되레 누그러져 비쭉 웃으면서 손바닥을 궁상으로 내민다.

"일없어!"

"그러지 말구?"

"이게 왜 이 모양이야! …안 비낄 테냐?"

"어멈을 시키든지?"

"안 비껴?"

초봉이는 소리를 버럭 지르면서 형보의 등감을 내지르려고 발길을 들먹들먹 아랫입술을 문다.

"제에밀!"

형보는 못 이기는 체 투덜거리면서 비켜 앉는다. 그는 지지 않을 어거지와 자신이 없는 것은 아니나, 그러나 초봉이를 위하여 짐짓 져준다. 되도록이면 제 불편이나 제 성미는 참아가면서 억제해가면서 마주 극성을 부리지 말아서, 그렇게나마 초봉이를 마음 편안하게 해주고 싶은 정성, 진실로 거짓 아닌 정성이던 것이다. 그것이 물론 '뱀'의 정성인 데는 갈데 없기야 하지만….

"난 모르네! 어린년 깨애서 울어두."

"어린애만 울렸다봐라! 배지를 갈라놀 테니."

초봉이는 송희를 또 한 번 돌려다보고, 치맛자락을 휩쓸면서 마루로 나간다.

"제에밀! 장형보 배진 터져두 쌓는다! …아무튼 꼭 이십 분 안에 다녀와야만 하네."

"영영 안 들올걸!"

"흥! 담보물은 어떡허구?"

형보는 입을 삐죽하면서 아랫목의 송희를 만족히 건너다본다.

옛날에 한 사람이 있었다. 계집이 젖 먹이는 자식을 버리고 간부와 배 맞아 도망을 갔다. 어린 것은 에미를 찾고 보채다가 꼬치꼬치 말라 죽었다. 사내는 어린것의 시체를 ×를 갈라, 소금에 절여서 자반을 만들었다. 그놈을 크막한 자물쇠 한 개와 얼러, 보따리에 싸서 짊어지고 계집을 찾아 나섰다. 열두 해 만에 드디어 만났다. 사내는 계집의 젖통에 구멍을 푹 뚫고 자식의 자반 시체를 자물쇠로 딸꼭 채워주면서 옛다 인제는 쇳 실컷 먹어라, 하고 돌아섰나.

형보는 고담을 한다면서 이 이야기를 그새 몇 번이고 초봉이더러 했었다. 그런 족족 초봉이는 입술이 새파랗게 죽고 듣다못해 귀를 틀어막곤 했다. 그럴라치면 형보는 못 본 체 시치미를 떼고 앉았다가 더 큰 소리로,

"자식을 업구 도망가지?" 해놓고는, 그 말을 제가 냉큼 받아,

"그러거들랑 아따, 자식을 산 채루… 에미 젖통에다가 자물쇠루 채워주지? 흥!"

초봉이는 이것이 노상 엄포만이 아니요, 형보가 족히 그 짓을 할 줄로 알고 있다. 그는 송희를 내버리고 도망할 생각이야 애당초에 먹지를 않지만, 하니 데리고나마 도망함 직한 것도, 그 때문에 뒤를 내어 생심을 못 하던 것이다.

형보는 초봉이의 그러한 속을 잘 알고 있고, 그러니까 그가 도망갈 염려는 않는다. 형보는 일반 사내들이, 제 계집의 나들이(그중에도 밤출입을)를 덮어놓고 기하는 그런 공통된 '본능' 이외에 또 한 가지의 독특한 기호를 이 '밤의 수캐'는 가지고 있으니, 전등불 밑에서는 반드시 초봉이를 지키고 앉았어야만 마음이 푸지고 좋고 하지 그러들 못 하면은 공연히 짜증이 나고 짜증이 심하면 광기가 일고 한다. 그래 시방도 일껏 도량 있이 내보내주기는 하고서도, 막상 초봉이가 눈에 안 보이고 하니까는

아니나 다를까 슬그머니 심정이 부풀어 오르기 시작했다. 더구나 영영 안 들어올걸 하고 쏘아붙이던 소리가 아예 불길스런 압박을 주어, 단단히 심청이 부풀어 올라가던 것이었다.

초봉이는 동관 파주개에서 바로 길옆의 양약국에 들러 항용 ×××이라고 부르는 '염산×××' 한 병을 오백 그램짜리 째 통으로 샀다. 교갑도 넉넉 백 개나 왔다. 드디어 사약을 장만하던 것이다.

오늘 아침 초봉이는 그렇듯 형보를 갖다가 처치할 생각을 얻었고 그것은 즉 초봉이 제 자신의 '자살의 서광'이었었다.

형보 때문에, 형보가 징그럽고 무섭고 그리고 정력에 부대끼고 해서 살 수가 없이 된 초봉이는 마치 차일귀신한테 덮친 것과 같았다. 차일귀신은 처음 콩알만 하던 것이 주먹만 했다가 강아지만 했다가 송아지만 했다가 쌀뒤주만 했다가 이렇게 자꾸만 커가다가 마침내 차일처럼 획하니 퍼져 사람을 덮어씌우고 잡아먹는다.

초봉이는 시방 그런 차일귀신한테 덮치어, 깜깜한 그 속에서 기력도 희망도 다 잃어버리고, 생명은 감각으로 눌려 찌부러들기만 했다. 방금 숨이 막혀 오고 그러하되 아무리 해도 벗어날 길은 없었다. 이렇게 거진 죽어가는 초봉이는 그러므로 생명이란 건 한갓 무서운 고통일 뿐이지 아무것도 아니었다. 따라서 해방과 안식이 약속된 죽음이나 동경하지 않질 못 하던 것이다. 그리하여 차라리 죽음을 자취하자던 초봉인데, 그런데 막상 죽자고들 하고서 본즉은 그것 역시 형보로 인해 또한 뜻대로할 수가 없게끔 억색한 사정이 앞을 막았다. 송희며 계봉이며의 위협이 뒤에 처지기 때문이다. 그렇기 때문에 초봉이가 절박하게 필요한 제 자신의 자살에 방해가 되는 형보를 처치하는 것은, 자살을 할 그 목적을 이루기 위한 한 개의 수단, 진실로 수단이요, 이 수단에 의한 자살이라야만 가장 완전하고 의의 있는 자살일 수가 있던 것이다.

이것이 일시 절망되던 자살이 서광을 발견한 경위다. 독단이요, 운산은 맞았는데 답은 안 맞는 산술이다. 아마 식이 틀린 모양이었었다.

계집의 좁은 소견이라 하겠으나, 그건 남이 옆에서 보고 하는 소리요, 당자는 맞았는지 틀렸는지 알 턱도 없고 상관도 없이 그 답을 가지고서 곧장 제 이단으로 넘어 들어간 지 이미 오래다. 오늘 아침에 산술을 풀었는데 시방은 저녁이요, 벌써 사약으로 ×××까지 샀으니 말이다. 물론 이 ×××이라는 약품이 형보의 목숨을(초봉이 제 자신이 자살하는 데 쓰일 긴한 도구인 형보의 그 목숨을) 처치하기에는 그리 적당치 못한 것인 줄이야 초봉이도 잘 안다. 형보를 굳히자면 사실 분량이 극히 적어서 저 몰래 먹이기가 편해야 하고, 그러하고도 효과는 적실하고도 빨리 나타나 주는 걸로, 그러니까 저 '××가리' 같은 맹렬한 극약이라야만 할 테였었다.

초봉이는 그래서 '××가리'를 구하려고, 오늘 종일토록 실상은 그 궁리에 골몰했었다. 그러니까 결국 시원칠 못했다. 무서운 극약이라, 간대도 사던 못할 것이고, 한 즉 S의사의 병원에서든지, 또 하다못해 박제호에게 어름어름 접근을 해서든지 몰래 훔쳐내는 수밖에 없는데, 그러자니 그게 조만이 없는 노릇이었었다. 그래서 아무려나 우선 허허실수로, 일변 또 마음만이라도 듬직하라고 이 ×××이나마 사다가 두어 보자던 것이다.

×××이라면, 재작년 송희를 잉태했을 적에 ××를 시키려고 먹어본 경험이 있는 약이라 얼마큼 효과를 믿기는 한다. 그때에 교갑으로 열 개를 먹고서 거의 다 죽었으니까 듬뿍 서른 개면 족하리라 했다.

초봉이 저는 그러므로 그놈이면 좋고, 또 그뿐 아니라 다급하면 양잿물이 없나, 대들보에 밧줄이 없나, 하니 아무거라도 다 좋았다. 하고, 도시 문제는 형보다. 교갑으로 서른 개라면 한 주먹이 넘는다. 네댓 번에 저질러야 다 삼켜질지 말지 하다. 그런 걸 제법 형보게다가 저 몰래 먹이자니 도저히 안 될 말이다.

혹시 좋은 약이라도 사알살 돌려서나 먹인다지만 구렁이가 다 된 형보인 것을 그리 문문하게 속아 떨어질 이치가 없다. 반년이고 일 년이고 두고 고분고분해서 방심을 시킨 뒤에 거사를 한다면 그럴 법은 하지만, 대체 그 짓을 어떻게 하고 견디며, 또 하루 한시가 꿈만한 걸 잔뜩 청처짐하고[60] 있기도 못 할 노릇이다. 그러므로 아무리 해도 이 ×××은 정작이 아니요, 여벌감이다. 여벌감이고, 정작은 앞으로 달리 서둘러서 '××가리'나 그게 아니면 '×××'이라도 구해볼 것, 그러나 만약 그도 저도 안 되거드면 할 수 있나, 뭐 부엌에 날카로운 식칼이 있겠다 하니 그놈으로, 잠든 틈에… 몸을 떨면서도 이렇게 안심을 해두던 것이다.

외보살外菩薩 내야차內夜叉라고 하거니와 곡절은 어떠했든 저렇듯 애련한 계집이 왈, 남편이라는 인간 하나를 굳히려, 사약을 사서 들고 만인에 섞여 장안의 한복판을 어엿이 걷는 줄이야 당자 저도 실상은 잊었거든, 하물며 남이 어찌 짐작인들 할 것인고.

초봉이는 볼일을 보았으니 이내 돌아갔을 테로되, 이십 분 안에 들어오라던 소리가 미워서 어겨서라도 더 충그릴 판이다. 충그려도 송희가 한 시간이나 그 안에는 깨지 않을 터여서 안심이다. 그런데 마침 또, 오월의 밤이 좋으니 이대로 돌아다니고 싶기도 하고.

가벼운 옷으로 스며드는 야기가 무어라고 형용할 수 없이 흩입맛이 당기게 살을 건드려주어 자꾸자꾸 휘얼휠 걸어 다녀야만 배길 것 같다. 자주 바깥바람을 쐬는 사람한테도 매력 있는 밤인 걸, 반 감금살이를 하는 초봉이에게야 반갑지 않을 리가 없던 것이다.

불빛 은은한 포도 위로 사람의 떼가 마치 한가한 물줄기처럼 밀려오고 이쪽에서도 밀려가고 수없이 엇갈리는 사이를 초봉이는 호젓하게 종로

---

60) 청처짐하다: 동작이나 어떤 상태가 좀 느슨하다.

네 거리로 향해 천천히 걷고 있다.

가도록 황홀한 밤임에는 다름없었다. 그러나 오가는 사람들을 무심코 유심히 보면서 지나치는 동안 초봉이의 마음은 좋은 밤의 매력도 잊어버리고 차차로 어두워오기 시작했다. 보이느니 매양 즐거운 얼굴들이지 저처럼 액색하게 목숨이 밭아가는 사람은 하나도 없는 성불렀다. 하다가 필경 공원 앞까지 겨우 와서다. 송희보다 조금 더 클까 한 애기 하나를 양편으로 손을 붙들어 배착배착61) 걸려가지고 오면서 서로가 들여다보고는 웃고 좋아하고 하는 한 쌍의 젊은 부부와 쭈쩍 마주했다.

어떻게도 그 거동이 탐탁하고 부럽던지, 초봉이는 그대로 땅바닥에 가 펄썩 주저앉아 울고 싶은 것을 겨우 지나쳐 보내고 돌아서서 다시 우두커니 바라다본다. 보고 섰는 동안에 생시가 꿈으로 바뀐다. 남자는 승재요, 여자는 초봉이 저요, 둘 사이에 매달려 배틀거리면서 간지게 걸음마를 하고가는 애기는 송희요….

번연한 생시건만, 초봉이는 제가 남이 되어 남이 저인 양 넋을 잃고 서서 눈은 환영을 좇는다. 초봉이는 집에서도 늘 이러한 꿈 아닌 꿈을 먹고 산다. 송희를 사이에 두고 승재와 즐기는 단란한 가정. 물론 그것은 꿈이었지, 산 희망은 감히 없다. 마치 외로운 과부가 결혼사진을 꺼내놓고 보는 정상과 같아, 추억의 세계로 물러갈 수는 있어도 추억을 여기에다 살려놓을 능력은 없음과 일반인 것이다.

일찍이 초봉이는 제호와 살 적만 해도 승재에게 대한 여망을 통히 버리던 않았었다. 흠집 난 몸이거니 하면 민망은 했어도 그래도 승재가 거두어주기를 은연중 바랐고, 이제 어쩌면 그게 오려니 싶어 저도 모르게 기다렸고, 하던 것이 필경 형보한테 덮치어 심신이 다 같이 시들어버린

---

61) 배착배착: 몸을 한쪽으로 약간 배틀거리거나 가볍게 잘록거리며 걷는 모양.

후로야 그런 생심을 할 기력을 잃은 동시에, 일변 승재는 저를 다 잊고 이 세상 사람으로 치지도 않겠거니 하여 아주 단념을 했었다. 그러고서 임의로운 그 꿈을 가졌다.

계봉이가 그때그때의 소식을 들려주었다. 의사 면허를 딴 줄도, 오래잖아 서울에다가 개업을 하는 줄도 알았다. 그런 것이 모두 꿈을 윤기 있게 해수는 양식이었었다.

계봉이와 사이가 어떠한가 하고 몇 번 눈치를 떠 보았다. 그 둘이 결혼을 했으면 좋을 생각이던 것이다. 하기야 처음에 저와 그랬었고 그랬다가 제가 퇴를 했고, 시방은 꿈속의 그이로 모시고 있고, 그러면서 그 사람과 동생이 결혼하기를 바라는 것이 일변 마음에 죄스럽지 않은 것은 아니었었다. 그러나 그러고저러고 간에 계봉이의 태도가 범연하여 동무 이상 아무것도 아닌 성싶었고, 해서 더욱 마음 놓고 그 꿈을 즐길 수가 있었다. 아까 계봉이가 승재더러 한 말은 이 눈치를 본 소린데, 의뭉쟁이가 저는 시침을 따고 형의 속만 뽑아보았던 것이다. 물론 알다가 미처 못 안 소리지만, 아무려나 초봉이 저 혼자는 희망 없는 한 조각 빈 꿈일 값에, 만약 승재가 아직까지도 저를 여차여차하고 있는 줄을 안다면 그때는 죽었던 그 희망이 소생되기가 십상일 것이었었다. 뿐 아니라 그의 시들어빠진 인생의 정기도 기운차게 살아날 것이었었다.

사람의 왕래가 밴 공원 앞 행길 한복판에 가서 넋을 놓고 섰던 초봉이는 얼마 만에야 겨우 정신이 들었다. 정신이 들자 막혔던 한숨이 소스라치게 터져 오르면서 이어 기운이 차악 까라진다.

인제는 더 거닐고 무엇 하고 할 신명도 안 나고, 일껏 좀 마음 편하게 즐기겠던 좋은 밤이 고만 쓸데없고 말았다.

처음 요량에는 종로 네거리까지 바람만 밟아 가서, 계봉이가 있는 ×× 백화점에 들러 천천히 한 바퀴 돌아보고, 그러다가 시간이 되어 파하거든 계봉이를 데리고 같이 오려니, 오다가는 아무거나 먹음직한 걸로 밤참이라도 시켜가지고 오려니, 이랬던 것인데 공골시 생각찮은 마가 붙어 흥이 떨어지매 이것이고 저것이고 다 내키지 않고 지옥 같아도 할 수 없는 노릇이요, 차라리 어서 집으로 가서 드러눕고 싶기만 했다. 그래도 미망이 없던 못해 잠깐 망설였으나, 이내 호오 한숨을 한 번 더 내쉬고는 돌아섰던 채, 오던 길을 맥없이 걸어간다. 걸어가면서 생각이다.

숲 속에 섞여선 한 그루 조그마한 나무랄까, 풀 언덕에 같이 자란 한 포기 이름 없는 풀이랄까, 명색도 없거니와 아무 시비도 없는 내가 아니더냐. 우뚝 솟을 것도 없고 번화하게 피어날 며리도 없고 다만 남과 한가지로 남의 틈에 휩쓸려 남을 해하지도 말고, 남의 해도 입지 말고, 아무 말썽 없이 바스락 소리 없이 살아갈 내가 아니더냐. 내가 언제 우난 행복이며 두드러진 호강을 바랐더냐, 내가 잘 되자고 남을 음해했더냐, 부모며 동기간이며 자식한테 불량한 마음인들 먹었더냐. 마음이 모진 바도 아니요, 신분이 유난스런 것도 아니요, 소리 없는 나무, 이름 없는 풀포기가 아니더냐. 그렇건만 그 사나운 풍파며 이 불측한 박해가 어인 것이란 말이냐. 이 약병은 무엇을 하자는 것이냐. 인명을 굳혀서까지 내 목숨을 자결하자는 것이 아니냐. 내가 어째서 이렇게 무서운 독부가 되었단 말이냐. 이것이 환장이 아니고 무엇이냐. 이 노릇을 어찌하잔 말이냐. 이러한 것을 일러 운명이란다면 그도 하릴없다 하려니와, 아무리 야속한 운명이기로서니 너무도 악착하지 않느냐. 운명! 운명! 그래도 이 노릇을 어찌하잔 말이냐 ― 소리를 부르짖어 울고 싶은 것이, 더운 눈물만 두 볼을 좌르르 흘러내린다. 눈물에 놀라 좌우를 살피니 어둔 동관의 폭만 넓은 길이다.

아무렇게나 소매를 들어 눈물을 씻으면서 얼마 안 남은 길을 좋내 시름없이 걸어 올라간다. 희미한 가등에 비쳐보니 손목시계가 여덟 시 하고 사십 분이나 되었다. 그럭저럭 사십 분을 넘겨, 밖에서 충그린 셈이다. 꼭 이십 분 안에 다녀오라던 시간보다 곱쟁이가 되었거니 해도 그게 그다지 속이 후련한 것도 모르겠었다.

큰길을 다 올라와서 골목으로 들어설 때다. 무심코 마악 들어서는데 갑자기 어린애 우는 소리가 까무러치듯 울려나왔다. 송희의 울음소리 것은 갈 데 없고, 깜짝 놀라면서 반사적으로 움칫 멈춰 서는 것도 일순간, 꼬꾸라질 듯 대문을 향해 쫓아 들어간다.

아이가 벌써 제풀로 잠이 깰 시간도 아니요, 또 깼다고 하더라도 울면 칭얼거리고 울었지 저렇게 사뭇 기절해 울 이치도 없다. 분명코 이놈 장가놈이 내게다가 못한 앙심풀이를 어린애한테다 하는구나!

급한 중에도 이런 생각이 퍼뜩퍼뜩, 그러나 몸은 몸대로 바쁘다. 골목이라야 바로 몇 걸음 안 되는 상거요, 길로 난 안방의 드높은 서창이 마주 보여, 한데 아이의 울음소리가 어떻게도 다급한지 마음 같아서는 단박 창을 떠받고 뛰어 들어갈 것 같았다.

지친 대문을, 안중문을, 마당을, 마루를 어떻게 박차고 넘어 뛰고 해 들어왔는지 모른다. 안방 윗 미닫이를 벼락 치듯 열어젖히는 순간, 아니나 다를까 두 눈이 벌컥 뒤집혀진다. 짐작이야 못 했던바 아니지만 너무도 분이 치받치는 장면이었다.

마치 고깃감으로 사온 닭의 새끼나 다루듯, 형보는 송희의 두 발목을 한 손으로 움켜 거꾸로 도옹동 쳐들고 있다. 송희는 새파랗게 다 죽어, 손을 허우적거리면서 숨이 넘어가게 운다.

형보는 초봉이가 나가고, 나간 뒤에 이십 분이 넘어 삼십 분이 거의 다 되어도 들어오들 않으니까, 그놈 불안과 짜증이 차차로 더해가고 해서 시방 에미가 들어오기만 들어오면 아까 나갈 제, 어린애를 울렸다 보아라 배지를 갈라놓을 테니, 하던 앙칼진 그 소리까지 밉살스럽다고 우정 보아란 듯이 새끼를 집어 동댕이쳐주려고 잔뜩 벼르던 판인데, 이건 또 누가 이쁘달까 봐 제가 제풀로 발딱 깨서는 들입다 귀 따갑게 울어대지를 않느냐 말이다.

이참저참 해서 '밤의 수캐'는 드디어 제 성깔이 나고 말았다. 울기는 이래도 울고 저래도 울고 성화 먹기야 매일반이니, 화풀이 삼아 언제까지고 이렇게 거꾸로 들었다 놓았다 하면서 에미한테다 기어코 요 꼴을 보여줄 심술이었었다. 그렇기 때문에 초봉이가 달려드는 기척을 알고서도 짐짓 그 모양을 한 채로 서서 있었던 것이다.

악이 복받친 초봉이는 기색[62]해가는 아이를 구할 것도 잊어버리고 푸르르 몸을 떨면서 집어삼킬 듯 형보를 노리고 섰다.

이윽고 형보는 초봉이에게로 힐끔 눈을 흘기고는,

"배라먹을 것! 사람 귀가 따가워…."

씹어 뱉으면서 아이를 저 자던 자리에다가 내던져버린다.

"이잇 천하에!"

초봉이는 아드득 한마디 부르짖으면서 새끼 샘에 성난 암펌[63]같이 사납게 달려들다가 마침 돌아서는 형보를, 되는 대로 아랫배를 겨누어 째어지라고 발길로 내지른다.

역시 암펌같이 모진 그리고 날쌘 일격이었으나, 실상 겨누던 배가 아니고 어디껜지 발바닥이 칵 맞히는데 저편에서도 의외에도 모질게 어이쿠 소리와 연달아 두 손으로 사타구니를 우디고 뱅뱅 두어 바퀴 맴을 돌다가 그대로 나가동그라진다.

엇나간 겨냥이 도리어 좋게 당처를 들이찼던 것이고, 당한 형보로 보

---

62) 기색: 정신 작용의 과격으로 기운이 막힘. 또는 그런 상태.
63) 암펌: 암범.

면 불의의 습격이라 도시 피할 겨를이 없었던 것이다.

방바닥에 나가동그라진 형보는 두 손으로 ×××께를 움킨 채 악악 소리도 아니나 무령하게 물 먹는 메기처럼 입을 딱딱 벌리면서 보깬다. 눈은 흰창이 뒤집혀지고 방금 숨이 넘어가는 시늉이다. 죽으려고 희번덕거리는 것을 본 초봉이는 가슴이 서늘하면서 몸이 떨렸다.

겁결에 일핏 물이라도 먹이고 주물러라도 주어야지, 아아니 의사라도 불러대어 살려놓아야지 하면서 마음 다급해하는데 순간, 마치 뜨거운 물을 좌왁 끼얹는 듯 머릿속이 화끈하니 치달아 오르는 게 있었다.

'옳아! 죽여야지!'

소리는 안 냈어도 보다 더 살기스런 포효다. 죽으려고 날뛰는 것을 보고 겁이 나서 살려놓자던 저를 혀 한 번 찰 경황도 없었다. 경황이 없다기보다는 잊어버렸기가 쉬우리라.

이 순간의 초봉이의 얼굴을 누가 보았다면 벌겋게 상기된 체 씰룩거리는 안면 근육이며 모가지의 푸른 핏대며 독기가 뎅겅뎅겅 돋는 눈이며, 분명코 육식류의 야수를 연상하고 몸을 떨지 않든 못했을 것이다.

"아이구우, 사람 죽는다아!"

형보는 그새 아픔이 신간[64]했던지, 떠나가게 게 목을 지른다.

초봉이는 깜짝 놀라 입술을 깨물고 와락 달려들어 형보가 우디고 있는 ×××께를 겨누고 힘껏 걷어찬다. 정통이 거기라는 것은 형보 제가 처음부터 우디고 있기 때문에 안 것이요, 하니 방법은 당자 제자신이 가르쳐 준 셈쯤 되었다.

마음먹고 차는 것이건만 이번에는 곧잘 정통으로 들어가질 않는다. 세 번 걷어찼는데 거우 한 번 올바로 닿기는 했어도 형보의 손이 가리어 효

---

64) 신간: 어려운 일을 당하여 몹시 애씀. 또는 그 고생.

과가 없고 말았다. 그럴 뿐 아니라 형보는 겨냥 들어오는 데가 거긴 줄 알아채고서 두 손으로 잔뜩 가리고 다리를 꼬아 붙이고 그러고도 몸을 요리조리 가눈다. 인제는 암만 걷어질러야 위로 헛나가기 아니면 애먼 볼기짝이나 채고 말지 정통에 빈틈이 나들 않는다.

— 아이구우 이년이 날 죽이네에!

— 아이구 아야 아이구 아야!

— 아이구 이년이 사람 막 죽이네에!

— 아이구 아이구 아이구!

— 아이구우 날 잡아먹어라!

형보는 초봉이가 한 번씩 발길질을 하는 족족 발길질이라야 헛나가기 아니면 아프지도 않은 것을 멀쩡하니 뒹굴면서 돼지 생멱 따는 소리로 소리소리 게목을 질러댄다. ×××차인 것도 이제는 안 아프고 번연히 흉포를 떠느라 엄살인 것이다.

형보는 조금치라도 초봉이에게서 살의를 거니채지는 못했다. 그러나 제가 송희를 가지고 한 소행은 있겠다, 한데 초봉이가 전에 없이 미칠 듯 날뛰니까 달리 겁이 슬그머니 났었다. 그새까지는 악이 받치면 등감이나 한 번 쥐어 박지르고 욕이나 해 퍼붓고 이내 그만두었지 그다지 기승스럽게 대드는 법이 없었다.

본시 뒤가 무른 형보는, 그래서 생각에, 저년이 이번에는 아마 단단히 독이 오른 모양이니 마주 성구거나 잘못 건드렸다가는 제 분에 못 이겨 양잿물이라도 집어삼킬지 모른다. 아예 그렇다면 맞서지를 말고 엄살이나 해가면서 제 분이 풀리라고, 때리면 맞는 시늉, 걷어차면 채이는 시늉을 해주는 게 옳겠다, 챈 대야 맨 처음의 ×××는 멋도 모르고 챈 것, 인제는 제까짓 것 계집년이 참새다리 같은 걸로 발길질을 골백번 한들 소용 있더냐! 엉덩판이나 허벅다리 좀 채였다고 골병들 리 없고, 요렇게

×××만 잘 싸고 피하면 고만이지, 이렇대서 시방 앞뒤 요량 다 된 줄로 알고 든든히 배장 내밀고 구렁이 같은 의뭉을 피우던 것이다.

초봉이는 발길질에 차차로 기운이 핑 져오는데, 형보는 일변 도로 멀쩡해지는 걸 보니 마음이 다뿍 초조해서 이를 어찌하나 싶어 안타까워할 즈음 요행히 꾀 하나가 언뜻 들었다. 그는 여태까지 형보가 누워 있는 ~~몸뚱~~이와 길이로만 서서 살을 겨누어 발길질을 하던 것을 그만두는 체 슬쩍 비키다가 와락 옆으로 다가서면서 날쌔게 발꿈치를 들어 칵 내리 제긴다.

"어이쿠! 아이구우!"

형보는 ××× 두덩을 한 손만 옮겨다가 우디면서 옳게 아파한다.

"아이구우 사람 죽네에!"

형보는 여전히 게목을 지르면서 몸을 요리조리 바워내고, 초봉이는 따라가면서 옆을 잃지 않고 제긴다. 그러다가 한 번 정통과는 겨냥이 턱없이 빗나갔고 훨씬 위로 배꼽 밑인 듯한데, 칵 내리 제기는 발꿈치가 물신하자 단박,

"어억!"

소리도 미처 못 맺고 자리를 우디러 올라오던 팔도 풀기 없이 방바닥으로 내려진다. 아까 맨 먼저 ×××를 채고 나동그라질 때보다 더하다. 챈 자리는 형보고 초봉이고 다 같이 생각지도 알지도 못하는 배꼽 밑의 급처이던 것이다.

형보는 흉하게 눈창을 뒤집어쓰고 입을 떠억 벌린 채 거의 사족이 뻗으러져서 꼼짝도 않는다. 숨도 쉬는 것 같지 않고 입가로 게거품이 피어오른다.

"오오냐!"

기운이 버쩍 솟은 초봉이는 이를 보드득 갈아붙이면서 맞창이라도 나

라고 형보의 아랫배를 내리 칵칵 제긴다. 하나 둘 세엣 너히, 수없이 대고 제긴다. 다아섯 여어섯 이일곱 여어덟….

얼마를 그랬는지 정신은 물론 없고, 펄럭거리면서 발꿈치 방아를 찧는데 어찌어찌하다가 내려다보니 형보는 네 활개를 쭈욱 뻗고 누워 움찟도 않는다. 숨도 안 쉬고 눈도 많이 감았다.

초봉이는 비로소 형보가 죽은 줄로 알았다. 죽은 줄을 알고 발길질을 멈추고는 허얼헐 가쁜 숨을 쉬면시 , 발밑에 뻗으러진 형보의 시신을 들여다본다.

이 초봉이의 형용은 거기 굴러져 있는 송장 그것보다도 더 흉한 꼴이다. 긴 머리채가 앞뒤로 흐트러져 얼굴에도 그득 드리웠다. 얼굴에 드리운 머리칼 사이로 시뻘겋게 충혈된 눈이 무섭게 번득인다. 깨문 입술은 흐르는 피가 검붉다. 매무새가 흘러내려 흰 머리통이 징그럽게 드러났다. 가삐 쉬는 숨결마다, 드러난 그 허리통이 뛰노는 고깃덩이같이 들먹거린다.

초봉이는 시방 완전히 통제를 잃어버린 '생리'다. 머리가 눈을 가리거나 매무시가 흘러 허리통이 나온 것쯤 상관도 않거니와, 실상 상관 이전이어서 알기부터 못하고 있다. 암만 숨이 가빠야 저는 가쁜 줄을 모른다. 송희가 들이 울어도 뒹굴어도 안 들린다. 동네가 발끈한 것도 모른다. 다 모른다. 모르고 형보가 이렇게 발밑에 나동그라져 죽은 것, 오로지 그것만이 눈에 보일 따름이다. 감각만 그렇듯 외딴 것이 아니라 의식도 또한 중간의 한 토막뿐이다. 그의 의식은 과거와도 뚝 잘리고 미래와도 뚝 끊기어 앞엣일도 뒤엣일도 죄다 잊어버렸다. 잊어버리고서 역시 형보가 시방 ─ 당장 시방 ─ 거기 발밑에 나동그라져 죽은 것, 단지 그것만을 안다. 그것은 흡사 곁가지를 후리고 위아래 동강을 쳐낸 가운데 토막만 갖다가 유리 단지의 알코올에 담가놓은 실험실의 신경이라고나 할는지.

그 끔찍한 모양을 하고 서서 형보의 시신을 끄윽 내려다보던 초봉이는 이윽고 이마와 양미간으로 불평스런 구김살이 분명하게 드러난다. 초봉이는 형보를, 원망과 증오가 사무친 형보를, 또 이미 죽이쟀던 형보를 마침내 죽여놓았고, 그래서 시방 이렇게 죽어 뻗으러졌고, 그러니까 이제는 속이 후련하고 기쁘고 했어야 할 것인데 아직은 그런 생각이 안 나고, 형보가 죽은 것이 도리어 안타까웠다.

원수는 이미 목숨이 없다. 죽었으되 저는 죽은 줄을 모른다. 발길로 차고 제기고 해도 아파하지 않는다.

내 생애를 잡쳐주었고 갖추갖추 나를 괴롭히던 원수건만 인제는 원한을 풀 데가 없다. 원수는 저렇 듯 편안하다. 저 평온! 저 무사! 저 무관심…! 초봉이는 이게 안타깝고 그래서 불평이던 것이다.

멈추고 섰던 것은 잠깐 동안이요, 이어 곧 훨씬 더 모질게 발길질을 해댄다. 칵칵 배가 꿰어지라고 내리 제긴다. 발을 번갈아 가면서 제긴다.

만약 이 형보의 배가 맞창이라도 났으면 이렇게 물씬거리지 말고 내리 구르는 발꿈치가 배창을 꿰뚫고 따악 방바닥에 가서 야물지게 맞히기라도 했으면 그것이 대답인 양 초봉이는 속이 후련해했을 것이다. 그러나 암만 기운을 들여서 사납게 제겨야 아파하지도 않고 퍼억퍽 바람 빠진 고무공처럼 물씬거리기만 한다. 마치 그것은 형보가 살아 있을 제 하던 것처럼 유들유들한 것과 같았다.

끝끝내 반응이 없고, 그게 답답하다 못해 초봉이는 그만 눈물이 쏟아진다. 눈물에 맥이 탁 풀려, 그대로 주저앉으려다가 말고, 문득 방안을 휘휘 들러본다. 아무거나 연장이 아쉬웠던 것이다.

이때에 가령 칼이 눈에 띄었다면 칼을 집어 들고서 형보의 시신을 육회 치듯 난도질을 해놓았을 것이다. 또, 몽둥이나 방망이가 있었다면 그놈을 집어 들고서 들이 짓바쉈을 것이고, 시뻘건 화롯불이 있었다면 그 놈을 들어다가 이글이글 덮어 씌웠을 것이다.

방 안에는 아무것도 만만한 것이 보이지 않으니까 열려 있는 윗미닫이로 고개를 내밀고 마루를 둘러본다. 바로 문치의 쌀뒤주 앞에 가서 시커먼 맷돌이 묵직하게 포개져 놓인 것이 선뜻 눈에 띄었다.

서슴잖고 우르르 나가 그놈을 위아래짝 한꺼번에 불끈 안아 들고 방으로 달려든다. 여느 때는 한 짝씩만 들먹이재도 힘 부치는 맷돌이다. 번쩍 턱밑까지 높이 쳐들어 올린 맷돌을 형보의 가슴패기를 겨누어 앙칼지게 내리 부닥뜨린다.

"떠그럭, 픽떠그퍽떡."

무딘 소리와 한가지로 육중한 맷돌이 등의 곱사 혹에 떠받치어 빗밋이 기운 형보의 앙가슴을 으깨뜨리고 둔하게 굴러 내린다.

맷돌을 내려치는 바람에 초봉이는 중심을 놓치고 앞으로 형보의 시체 위에 가서 고꾸라질 뻔하다가 겨우 몸을 가눈다. 몸을 고쳐 가진 초봉이는 또다시 맷돌을 안아 올리려고 허리를 꾸부리다가, 피 밴 형보의 가슴을 보고서 그대로 멈춘다.

맷돌에 으깨진 가슴에서 엷은 메리야스 위로 자리 넓게 피가 배어 오른다. 팔을 쭉 편 손끝이 바르르 보일락 말락 하게 떨다가 만다. 초봉이가 만일 그것까지 보았다면 아직도 설죽은 것으로 알고서 옳다구나 다시 무슨 거조를 냈겠는데, 실상은 잡아놓은 쇠고기에서 쥐가 노는 것과 다름없는 생명 아닌 경련이었었다. 뒤로 고개를 발딱 젖힌 입 한쪽 귀퉁이에서 검붉은 피가 가느다랗게 한 줄기 흐른다.

초봉이는 굽혔던 허리를 펴면서,

"휘유!"

깊이 한숨을 내쉰다. 피의 암시로 하여 다시 한 번 형보의 죽음을 알았고, 그러자 비로소 그대도록 벅차고 조만찮아했던 거역이 아주 우연하게 이렇듯 수월히 요정이 난 것을 안심하는 한숨이었었다.

따로 놀던 신경이 정리가 되어감에 따라, 그것은 완연히 초봉이 제 자신이 아니고 한 개의 기적적인 것 같아 경이의 눈으로 이 결과를 내려다보지 않을 수가 없었다.

아닌 게 아니라 오늘밤 같은 전연 돌발적인 우연한 고배가 아니고서는 아무리 ××가리나 그런 좋은 약품이 있다고 하더라도 초봉이의 맑은 정신을 가지고는 좀처럼 마음 차근차근하게 일 거조를 내지 못했을는지도 모른다.

초봉이는 차차 온전한 제정신이 들고, 정신이 들면서 맨 처음 송희의 우는 소리를 알아들었다. 매우 오랜 동안인 것 같으나 실상 첫 번 형보의 ×××를 걸어질러 넘어뜨리던 그 순간부터 쳐서 오 분밖에 안 된 시간이다.

초봉이는 얼른 머리카락을 뒤로 걷어 넘기고 허리춤을 추어올리고, 그리고 나서 팔을 벌리고 안겨드는 송희를 끌어안으려고 몸을 구부리다가 움칫 놀라 제 손을 끌어당긴다. 이 손이 사람을 굳힌 손이거니 하는 생각이 퍼뜩 들면서 사람을 굳힌 손으로 소중스런 자식을 안기가 송구했던 것이다. 송희는 엄마가 꺼려하는 것이야 상관할 바 없고, 제풀로 안겨들어 벌써 젖꼭지를 문다. 할 수 없는 노릇이고, 초봉이는 송희를 젖 물려 안은 채 처네를 내려다가 형보의 시신을 덮어버린다. 이것은 송장에 대한 산 사람의 예절과 공포를 같이한 본능일 게다. 그러나 시방 초봉이의 경우는 그렇다기보다 어린 송희에게 아무리 무심한 어린 눈이라고 하더라도 그 이 끔찍스런 살상의 자취가 보이지 말게 하자는 어머니의 마음일 게다.

초봉이는 이어서 뒷일 수습을 하기 시작한다. 우선 시간을 본다. 아홉 시까지는 아직 십오 분이나 남았다. 계봉이가 항용 아홉 시 사십 분 그 어림해서 돌아오곤 하니 그 준비는 그동안에 넉넉할 것이었었다.

한 손으로는 송희를 안고 한 손만 놀려가면서 바지란바지란, 그러나 어디 놀러 나갈 차비라도 차리는 듯 심상하게 서두른다. 아까 사가지고 온 ×××병과 교갑 봉지가 방바닥에 굴러져 있는 것을 집어 건넌방에다 갖다 둔다. 그다음, 양복장 아래 서랍에 고스란히 들어 있는 송희의 옷을 그대로 답삭 트렁크에 옮겨 담아 건넌방으로 가져간다. 또 그다음, 장롱에서 위아랫막이 안팎 새 옷을 한 벌 심지어 버선까지 고르게 챙겨 내다가 담는다. 마지막 방바닥의 너저분한 것을 대강 거두어 잡아 치우고는 손탯그릇의 돈지갑을 꺼내서 손에 쥔다.

반지가 백금반진데, 시방 손에 낀 형보가 해준 놈 말고 전에 박제호가 해준 놈이 또 한 개, 그리고 사파이어를 박은 금반지까지 도통 세 개다. 죄다 찾아내고 뽑고 해서 돈지갑에다가 넣는다. 반지를 뽑고 하느라니까 문득 한숨이 소스라쳐 나온다. 지나간 날 군산서 떠나올 그 밤에 역시 고태수가 해준 반지를 뽑던 생각이 나던 것이다. 어쩌면 한 번도 아니요, 두 번째나 이 짓을 하다니 그것이 심술 사나운 운명의 영력스러운 표적인가 싶기도 했다.

반지 하나 때문에 추억을 자아내어 가슴 하나 가득 여러 가지 회포가 부풀어 오른다. 한참이나 넋을 놓고 우두커니 섰다가 터져 나오는 한숨 끝에 중얼거린다.

"그래도 그때 그날 밤에는 살자고 희망을 가졌었지!"

초봉이는 안방을 마지막으로 나오면서 휘익 한번 둘러본다. 역시 미진한 게 있다면 얼마든지 있겠으나 시방 이 경황 중에는 어찌할 수 없는 것들이다.

남색 제병 처네를 덮어씌운 형보의 시신 위에 눈이 제쭐로 벗는다. 인제는 꼼지락도 않는 송장, 송장이거니 해야 몸이 쭈뼛하거나 무섭지도 않다. 항용 남들처럼 사람을 해하고 난 그 뒤에 오는 것, 가령 막연한 공포라든지, 순전한 마음의 죄책이라든지, 다시 또 그 뒤에 오는 것으로 받을 법의 형벌이라든지 그런 것은 통히 생각이 나질 않는다. 단지 천행으로 이루어진 이 결과에 대한 만족과, 일변 원수의 무사태평함에 대한 시기와 이 두 가지의 상극된 감정이 서로 번갈아 드나들 따름이다. 이윽고 마루로 나와 미닫이를 닫고 돌아서다가 문득 얼굴을 찡그리면서,

"원수는 외나무다리서 만난다더니! 저승을 가도 같이 가야하나!" 하고 쓰디쓰게 한마디, 입속말을 씹는다.

미상불 징그럽기도 하려니와 창피스런 깐으로는 작히나 하면 이놈의 집구석에서 약을 먹고 죽을 게 아니라 철도 길목이든지 한강이든지 나갔으면 싶었다.

건넌방으로 건너와서 그동안 잠이 든 송희를 아랫목으로 내려 뉜다. 뉘면서 송희의 얼굴을 들여다보느라니 그제야 설움이 소스라쳐 눈물이 쏟아진다.

설움에 맡겨 언제까지고 울고 싶은 것을 그러나 뒷일이 총총해 못 한다. 흘러넘치는 눈물을 씻으며 흘리며, 계봉이의 경대를 다가놓고 머리를 빗는다. 단장은 했으나 눈물이 자꾸만 망쳐놓는다.

마지막 새 옷을 싸악 갈아입는다. 옷까지 갈아입고 나니 그래도 조금은 기분이 산뜻한 것 같다.

유서를 쓴다. 비회가 붓보다 앞을 서고, 또 쓰기로 들면 얼마든지 장황하겠어서 아주 형식적이요, 간단하게 부친 정 주사와 모친 유 씨한테 각각 한 장씩 썼다.

계봉이한테는 송희를 갖추갖추 부탁하느라고 좀 자상했다. 승재와 결혼하는 것이 좋겠다는 말도 했다.

유서 석 장을 각각 봉해가지고 다시 한 봉투에다가 넣어 걸봉을 부주

전상백시라고 썼다.

마침 아홉 시 반이 되어온다. 인제 한 십 분이면 계봉이가 오고, 오면은 선 자리에서 송희와 돈지갑과 유서와 트렁크를 내주면서 정거장으로 쫓을 판이다.

모친의 병이 위급하다는 전보가 왔는데, 형보가 의증을 내어 못 내려가게 하니 너 먼저 송희를 데리고 이번 열 한 점 차로 내려가면, 날라컨몸 가뿐하게 있나가 눈치 보아가면서 오늘 밤에 못 가더라도 내일 아침이고 밤이고 몸을 빼쳐 내려가마고, 이렇게 조를 요량이다. 유서의 겉봉을 부친한테 한 것도 그러한 의사가 있기 때문이다. 이것은 미리서 계획했던 것이 아니고 당장 꾸며낸 의견이다. 그는 계봉이를 송희와 압령해서 그렇게 시골로 내려 보내 놓고 최후의 거사를 해야 망정이지, 이 흉악한 살상의 뒤끝을 그 애들한테다가 맡기다니 절대로 불가한 짓이었었다. 사실 그러한 뒷근심이 아니고서야 유서나 머리맡에다 놓아두고 진작 약그릇을 집어 들었을 것이지 우정 계봉이를 기다리고 있을 것도 없던 것이다. 그러나 막상 필요가 그러한 연유로 해서 기다린다 하지만, 사랑하는 동생을 마지막으로 한 번 더 상면을 하게 되는 것이, 그것이 초봉이에게는 오히려 뜻이 있고 겸하여 커다란 기쁨이 아닐 수 없었다.

유서까지 써놓았고, 하니 준비는 다 된 셈이다. 인제는 계봉이가 돌아올 동안에 교갑에다가 약이나 재자고 ×××병을 앞으로 다가 놓다가, 먹고 죽을 사약이 쓴 걸 가리려는 제 자신이 하도 서글퍼 코웃음을 하면서도로 밀어놓는다. 하고 그것보다는 나머지 십 분을 송희의 마지막

엄마 노릇을 할 것이긴 한데 잊어버렸던 것이 대단스러웠다. 그래 마악 책상 앞으로부터 아랫목의 송희에게로 돌아앉으려고 하는데 그때 마침 계봉이가 우당퉁탕 황급히 언니를 불러 외치면서 달려들었던 것이다. 달려드는 계봉이는 미처 방으로 들어가지도 못하고 마루로 난 샛문

턱에 우뚝, 사라질 듯 목안엣소리로,

"언니이!"

부르면서 눈에는 눈물이 뚜욱뚝, 형의 얼굴을 송희를 트렁크를 ×××병을, 이렇게 휘익 둘러보다가 다시 형을 마주본다.

🜨 서곡序曲

　초봉이는 동생이 하도 황망히 달려들면서 겸하여 사뭇 자지러져 찾는 소리에 저 애가 일 저지른 걸 벌써 다 알고 이러지를 않나 싶어 깜짝 놀랐으나, 이어 곧 무슨 그럴 리가 있을까 보냐고, 미심은 미심대로 한옆에 제쳐 둔 채 얼굴을 천연스럽게 가지려고 했다. 그러나 마루로 뛰어올라 문턱을 디디고서는 계봉이의 긴장한 거동이 종시 예사롭질 않았지만 그 것보다도 가뜩 더 간절하게, 언니이! 부르는 소리가 어떻게도 정이 넘치는지, 그런데 또 눈에서는 눈물이 글썽글썽 솟아 흐르고… 초봉이는 제법 침착하자고 마음 도사려 먹은 것은 고만 파그르르 스러지고, 마주 눈물이 방울방울 떨어져 내린다. 그것은 사람의 육친의 동기간 사이에서만 우러날 수 있는 극진한 애정에서 초봉이는 순간 아무것도 다 잊어버리고 아프리만큼 감격을 느꼈다. 그는 뒷일이야 어찌 되든지 설사 계봉이가 말려서 시방 최후의 요긴한 한 가지 일인 자결을 뜻대로 이루질 못하게 될 값에, 그렇더라도 이렇게 다시 한 번 동생을 상면하는 것이 크고, 그러므로 기다리고 있었던 게 잘한 노릇이고 하다 싶어 더욱 더 기뻐해 마지않는다.

　계봉이는 형이 무사히 있음을 보고서 와락 반가움에 지쳐 눈물까지 나왔어도, 그다음 다른 것은 암만 해도 머루 먹은 속같이 얼떨떨하니 가늠을 할 수가 없었다.

　가만히 한 걸음 방 안으로 계봉이는 형의 기색과 동정을 살피면서, 또

한 걸음 떼어놓고는 둘레둘레하다가…,

"언니이!"

조르듯 응석을 하듯 다뿍 성화가 난 소리다. 왜 그렇게 성화에 겨웠느냐고 물으면 저도 섬뻑 대답을 못 할 테면서, 그러나 단단히 걱정스럽기는 걱정스럽다.

초봉이는 눈에 눈물을 남은 채 아낌없이 가만히 웃으면서,

"지금 오니?" 하고 근경 있게 대답을 해준다.

경황 중에도 계봉이는 참으로 아직껏 형의 웃는 입가는 이쁘다고 좋아했다.

잠깐 서로 말이 없이 보고만 섰다.

계봉이는 자꾸만 궁금해 못 견디겠는데, 그러면서도 어리뚜웅해서 무슨 소리를 무어라고 물어보고 이야기하고 할지를 몰랐다. 하다가 언뜻 승새와 같이 온 생각이 생각났다. 별반 이 장면의 이 공기에 긴급한 테마는 아니지만, 그렇다고 또 생각이 난 것을 말 않고 가만히 있을 것도 없는 것이라….

"남 서방두 왔는데…."

"머어?"

초봉이가 호들갑스럽게 놀라는데 마침 뚜벅뚜벅 마당으로 승재가 들어서고 있다.

초봉이는 반사적으로 몸이 앞 미닫이께로 와락 쏠리다가 마당 가운데 쭈쩍 멈춰 서는 승재와 얼굴이 마주치자 꺾이듯 고개를 깊이 떨어진다.

계봉이도 형의 어깨 너머로 내다보고, 그러나 불빛이 희미해서 피차에 얼굴의 변화는 세 사람이 다 같이 알아보지 못했다.

승재는 둘레둘레 망설이고 섰다가 그로서는 좀 대담하리만큼 대뜰로 해서 마루로 성큼 올라선다.

건넌방의 아우형제는 시방 승재가 그리로 들어올 줄 기다리고 있는데, 승재는 마루에서 잠깐 머뭇거리더니 쿵쿵 발소리를 내면서 안방께로 가고 있다.

계봉이도 의아했지만, 초봉이는 숙였던 고개를 번쩍 소스라치게 놀라서, "아이머니 저이가!" 하면서 기색할 듯 목소리를 짓누른다.

그러나 승재는 벌써 미닫이를 뒤로 닫고 들어갔고, 계봉이는 비로소 번개같이 머리에 떠오르는 게 있이 눈이 휘둥그레지더니 형더러 무슨 말을 할 듯하다가 우르르 마루로 달려 나간다. 초봉이는 일순간의 격동 끝에 어깨를 추욱 처뜨리고 넋 없이 서서 있고, 계봉이는 한걸음에 마루를 지나 안방 미닫이를 와락 열어젖힌다. 생각한 바와 같았는데, 놀람은 놀람대로 더욱 커서,

"악!"

조심스러우나 무거운 부르짖음이 쏠려 오른다.

"문 닫구 절러루 가서 있어요!"

처네를 걷어치우고 형보의 시신을 손목 짚어 맥을 보던 승재가 얼굴을 들지 않는 채 계봉이를 나무란다.

계봉이는 더 오래 정신없이 섰을 것을 승재의 주의에 기계적으로 미닫이를 닫고, 역시 기계적으로 한 걸음 두 걸음 건넌방을 향해 걸어온다. 초봉이는 동생과 얼굴이 마주치자 힘없이 고개를 떨어뜨린다.

계봉이는 형의 앞에까지 와서 조용히 선다. 말은 없고 형의 숙인 이마를 보던 눈을 책상 위의 약병 ×××으로 돌렸다가 도로 형을 본다. 이때는 놀랐던 기색이 벌써 다 가시고 슬픔이 가득히 얼굴로 깔려들었다.

저 사약이 말을 하는 죽음이 아니면, 법이 주는 형별, 일순간 후에는 반드시 오고야 말 형의 절박한 운명의 아픔을 시방 계봉이는 녹닙한 반 개체의 것으로가 아니요, 바로 제 살 속에서 감각하고 있는 것이다.

"언니!"

들어 몸부림이 치일 직전의 무의식한 호흡 같고 부르는 소리도 목이 메어 목에서 걸린다.

초봉이는 순순히 고개를 들어 웃으려고 한다. 조용히 단념을 하는 미소, 하니 그것은 웃음이기보다 울음에 가깝겠지만, 그거나마 동생의 너무도 슬픈 얼굴 앞에서는 이내 스러져버리고 만다.

"계봉아?" 하고서 방금 울음이 터져오를 듯 입이 비죽비죽….

"언니!"

계봉이는 와락 쏠려들어 형의 아랫도리를 얼싸안고 접질리고, 초봉이는 그대로 주저앉으면서 동생의 어깨에다가 고개를 파묻는다. 두 울음소리가 동생은 높게 형은 가늘게 서로 뒤섞여 호젓이 떨린다.

"죄꿈만 더 참든 않구! 죄꿈만…."

갑자기 계봉이가 얼굴을 쳐들면서 어깨를 쌀쌀, 안타까이 부르짖는다.

"…죄꿈만 참았으믄 남 서방이 나서서 언닐 구해 내주구, 다아 그러기루 했는데! …죄꿈만 더 참지! 이 일을 어떻게 해! 언니, 언니!"

계봉이는 도로 형의 무릎에 가 엎드러진다. 폭폭 하다못해 하는 소리요, 말하는 그대로지, 말 이외에 다른 의미는 없던 것이다. 그러나 듣는 초봉이에게는 그렇게 단순하게만 들리진 않았다.

초봉이는 가슴속이 용솟음을 치는 채, 울던 것도 잊어버리고 벙벙하니 앉아 있다.

승재가 나서서 나를 구해내 주고 그리고 다 그러기로 했다구? …옳아! 시방도 그러니까 나를 사랑하고, 그래서 다시 거둬주려고….

이렇게 생각할 때에 초봉이는 금시로 몸에 날개가 돋치는 것 같았다. 그러나 그다음 순간,

'정말 그랬구나. 그래서 저렇게 찾아온 것이고… 그런 것을 아뿔싸! 정

말 죄꼼만 참았더라면, 한 시간만 참았더라면, 한 시간만 참았어도….'

생각이 이에 미치자 고만 상성이라도 할 듯 후울훌 뛰고 싶게 안타까웠다. 이 정당한 오해는 물론 계봉이의 고의도 아니요, 초봉이의 잘못도 아닌 것이다.

초봉이는 동생의 등 뒤에 또다시 엎드려 애가 끊기게 운다.

승재가 아직도 나를 사랑하고 있었구나 하면 이다지도 기쁜 노릇은 생후 처음이다. 그러나 시방은 일을 지지른 뒤다. 부질없이 큰 기쁨이 순간의 어긋남으로 해서 내 것이 아니고 말았으니 세상에도 이런 야속한 노릇이 있을 수가 없다. 그래도 승재가 이제껏 나를 사랑하는 것은 반갑지 않으냐? …그렇지만 반가우면 무얼 하나. 이제 죽고 말 테면서. 아니 그래도… 글쎄… 어떡허나! 어떡해….

이렇게 되풀이를 하는 동안 초봉이는 일이 기쁜지 슬픈지 마침내 분간을 하지 못하고 울기만 한다.

이윽고 승재가 안방으로부터 건너와서 우두커니 문께에 가 선다.

승재가 건너온 기척을 알고 초봉이가 먼저 몸을 일으켜 도사리고 앉으면서 숙인 얼굴을 두 손으로 싼다. 뒤미처 계봉이도 얼굴을 들어 옆에 섰는 승재께로 토옹통 부은 눈을 돌린다. 승재는 그 뜻을 알아차리고 도리질을 한다. 형보는 아주 치명상으로 절명이 되었던 것이다.

승재가 몸주체를 못하고 섰는 것을, 계봉이가 눈짓을 해서 그 자리에 편안찮이 앉고, 세 사람은 초봉이가 따암땀 가늘게 느껴 울 뿐 다 같이 말이 없이 한동안 잠잠하다.

"언니이?"

침착을 회복하여 곰곰이 생각을 하고 있던 계봉이는 얼마 만에야 목소리를 가다듬어 형을 부르면서 바투 더 다가앉는다. 초봉이는 대납 대신 얼굴의 손만 떼었다가 도로 가린다.

"저어, 응? 언니이…."

"…."

"저어, 응? …저어, 경찰서루 가서 응? 자현을 허우, 응? …그걸 차
마…."

말을 채 못하고서 계봉이는 한숨을 내쉰다. 초봉이는 움칫 놀라서 얼
굴을 들고 동생을 바라나본다. 무어라고 할 수 없는 착잡한 표정이 퍼뜩
퍼뜩 갈려든다.

동생의 말은 선뜻 반가운 소리였었다. 그러나 야속스런 훈수였었다.

"자현? …자현을 하다니…!"

우두커니 동생의 얼굴을 건너다보고 앉았던 초봉이의 입에서, 그것은
누구더러 하는 말이라기보다도 자탄에 겨운 넋두리가 흘러나온다.

"…자현을 하믄 징역을 살라구? 사형이라믄 차라리 좋지만, 징역을 살
다니… 인선 하다하다 놓해서 징역까지 살아? 그 몹쓸 격난을 다아 겪구
두 남은 고생이 있어서 징역까지 살아? …못 하겠다! 난 기왕 죽자구 하
던 노릇이니 죽구 말겠다! 죽구 말지 징역이라니! 내가 무얼 잘못했길
래? 응? 내가 무얼 잘못했어? 장형보 그까짓 파리 목숨 하나만두 못한 생
명. 파리 목숨이라믄 남한테 해나 없지. 천하에 몹쓸 악당. 그놈을 죽였
다구 그게, 그게 죄란 말이냐? 어째서 그게 죄냐? 미친개는 때려죽이면
잘했다구 추앙하지? 미친개보담두 더한 걸 죽였는데 어째서 죄란 말이
냐? …난 억울해서 징역 못 살겠다! …왜, 내가 징역을 사니? 인전 두 다
리 쭈욱 뻗구서 편안히 죽을 것을, 왜 일부러 고생을 사서 하니? 응? 응?"

가슴을 쥐어뜯고 몸부림을 치게 애달픈 것을 못하고서 다시 손으로 얼
굴을 싸고 운다. 손가락 사이로 눈물이 줄줄이 흘러내린다. 승재가 눈에
눈물이 가득, 코를 벌심벌심, 황소같이 식식거리고 앉았다.

참혹한 실상에 대한 불쾌했던 인상이 스러지는 반면 그 실상을 저지른

초봉이의 정상에 오히려 동감이 되면서, 일변 '독초'와 그것을 가꾸는 『육법전서』에의 울분이 치달아 오르던 것이다. 그는 시방 가슴에 불이 치미는 판으로는 단박 ×이라도 뽑아 들고 거리로 뛰쳐나갈 것 같은 것을, 그러고서는 막상 어디 가서 누구를 행실을 낼 바를 몰라 그것이 답답했다.

"어떻게 해요! 응?"

계봉이가 고개를 돌리고 조르듯 성화를 한다. 숭재는 그 말엔 대답을 못하고,

"빌어먹을 놈의…!"

물먹은 소리로 두런두런, 주먹으로 눈물을 씻다가, 그다음에는 이라도 갈듯,

"…어디 보자!" 하면서 허공을 눈 부릅뜬다.

"뚱딴지네!"

계봉이는 숭재한테 눈을 흘기면서 입안엣말로 쫑알거리다가 형을 부여잡는다.

"언니?"

"계봉아!…"

초봉이는 부지를 못해 동생의 어깨에 얼굴을 묻고 엎드려서 울음소리 섞어 하소를 한다.

"…계봉아! 이 노릇을 어떡허니? 어떡허믄 좋을 거냐? 응? 죽자구 해두 죽을 수두 없구… 살자구 해두 살수두 없구… 이 노릇을 어떡허믄 좋단 말이야? 에구 계봉아!"

"언니? 언니! 헐 수 있수? …정상이 정상이구, 또 자술 했으니깐 형벌이 그대지 중하든 않을 테지… 다직 한 십 년, 아아니 한 오륙 년밖엔 안 될지두 모르니, 그것만 치르구 나오믄 고만 아니우? 그댐엔 다아 좋잖우?

송흰 그새 동안 아무 걱정할라 말구… 그저 몇 해 동안만… 그렇지만, 언니가 그 짓을 어떻게! 징역살이를 어떻게 허우? 아이구 이 일을 어째애…!"

달랜다는 것이 마지막 가서는 같이서 울고 만다. 막혔던 봇둑을 터뜨린 듯 형제가 도로 어우러져 울고 있고, 승재는 고개를 깊이 숙이고 앉았고 하기를 한 식경이나 지나간 뒤나. 초봉이는 불시로 눈물을 거두고 얼굴을 들어 승재께로 돌린다. 승재도 마침 울음소리 그친 데 주의가 가서 고개를 들다가 초봉이와 눈이 마주친다.

초봉이는 무엇인지 간절함이 어리어 있는 눈동자로 무엇인지를 승재의 얼굴에서 찾으려는 듯 한참이나 보고 있다가 이윽고 목멘 소리로,

"그렇게 할까요? 하라구 하시믄 하겠어요! 징역이라두 살구 오겠어요!"
하면서 조르듯 묻는다. 의외요, 그러나 침착한 태도였었다.

승재는 그렇듯 어떤 새로운 긴장을 띤 초봉이의 그 눈이 무엇을 말하며, 하는 그 말이 무엇을 의미하는 것인지를 잘 알 수가 있었다. 알고 나니 대답이 막히기는 했으나 그는 시방 이 자리에서 초봉이가 애원하는 그 '명일의 언약'을 거절하는 눈치를 보일 용기는 도저히 나질 못했다.

"뒷일은 아무것도 염려 마시구, 다녀오십시오!"

승재의 음성은 다정했다. 초봉이는 저도 모르게 한숨을, 안도의 한숨을 내쉬면서,

"네에."

고즈넉이 대답하고, 숙였던 얼굴을 한 번 더 들어 승재를 본다. 그 얼굴이 지극히 슬프면서도 그러나 웃을 듯 빛남을 승재는 보지 않지 못했다.

《『조선일보』, 1937》

채만식(1902~1950)
소설가, 극작가.

1902년 전북 옥구군 임피면 읍내리에서 채규판과 조우섭의 6남매 중 5
　　　 남으로 출생.
1922년 중앙고등보통학교 졸업(4년제). 일본 와세다대학 부속 제1와세
　　　 다 고등학원 문과 입학.
1923년 가세가 기울자 학업을 중단함. 처녀작『과도기』탈고
1924년 강화 사립학교 교원으로 취직. 단편『세 길로』가『조선문단』3
　　　 호에 추천됨.
1925년 동아일보 정치부 기자로 입사함.
1926년 동아일보를 그만둠.
1933년 장편『인형의 집을 나와서』를『조선일보』에 연재함.
1934년『레디메이드 인생』,『인테리와 빈대떡』(희곡) 등 발표.
1936년 조선일보를 그만두고 개성으로 이사함. 희곡『심봉사』를『문
　　　 장』에 연재하려 하였으나 전문 삭제 당함.
1937년『탁류』를『조선일보』에 연재함.『祭饗날』(희곡) 발표.
1938년『천하태평춘』(후에『태평천하』로 개제)을『조광』에 연재함.
　　　『이런 처지』,『치숙』,『소망』등 발표.
1939년『金의 情熱』을『매일신보』에 연재.『홍보씨』,『패배자의 무덤』
　　　 등 발표.『채만식단편집』이 학예사에서 술산됨.
1940년 개성에서 안양으로 이주.『냉동어』,『懷』,『당랑의 전설』(희곡)

발표.

1941년 시나리오『무장삼동』탈고.

1942년 장편『아름다운 새벽』을『매일신보』에 연재. 단편집『집』상 재. 안양에서 서울 광나루로 이주함.

1944년 친일적 작품『여인전기』를『매일신보』에 연재.

1945년 향리에 일시기거하다 해방 후 서울 충성로로 다시 이수함.

1946년 『허생전』,『맹순사』,『미스터 方』,『논 이야기』등 풍자적 소설 발표.

1947년 익산시 고현동으로 이주.『심봉사』(희곡) 발표.

1948년 장편『옥랑사』탈고.『낙조』,『도야지』,『민족의 죄인』등 발표.

1949년 『소년은 자란다』탈고.『역사』발표.

1950년 익산시 마동에서 별세함. 임피면 계남리 선영에 안장됨.